# HUJAN

TERE LIYE

# 雨

テレ・リエ

川名桂子
清岡ゆり 訳

悠光堂

## 主要登場人物

ライル……………主人公。雨と戯れるのが好きな女の子。中学校の入学式の日に、母親と地下鉄に乗っていて自然災害に見舞われる

エソック…………災害時にライルと同じ地下鉄に乗っていた頭脳明晰な男の子

マルヤム…………未成年避難者施設でライルが出会った女の子。明るく積極的で、思ったことはすぐに口にする。大きなボールのように膨れた縮れ毛が特徴

エソックの母親…ケーキ屋のオーナー。災害時に体が不自由となる

皇太后……………未成年避難者施設の総監督者。規律に厳しく、ほとんど笑うことがない

市長………………ライルとエソックの住む町の市長。町の災害復興に尽力する

市長夫人…………何かにつけライルのことを気にかけている

クラウディア……市長の一人娘。おとぎ話にでてくるお姫様のようなかわいらしい容姿をしている

エリジャー………医療セラピスト。最新の医療技術を備えた部屋で患者を治療する

## Pengenalan Novel 'HUJAN'

Apa yang akan terjadi jika suatu hari kelak, tahun 2050, ternyata HUJAN tidak pernah lagi turun di planet Bumi? Ketika langit hanya hamparan biru, kosong. Tidak ada secuil awan pun.

Apa yang akan dilakukan oleh penuduk Bumi saat masa itu tiba?

Inilah cerita tentang bencana alam besar, dan keputusan manusia yang membuat lingkungan semakin rusak. Saat mereka mengganggu keseimbangan hanya untuk kepentingan jangka pendek.

Menariknya, ini juga cerita tentang cinta. Dalam situasi tanpa HUJAN lagi tersebut, seorang gadis muda jatuh cinta. Ketika gadis muda itu, yang sangat menyukai hujan, harus melewati masa-masa penuh pengharapan, kerja keras, setia kawan, pengorbanan, pun kesalah-pahaman besar atas perasaannya.

Inilah cerita ketika mesin penghapus ingatan telah ditemukan di tahun 2050. Dan disituasi menyakitkan tersebut, tiba pada titik kecewa mendalam atas harapannya, apakah gadis muda itu akan memilih menghapus saja semua ingatannya, memulai kembali dari nol. Atau dia akan memilih memeluk erat semua ingatan tersebut, terus maju melewati hari-hari tanpa HUJAN di planet Bumi.

Novel 'HUJAN' adalah satu dari 60 novel yang ditulis oleh Tere Liye. Di Indonesia, Tere Liye menjual lebih dari 10 juta eksemplar novelnya. Beberapa novelnya telah difilmkan dan menjadi serial televisi di Indonesia. Menerima berbagai penghargaan nasional, dan menghadiri berbagai acara pameran buku, literasi di banyak negara.

# 1

四メートル四方の部屋は、一見すると、この町で最新の部屋にしてはあまりに簡素な設計にみえる。しかしその部屋には、高い技術と最新の医療設備が備わっていた。そこで施されるセラピーは、これまでには想像もつかない技法で行われた。

壁と天井の色は白く、高さはおよそ四メートル。部屋の真ん中に、たった二つの家具が置いてあった。一つは折り畳み椅子で、五十歳の女性が座っている。クリーム色の服を着て、タッチ画面のタブレットを手にしている。彼女はベテランの医療セラピストだ。もう一つの家具は緑色の低いソファで、紺のシャツに黒いズボンをはいた若い女性が、背もたれに寄りかかって座っていた。

あとは、空っぽの立方体の部屋に、傷一つない大理石の床が広がっている。天井に取りつけられた照明器具からは、柔らかな光が放たれていた。時刻は夜八時。部屋に窓はない。

「私は、エリジャーと申します」ベテランの医療セラピストは、にっこりして話し始めた。

「あなたのお名前は、ライルで間違いありませんね？」

緑のソファに座っている女性は、ゆっくりうなずいた。

「来週二十一歳の誕生日を迎える、そして身寄りはいないのですね。友だちとアパートに住んでいて、専門学校の教育を終えている。健康保健A級を持っている」エリジャーは、目の前のタブレット画面を指で軽快にタップしながら言った。紙ほどの薄さのタブレット上で、文字と絵がスクロールされた。

「それに、町の病院で看護師をしているのね」エリジャーはしばらく黙り、画面の字を動かすのをやめ、ゆっくり読み進めた。「すごいですね。十六歳のときから様々な社会的奉仕をしてきたと記録されています。セクター一に一か月間配属されたんですね。驚きました。セクター一は最も悲惨な場所ですもの。今どんな状況なのかしら？」

緑のソファに座っている女性は答えない。

エリジャーは微笑んだ。ゆっくり話をしながら、女性にセラピーを施す前にリラックスした雰囲気をつくろうとしていた。しかし、今まで扱ってきた数百人の患者と同じように、女性はしゃべろうとしない。それもそのはず、今の状態は楽しめるような状況ではなかった。その部屋に入るという最終決断を下したあとで、誰が社交辞令的な話などする気分になれるだろう。

「それでは、ライル、始めますね」エリジャーは目の前の女性を見つめ、再び指でタブレットをタップし始めた。

画面に指が触れたとたん、無線のコマンドを通して、椅子から二メートル離れた辺りの大理石の床が開き始めた。そこから鼻型ロボットが現れ、ヘアバンドの形をした道具を持ってきた。ロボットの鼻の端がエリジャーの方へ動き、やがて止まった。エリジャーがそのヘアバンドを手に取った。

「このスキャナーをつけてください」エリジャーは、銀色の金属製ヘアバンドをソファの上の女性に渡した。

女性はその言葉に従って、ヘアバンドを頭に装着した。その間にロボットの長い鼻は元の位置におさまり、大理石の床はふさがった。そこに一秒前に穴が開いていたなんてうそのようだ。

エリジャーは、ヘアバンドがしっかりと頭に取りつけられたのを見て微笑んだ。「これはオペをする前の最後でかつ最も大切な段階です。この段階で、あなたの話をもとに、脳神経マップを作る必要があるのです」

エリジャーはしばらく黙って、目の前の女性が自分の話を理解できているか確かめている。

「簡単なことではないことはわかっています。でも、正確な情報が必要なのです。あなたは看護師であり、高度な教育も受けているから、よくわかっているはずです。これからやるオペには、とても正確な全脳神経マップが必要です。あなたのつけているスキャナーは、記憶を保存してある脳の場所を特定し、四次元のデジタルマップを再構築する手助けをしてくれるのです。オペに一切の間違いは許されません。いい思い出も消されてしまったら大変でしょ?」エリジャーはおどけてみせようとした。十五分前に女性が部屋に入ってきてからずっと、ほかの患者と同じように、その顔にはあらゆる悲しみがあふれていた。

「いったんこの部屋に入ると、後戻りはできません。すべてのことを、最後まで話してくださいね、ライル。そうでないと、デジタルマップは最初から作り直しになります。話はできるだけ詳しくしてください。スキャナーはあなたが話し始めると、脳神経の反応を記録します。途中で止めてもいいし、泣いてもいいし、怒っても叫んでも大丈夫です。そのすべてが必要なのです。すべてを話すのは簡単ではないでしょう。でも頑張ってください。途中でいろいろ質問して、あなたの集中がずっと途切れないようにお手伝いします。私は、患者のあなたと、銀のヘアバンドをつなぐ仲介者、つまり進行役ですから。さあ、準備はできましたか?」

緑のソファの上の女性は、ぼんやりとうなずいた。

エリジャーは、ゆっくりと呼吸すると座り直した。「いいでしょう、最初の質問を始めます。ライル、あなたが自分の記憶から消したいものは、なんですか?」

部屋がしんと静まった。

「ライル、聞こえていますか?」エリジャーは優しく尋ねた。女性はうつむいたままだ。

やがて顔を上げると、涙で濡《ぬ》れた目の縁を拭った。先ほどから息苦しさに耐えていた。

「泣きたかったら、泣いていいのですよ」エリジャーはタッチ画面で指を動かしながら、同情してライルを見つめた。「この先泣くことはないでしょう、約束します」

エリジャーの指が画面から離れた瞬間、再び椅子の横の床が開いた。先ほどロボットの鼻が出てきたところとは違う場所だ。緑のソファから手のひら二つ分離れたところから、ステンレスのパイプのような長い柱が出てきた。五十センチの高さになったところでパイプは止まった。パイプの先端が横に倒れて平たくなり、一本足の小さな丸い机に変わった。

同時に、別の穴から再びロボットの長い鼻が出現し、ティッシュの箱を握って、ステンレスの机の上にゆっくりと置いた。

「ティッシュ、いりますか?」エリジャーは箱を指さし、タブレット画面を指でタップした。ロボットの鼻は下がって、大理石の床の中に戻っていった。

緑のソファの上で、女性はうなずいてゆっくり一枚のティッシュを取り、濡れた鼻を拭った。

一分が音もなく過ぎた。

「ライル、あなたは何を忘れたいのですか?」エリジャーは最初の質問を繰り返した。

緑のソファに座っているライルは、かすれた声だったが、今度はしっかりと答えることができた。

「私は雨を忘れたい」

# 2

「おめでとう《スラマッ》、地球のみなさん！　たった今、百億人目の赤ちゃんが生まれました！」

今朝は、その文字がいたるところにあった。地下鉄の駅の極薄のスクリーンにも、建物の広告ディスプレイにも、市バスの壁にも、交差点の信号機にまで。その文字が動き、次に、祝賀花火が上がる画面が続く。歩行者がそれに気づいて視線を向けた。

「遅れちゃだめよ、ライル」三十五歳の女性が叫んだ。歩道を足早に歩いていく。

小雨が降ってきた。細かい雨の粒が顔に降りかかる。

後ろを歩いている少女がうなずいて、母親のあとを急いで追いかけた。少女は上を向いていた。その文字を読むためではなく、細かな雨粒を見るのに夢中になっていたのだ。年は十三歳、長い髪をおろして、真新しい学校の制服を着ている。靴もリュックも新しい。

「もう遅刻しそうよ。いやだわ。なんでこの町には急に人が増えたの？」交差点の雑踏の中に割り込もうとしながら、母親が嘆く。

朝七時半、町の道路は仕事に出かける人たちでごった返していた。公務員、店のオーナー、みんなが活動を開始する。信号が赤から青に変わるのを待って、数十人の歩行者が一斉に道路を渡る。

今日はライルが長い休みを終え、中学校に入学する日だ。生徒が多いのも、道路が混んで見える理由の一つだ。ライルは母親と一緒に家を出た。母親のオフィスは、ライルの学校と同じ方向にあった。

百メートルほど歩いて、地下鉄の駅に続く階段を足早に降りていく。ほかの数千人の通勤者に負けずに、二人も歩みを進める。

「あなたは、地球の百億人目となった赤ちゃんの誕生をどう受け止めますか?」テレビ番組のキャスターが聞いた。駅のエスカレーター脇の壁は、高度な性能を備えたテレビ画面となっており、今朝はいつもの製品のコマーシャルの代わりに、ニュースが放映されていた。

重大ニュース。夕べから人々の話題になっている。

「このお祝いごとに際して、失礼ながらあえて言わせてもらえば、私には悪いニュースにしか思えません」

「悪いニュース?」

「ええ、あなたもご存じでしょう。四十二年前、二〇〇〇年という新しい千年紀を迎えたとき、地球の人口はたった六十億でした。そして今、二〇四二年を迎えて、百億ですよ。たった四十二年間しかたっていません。クレイジーですよ。よく覚えておいてください。二百年前、地球の人口は八億人に満たなかったのです。ずっと繁殖し続けているのです。人類に敬意を表しあえて言いますが、繁殖が早すぎるのです。地球を密にしていることを自覚しなくてはいけないのです」きちっとした服を着て、その人は語調を気にすることなく答えた。特別番組「ブレイキングニュース」のゲストだ。

「ネクタイを直して、ライル」今年三十五歳の母親は、また子供の方を向いた。二人はプラットホームに到着し、緑の線上に列をなしている人たちの中に立っていた。

ライルは急いでうなずいた。さっきから壁のテレビや柱やそのほか諸々のスクリーンに放映されている重大ニュースに、すっかり気を取られていたのだった。

遠く先の方まで電車の影は見えない。

「やだ、今朝は電車まで遅れているみたい」母親は腕を見た。従来の時計ではない。小さなタッチ画面が七時四十六分を指していた。

それは最新型ツールだった。サイズは二センチ×三センチ。腕についていて、腕を揺らすだけで電源が入る。町の多くの人々にはまだ行きわたっていない。情報技術の会社で働いているライルの母親は、六か月前から使っている。いたって実用的で、多くの機能を備えている。

母親が手首のタッチ画面をタップした。電話が入ったのだ。

「もしもし、お母さん、今どこ?」はしゃいだ男性の声が聞こえてきた。

「まだ電車の駅よ。遅刻しているの。ライルが寝坊してね。いつも我が家の朝のスケジュールをめちゃめちゃにするんだから」

電話の声が笑った。

「落ち着いて、お母さん。今日は登校初日でしょ。ほかにも遅れる生徒はたくさんいるさ。ライルと話してもいいかな」

母親は、耳にフックで取りつけられている丸い金属を外した。一見したところ、それはイアリングのようだったが、実はイヤホンだった。それをライルに渡した。「お父さんが話したいって」

ライルはうなずくとその丸い金属を受け取り、右の耳につけた。

「もしもし。お姫様」

「お父さん!」ライルは嬉しそうに叫んだ。

「今日の調子はどうかな、お姫様?」

待ちかねていたように、ライルはあらゆることを話し始めた。このところ、三か月も外国で仕事をしていた父親は、長い休暇の間も帰ってこなかった。こんなふうに電話で話したり、画面を通して会ったりすることしかできなかった。

「ライル、飲み物を買ってくるから、ここで待っていてね」母親が伝えた。

ライルはこっくりうなずいた。その間もずっと父親としゃべっている。

ライルの母親は、地下鉄の駅の柱のそばにある自動販売機の方に行った。イヤホンの片方はつけたまま
なので、ライルと父親の話を聞くことができた。自動販売機のボタンを押してココアを二つ選びながら時々
二人の会話に割り込み、ライルの言葉に口を挟み、一緒に笑った。腕のタッチ画面をデジタルのセンサー
に近づけると、ヒューというゆっくりとした音がして、支払いは完了した。自動販売機から温かい二つの
ココアが出てきた。腕につけたタッチ画面があれば、どこへも財布を持っていく必要はなかった。

「飲む、ライル？」戻った母親はココアを一つ渡した。

ライルはうなずいて受け取った。

「お父さんの休み時間もそろそろ終わりだ。仕事に戻らなくっちゃ」

「う、うん……」ライルはがっかりしたようだった。

「さあ、ライル」父親が笑って言った。「来週、帰るからね。一週間ずっと一緒にいられるよ。噴水のあ
る池に行ってもいいし、遊園地やセンチュリーモールに行ってもいいし。好きな所を選んでいいよ」

「さあ、電車が来たわ」母親が、二人の会話に口を挟んで知らせた。

地下鉄の車両が、駅の先端の通路から視界に入ってきた。

「じゃあね、お母さん、ライル。学校が楽しいといいね」

「じゃあね、お父さん」ライルは力なく答えて、右の耳からイヤホンを外した。

それからわずか三十秒後に、地下鉄の車両がプラットホームにピタリとついた。ライルの母親は、すぐ

耳にイヤホンを戻し、腕を振った。腕のタッチ画面の色が薄暗くなった。車両のドアが開いた瞬間、二人は地下鉄に乗り込んだ。

　地下鉄は十二両編成だった。ほとんどすべての車両が、仕事に向かう通勤者でいっぱいだった。ライルと母親が乗り込んで立っているのを見て、二人の男性客が席を譲った。礼を言って二人はすぐに座った。腕のタッチ画面があるので、前もって切符を買う必要はない。無線の仕組みが自動で乗客を探知し、支払いは自動引き落としになる。

「おめでとう《スラマッ》、地球のみなさん！　たった今、百億人目の赤ちゃんが生まれました！」

　いつもは次の駅の名前が書いてある座席の上の薄いディスプレイは、その文字でいっぱいだ。文字は続いて花火のアニメーションに変わる。それが代わる代わる現れた。車両の壁のテレビ画面も同じニュース番組を放送していた。

「悪いニュースって、それ、ちょっと言い過ぎじゃないですか？」番組のキャスターは異論を唱えた。

「言い過ぎなものですか。ここ十年、私たちは水不足に直面しているのです。忘れないでください。地球上の人類の六十パーセント、つまり六十億の人が飲み水を手に入れるのが困難になっているのです。そしてそういう人々は、どんどん増えている。水をめぐって内戦が起きている国もあります。忘れないでください。化石燃料が枯渇して以来、私たちはエネルギー危機に瀕《ひん》しています。加えて食料危機です。数百万ヘクタールの小麦、コメ、トウモロコシを植えないと百億人分の胃袋を満たすことはできません。これは悪いニュースです。地球の収容能力には限界があります。このまま人間が増え続けると、深刻な問題に直面することになります」

　ライルは温かいココアを飲みながら視線を上げて、壁のテレビに注意を向けた。

六時間前、遠い世界のどこかで百億人目の地球の住民となる赤ん坊が誕生した。世界にとって重大なニュースだ。とはいうものの、多くの人はそんなことは気にもかけず、当たり前のことのように受け止めている。地下鉄の乗客は、それぞれの端末に夢中になっていた。

「でもここ二十年は、世界中の国が、人口増加を止めようと様々な方策を講じてきているのではないですか？」

「確かにそのようなことは行われてきました」きちっとした身なりのゲストは、キャスターの言葉をまたもや遮った。「様々なサミットが行われてきましたが、効果は上がっていません。中国、インド、インドネシア、ブラジル、パキスタン、バングラディシュと、ここ四十年の成長は、目覚ましいものがあります。人類は、あえて言わせていただくと、人口を制御できるような生き物ではありません。中国を例にすると、あれだけ強大な政権でも一人っ子政策を転換せざるを得なかった」

「それでは、それが悪いニュースというなら、解決方法は何なのですか？」今度は、キャスターがゲストの言葉を遮って聞いた。

ゲストは笑って答えた。「あなたが気に入るような答えではありませんよ。お茶の間の視聴者のみなさまにもね。私の考えは、いつも多くの人に疎まれるのです」

キャスターもつられて笑った。「それは私も存じています。でも、今日は特別な朝ですから。全世界にとって幸せな知らせがあったのですから。教授からの辛辣《しんらつ》な言葉の一つや二つ、視聴者は許してくれるかもしれません。解決法は何なのでしょうか」

ゲストは姿勢を正した。「みなさん、恐れながらあえて言わせていただきますが、人類とは、実はウイルスなのです。急速に繁殖し、資源を吸収していきます。資源が枯渇するまで、非常に貪欲に。そしてウイルスと同じく、最も強力な薬しかその増殖を抑えるものはありません。私が言っているのは、戦争とか疫病とかではありません。そんなものは人類の息の根を止めることはできなかった。数十もの戦争も、十数回の致命的と言われた疫病もありました。それでも、人類は何倍にも増え続けてきました。私がこれから申し上げるのは、劇薬です」

「お話がホラーじみてきましたね、教授」キャスターが口を挟んだ。

「質問を投げかけたのは、あなたですから」

地下鉄のテレビの画面は、ずっとその放送を流していた。

ライルは、空虚なまなざしでテレビ画面を眺めていた。コップの中身は半分残っている。第一には、ライルはまだ十三歳になったばかりだったから、その話の内容を理解できなかった。それに、頭の中は、登校初日の不安でいっぱいだった。去年のクラスメートと同じクラスになれるかな、それとも変わってしまうのかな、新しい先生は優しいだろうか。

小雨だ。ライルは、さっき道に落ちてきた小雨のことを考えた。許されるなら、今朝もそこで遊んでいたかった。交差点に立って、柔らかい雨粒に顔と髪が濡《ぬ》れるままに、天を仰いで、両手を広げて走りたい。ライルはいつも雨と戯れるのが好きだった。でもきっと母親の考えは違う。学校の方が大切だ。隣の座席に座り、母親は仕事場の同僚に電話をするのに忙しい。子供を学校に連れていかなければならないので、仕事に遅れると言っている。

「では、劇薬とはいったい何のことですか。自然災害ですか？」

「あたりです。しかもかなり致命的な規模でね」ゲストが深刻な顔つきで答えた。

「ところで、ウイルスに効く薬はないですよね？」キャスターは、思い出したように、冗談のつもりで笑って言った。

「ええ」ゲストも笑った。

地下鉄は、薄暗い通路を、次の駅を目指して高速で走っていく。乗客は、自分の関心事に夢中になっている。テレビの話を真剣に受け止めている人はいない。ライルはリュックのストラップをかけ直した。

その日の朝、世界にとって重要な日、百億人目の地球の住民が生まれた日、テレビのニュース番組でそのことが議論されていたまさにそのとき、まったくの偶然か、またはそういう運命だったのか、人類にとって最も強力な劇薬が、すでに到来していた。人間は、地球上で自分たちが最も強く優れた種と思っているだろうが、実は、自然の力に対峙《たいじ》したとき、人間の足元は非常にもろい。

その日の朝、ライルの乗る地下鉄が高速で走っていたその瞬間、とある火山が噴火した。それは普通の火山ではなかった。それは古火山《こかざん》だった。クラカタウ火山、タンボラ火山の噴火がいかにすごいものだったか、歴史に刻まれている。しかし、今回の古火山の噴火は、その二つの噴火の比ではなかった。百倍もすごかった。地球上の技術の粋《すい》をもってしても、その出来事を誰も防ぐことはできなかった。

それは致命的な天災だった。

## 3

傷一つない四メートル四方の大理石の部屋は、しんとしていた。

エリジャーは、目の前のタブレット画面が点滅していることを確認した。それは、ライルの頭につけている銀のヘアバンドの形をしたスキャナーが、ライルが話し始めて以降、正常に作動している証しだ。スキャナーは、緑のソファに座っている患者の脳の神経マップを作り始めた。タブレットの画面上に、赤、黄、青の色をした糸が形成されていく。それは、現在コンピューターが働きかけている記憶を示している。

「二〇四二年、五月二十一日、」エリジャーは神妙に言った。「それは、決して忘れられない日ですね」

そうだ。地球上の誰も、その出来事を決して忘れることはない。

「その日、私は四十二歳でした。首都のある病院で朝のシフトで仕事中でした。定期検査があって、年配の患者のお世話をしていました」エリジャーは微笑んだ。ライルの話に戻る前に、小休止を設けようとしていた。「本当にぞっとするような一日でした。もう八年もたったけれど、私たちは、いまだに、その災禍を克服しようと努力していますよね」

緑のソファの上の女性はかすかにうなずいた。

エリジャーは、話の続きを聞く準備をして、座り直した。

＊＊＊

矢のように走る地下鉄の車両の中。八年前。

その瞬間、ライルは繰り返し現れるテレビ画面のアニメーションを見ていた。「おめでとう《スラマッ》、地球のみなさん！」乗客がめいめいの関心事に夢中になっていたそのとき、突然、地下鉄が急ブレーキをかけた。キーという音が胸を締めつけた。スチールの車輪から火花が飛び散った。強い力で引っ張られ、レール上でバランスを失い、十二ある車両はお互いぶつかり合いたたきつけられ、通路の壁にぶちあたった。

その瞬間乗客は前方に放り出された。倒れひっくり返り、大パニックになり、叫び、恐怖の悲鳴を上げた。その恐怖は、まだ始まったばかりだった。十五秒ほどパニックが続く中、車両の中の電灯が突如消えた。

地下鉄の通路の照明も消えた。配電網が切れた。地下鉄の車両は真っ暗になった。乗客は、ますます制御が効かなくなって、恐怖の声を上げながら、互いに肘をぶつけ合い、倒れまいとした。体の半分を立たせておくのがやっとだった。そのとき、車両の床がぐらりと揺れた。それは、まるで、今立っている場所が固い地面ではなく、かき混ぜられた水面上であるかのようだった。車両は、巨大な缶がきしむような音を出しながら、動き、転がり始めた。

乗客は、恐怖のあまり金切り声を上げた。

ライルの母親は、体を動かし娘を探そうとした。血の気の引いた顔で、ライルは車両の隅に座っていた。遠くまで放り出されたライルは、ほかの乗客に激突した。コップに入っていたココアが飛び散った。「何があったの?」ライルも顔を上げて母親を探した。

「何が起きたんだ?」ほかの乗客も口々に聞いた。

地下鉄の中にいた乗客は、山の轟音《ごうおん》を聞いていなかった。彼らは地下四十メートルの所にいたのだ。地表にいた者だけがその轟音を聞いた。八時十五分、別の大陸のふちにある古火山が噴火した。その爆発音は、一万キロ先まで聞こえた。あまりの轟音に、その山から半径二百キロ以内の住民は、何が起きたのかわからないうちに一瞬にして耳が聞こえなくなった。それから一秒後に、灰と摂氏数千度の火山礫《れき》が八十キロの高さに吹き上がり、やがてそれがぐるっと丸まって下方に打ち寄せ広がってきた瞬間まで、自分たちの耳が聞こえなくなっていることに気がついていなかった。ほんの数分で、半径二百キロのすべての生命は一掃されてしまった。摂氏五千度で焼かれ、焦げ、何も残らなかった。黒いキノコの形をした火山灰が、身の毛がよだつ轟音をとどろかせて、辺りを覆い尽くした。

ライルの住んでいる町は、実は火山から三千二百キロ離れていた。中、小規模の火山噴火ならその距離は十分安全圏内だ。しかし今回は、古代に超巨大噴火をしたまま忘れ葬られていた古火山だった。その大きな災難は数秒でやってきた。人々を死にいたらせたのは熱い灰ではなく、マグニチュード十の火山性地震だった。山は崩れ、高架道路は崩壊し、地面は裂け、家々は倒壊した。地球の三分の一がかつてない致命的な強さの地震を感じた。

「ライル、ライル」母親はライルを見つけた。

ライルは慌てて母親にしがみついた。

地下鉄の車両の中は、乗客のパニックの叫び声が続いていた。

「大丈夫?」母親が尋ねた。

ライルはせき込んで、汚れた顔を拭った。車両の壁は裂け、土砂や粉塵《ふんじん》がその辺りを覆った。ライルは無事だった。ふくらはぎをほかの乗客の靴に踏まれて痛かったし、腕にココアのしぶきがかかってやけどしそうだったけれど、ともかくライルは無事だった。

何人かの乗客が携帯電話の画面をつけて、辺りを明るく照らした。

「何が起きたの?」一人の乗客が尋ねた。

「地震だ」別の者が答えた。それはあてずっぽうに言った答えだったが、的を射ていた。

ライルの母親は、慌てて腕の画面で夫と連絡を取ろうとしたが無駄だった。電波がつながっていない。腕の画面がいかにハイテクでも、電波がつながらなければそれは役に立たない道具にすぎない。世界中のコミュニケーション網が完全に途切れた。

「どうすればいいんだ?」乗客が不安げに尋ねた。

「怖がることはないさ。そのうち地下鉄が動き出すよ」一人の乗客がいい知らせを届けようとした。

「だめだ、地下鉄は動かないだろう」別の乗客が首を横に振った。声がかすれていた。

そのとおりだった。地下鉄のシステムが地震を初めに感知したとき、手順どおり、車両は自動的に最初の反応を示し、すぐに非常ブレーキをかけた。通常なら、何分かすれば復旧し地下鉄はまた動き出す。しかし今回は、五分、十分行程を遅らせるような普通の地震とはわけが違った。地下鉄の線路があちこちで寸断されていた。電気のネットワークも切れた。自動制御システムがすでに麻痺《まひ》していた。十二ある車両は、線路から外にたたきつけられた。そのうちの二つの車両は通路の壁に垂直に立っている。もう運行を続けることはできないだろう。

乗客がぼう然としていると、車両のドアが外から無理やり開けられた。明るい光が車両を隅々まで照らした。地下鉄の乗務員が叫んだ。「乗客のみなさん、降りてください」

ライルは光と声の方向に振り向いた。母親がその手をがっしりとつかんだ。

「乗客のみなさん、降車してください」再度乗務員が指示した。

車両の中の乗客はその指示に従ってすぐに降車し、線路に飛び降りた。ライルも母親も従った。だが乗客が全員降車できたわけではない。何人かは体にあざをつくり、頭に傷を負い、車中に倒れている。

「そのままにしておいてください。助ける余裕はありません」乗務員は、ほかの何人かの乗客が怪我《けが》人の様子を見ようとしたのを見て、毅然《きぜん》と叫んだ。その乗務員の状況も決していいわけではなかった。こめかみからは血が流れ、制服は埃にまみれている。彼は非常用ライトを持っていて、そこから明るい光が差していた。

地下鉄のレールに降りて途方にくれながら、ライルは湿った通路の辺りを見つめた。十二両の車両が、まるで使い物にならない缶のように転がっていた。地下鉄の車両には二人の乗務員がいた。二人は、一番近い非常階段を目指して乗客の避難を誘導した。非常階段は、通路に千二百メートルごとに設置してあった。その非常階段が地下鉄の通路と地上をつなげていた。

「さあ、みなさん、前にいる乗務員のライトの光のあとについていってください。早く地上に出なくてはなりません」その乗務員が再び叫んだ。顔がひきつっている。地震は地下鉄にとって深刻な脅威だ。緊急事態の対応は訓練済みだ。その乗務員は熟知していた。数分の間にいつ余震がくるとも限らない、そしてそのとき地下通路にいると状況はさらに困ったことになる。歩くことができる乗客を救うことが最優先だ。

ライルは顔をゆがめ、ふくらはぎの痛みに耐えながら、足を引きずり母親の脇を歩いていった。瓦礫の埃が立ち込める中、地下鉄の通路を歩くのは容易なことではなかった。百メートルも歩かないうちに前の方で落胆する声が聞こえた。前方の天井が崩落し、岩石が出口をふさいでいた。

「来た道を戻り、後方の非常階段を使いましょう」乗務員の顔はますますひきつっていた。地下鉄の通路はじめじめしていたが、乗務員の首からは汗が噴き出ていた。

「後ろもふさがっていたら?」一人の乗客が不安げに聞いた。

「そうでないことを祈りましょう。さあ、早く! 早く!」乗務員が叫んだ。

ライルは母親の指をしっかり握った。十三歳になったばかりとはいえ、地下鉄の何百人もの人が直面している緊迫した状況は十二分に把握できた。

乗客は反対方向を向いて、十二両の車両が山と積み重なっている中を戻っていった。非常用ライトでは通路全体を照らすことはできず、車両の壁の崩壊の状況は明らかではなかった。ライルは唾をのみ込み、暗闇に目をこらした。車両の中には傷を負い、避難に加われない乗客がたくさんいた。痛みに苦しむ悲鳴が聞こえた。母親はライルの手をしっかり握り、前に進むことだけを考えた。

目指す非常出口からはるかに遠く、まだ五分ほどしか歩いていないそのとき、足元の通路の床が再びぐらりと揺れた。乗客はパニックになって金切り声を上げた。

ライルは母親の腰にしがみついた。震えている。

「余震だ」乗務員の声が響いた。「みなさん、体を低くして」

乗務員の指示に背き、何人かのパニックに陥った乗客が車両に戻ろうとしていた。その頭上に埃が次々と降りかかった。乗客の何人かは、通路の天井が崩落したとき、少なくとも車両の中の方が安全ではないかと短絡的に考えたのだ。

「車両に戻らないでください！」一番後ろに立っていた乗務員が阻止しようとした。

それには耳を傾けず、十数人の乗客がそのまま車両に戻ろうと走った。しかし彼らは現実に向き合わなければならなかった。彼らが横転している車両についた瞬間、頭上の通路の天井が崩れ、車両ごとすべてを埋めてしまったのだ。その瓦礫はその場所にとどまらず、残っている乗客の人込みに向かってはうように広がってきた。

「走って！」乗務員の叫び声はかすれていた。

再度指示されるまでもない。数十人の乗客は走った。ライルは足を引きずっていた。母親がその腕を痛いほど引っ張る。

「早く、ライル！　早く！」母親が叫んだ。天井が崩れ、逃げ惑う後方の乗客の上に落ちた。十数人が生き埋めになった。彼らの叫び声は土砂と瓦礫の間にのみ込まれた。後方の乗務員が持っていた非常用ライトの光も消えた。通路に恐怖が走った。

「もっと早く、ライル！」

ライルはうなずいた。顔色が悪い。動悸《どうき》が激しくなった。足にムチ打って走った。長い髪がぼさぼさになるのも気にならなかった。顔は埃まみれだった。走ってきた方を振り返ると、ライルと母親は人々の一番先頭にきていた。今やそれも何人かの乗客で構成されているだけだった。

四十秒がとても長く感じられた。通路の天井が崩れ落ちながら乗客を追いかけてくるのが止まった。地下鉄の通路の床は再び動きを止めた。痛ましい風景を残して、余震がおさまったようだ。乗務員一人を含む約三分の二の乗客は、後方で生き埋めになった。乗客で残されたのは、たった十数人だけだった。

「みなさん大丈夫ですか？」残された乗務員が尋ねた。ゼイゼイと息をしていた。

それに答える乗客はいなかった。乗客は息を切らし、数人が思わず咳き込んだ。

ライルは埃だらけの顔を拭った。たった三十分前、ライルの母親は学校に遅刻していることを心配していた。しかし今は暗い通路に閉じ込められてしまった。外にさえ出られたら、本当に遅刻して学校に行けるだろうに。

一人になってしまった乗務員に導かれて、残った乗客は先へ進んだ。

四百メートル先で、非常階段の入り口が見つかった。張り詰めた顔をした乗務員からは、長いため息が漏れた。難なくドアを開け、懐中電灯を上に向け顔を上げた。階段の高さはおよそ四十メートル。問題なく安全に上れそうだ。

「子供が先です！」乗務員が叫んだ。

乗客の中に子供は二人しかいなかった。ライルともう一人、十五歳の少年だ。

「君が先に上るんだ」乗務員がその少年に言った。

「階段を上ると非常用の部屋につく。そこであとから来る人を待つんだ。わかったね？」

その少年はうなずいた。

「この子の親も今一緒に上ってもらいましょう」乗務員は非常用ライトを高く上げて人々を見つめた。前に進み出る人はいなかった。

「僕一人です。四人の兄弟は車両の中で生き埋めになっています」その少年はゆっくりと言った。

一瞬、その場が静まり返った。

「悪かったね」乗務員はゆっくりと言った。「わかった、さあ、上りなさい」

少年はすぐに階段を上った。ライルが二番目に上る乗客になった。母親が間をあけずにそのあとに続いた。

ライルの小さい手は、震えながら階段をつかんでいた。それはまさに非常用のもので、鉄の階段は壁に密着していた。ライルは暗い井戸を上っていくような気がした。しかしほかに選択の余地はなかった。それが唯一の地上に出る道だった。ライルは覚悟を決め、一つ一つ階段を上り始めた。

「大丈夫、ライル？」下から母親が叫んだ。五分たち、地上まであと半分のところまで来ていた。

ライルはうなずいた。息が荒くなった。長く使っていなかった鉄の取っ手は、湿り、苔むしていて滑りやすかったけれど、ライルはそれをものともせず階段を上っていった。

上まで残すところ数メートル、地表が見えた。先ほどの少年はもう地上についていた。彼はライルよりきびきび動くことができた。少年は下をのぞき込みながら待っている。

ライルがこれで大丈夫と安堵《あんど》のため息をついたそのとき、次の余震が襲った。

ライルが握っていた階段が揺れた。まるで観覧車に乗っているようだ。非常階段の下から上ってくる乗客はパニックになって叫び、上にいこうとしてもがいた。

ライルの動きがすぐに止まり、下を振り返った。

「止まっちゃだめ、ライル！」母親が下から叫んだ。「もう少しよ。上って」

ライルはうなずいた。唇をかみしめて、そのまま動きを速めた。

壁が裂ける音が聞こえた。ぞっとする音だった。非常階段の下方の一部が崩れ始めた。それはまるでパンくずを上に向かって放り投げたときのように広がってきた。階段の一番下にいた乗客は土石とともに次々と落ちていき、下にたたきつけられた。

「ライル、早く！」母親はパニックになって叫んだ。

ライルは、もがきながら、できる限り早く地上に出ようとしていた。地表まであと五十センチ。地上はすぐそこだった。しかし地面が崩れる方がもっと速かった。母親がつかみ、踏んでいた段が崩落し、ライルの足元の段も崩落した。ライルの体は、最後に残された段をしっかりと握っている、二つの手でぶら下がった。

「お母さん！」ライルは叫んで、ぞっとして下を見た。

「止まっちゃだめ、ライル！」階段を握る手が離れ、母親は上を向き、最後にライルを見て叫び、答えた。

母親の体は、四十メートル下の倒壊した地下鉄の通路の中に、土砂とともに落ちていった。真っ暗になった。

「お母さぁーん！」ライルは階段から片方の手を放しそうになった。そして錯乱状態で母親を引き寄せようとしてバランスを失い、残された手も放してしまった。

ライルが落ちてしまう寸前に、一つの手が上からライルのリュックを引き寄せた。先に地上に到達していた十五歳の少年が、それをガシッとつかんだ。

「上って！」その少年は叫んだ。

「放して！」ライルは大声で答えた。

「上るんだ！　床が全部落ちるぞ」その少年は、ライルの体を無理やり引っ張って地上に出そうとした。そして成功した。ライルはもがいて暴れた。母親を助けたかった。少年はライルの体を瞬時に引っ張り、引きずって、部屋の床を駆け抜けた。そして、ドアを蹴って外に出るのと、部屋の床が崩れるのがほとんど同時だった。二人は跳び上がって、脱出することができた。ライルとその少年は歩道に倒れこんだ。後ろの非常階段のある建物は消え、下へと崩れていった。

二人は今、地上にいた。道の分岐点に出た。

小雨が町を包んでいた。ライルは息を切らし歩道に座りこんだ。顔色が青ざめていた。想像もできないような恐ろしい経験だった。「お母さん……」ライルは息を漏らした。「お母さん……」ライルがまっすぐに立ち、雨で汚れ濡《ぬ》れた顔を拭い、周りの町を見渡したとき、彼らの前に広がっていたのはもっとぞっとするような光景だった。

美しかった町は、マグニチュード十の地震で壊滅した。有史以来、大陸を壊滅させるほどのすさまじい力を持った地震は少なかった。建造物を次々に倒し、高架道路を壊し、住民は叫び、助かろうとして逃げ惑った。サイレンの音が聞こえ耳を聾《ろう》した。どうやら、先ほどの地震によって火災がすでに発生しているようだった。立ち上る煙があちこちで見えた。九十パーセントに近い建造物が壊滅していた。

しかし彼らの町は海岸線から遠いから、まだ運がよかった。なぜならそれから何時間かして、高さ四十メートルの津波が地球の半分を一掃したのだ。海沿いの町は、砂の城が波に洗われるように木っ端みじんに打ち砕かれた。

「僕のジャンパーを着て」ライルのそばに立っていた十五歳の少年は、自分の着ていたジャンパーを脱いでライルに差し出した。

小雨が豪雨に変わった。辺りの惨状を目の当たりにして泣いているかのようだった。

ライルは小さいころからずっと雨が好きだった。でもこの雨はライルに深い傷を負わせた。

## 4

全世界が決して忘れることのできないその日から、ライルは孤児になった。

そしてその日を境に、地球の住民は火山噴火について学んだ。噴火の規模は、火山爆発指数（VEI）によって測られることをはっきりと認識した。火山爆発指数には、小さいカテゴリーゼロから最も危機的なレベルのカテゴリー八まで、通常九段階がある。

有史以来数十億の火山噴火があった。ほとんどは小さい噴火で、感じることもなく思い出されることもない、カテゴリーゼロからカテゴリー三の噴火だ。毎日カテゴリー一の噴火はあるし、数分ごとに常時噴火しているカテゴリーゼロの噴火もある。さらにカテゴリーが上がると、数千は中程度の噴火で、テレビのニュースに数分取り上げられるか、新聞の記事の一つに取り上げられるような、カテゴリー四から五の噴火だ。これらはすぐに忘れられてしまう。残りの数百は大規模な噴火で、カテゴリー六から七。この規模からは歴史に記録され百年から千年に一度の周期で起こる。そして最後は歴史上に焼きつけられるカテゴリー八の超巨大火山噴火で、数は多くなく、数十にすぎない（正確には過去三千六百万年で四十二回しかない）。しかしその影響は、人々の生活を変えてしまうほどだ。

タンボラ火山が一八一五年四月五日に噴火したとき、爆発音が千二百キロ先まで聞こえたと記録がある。世界に気候変動をもたらし、その灰は大陸を超え、空を覆った。その年は「夏がない年」という呼び名で知られている。タンボラ噴火はカテゴリー七に相当する。タンボラから六十八年後、一八八三年八月二十六日、クラカタウ山が噴火した。この噴火も数千キロにわたってとどろき、辺りの百六十五の村や町を壊滅させた。十数メートルの津波を引き起こし、何万人という人が死亡した。しかしクラカタウはたかだかカテゴリー六で、タンボラに比べるとはるかに小規模だ。

もう一つカテゴリー八の噴火の例を挙げると、七万三千年前、古火山《こかざん》、トバ山の噴火だ。これはタンボラの百倍の威力で噴火した。火山灰は地球の半分を超える地表を覆った。六年間、地球は冬だった（「火山の冬」と呼ばれる）。そのとき百万人弱の人口は一万人にまで減少し、専門家によって「人口のあい路」と呼ばれるような状況をつくり出した。

アフリカ大陸に残された地球の住民は、その出来事のあと、人口移動を行った。これこそ超巨大火山と呼ばれるものだ。その噴火はあまりに大規模だったので、トバ山の火口は現在広い湖に変わっている。

地球の住民はその事実をないがしろにしているかもしれないが、トバ山のような巨大噴火は、歴史の記録によると、一万年から十万年に一度の周期で起こっている。そして今回、新しい千年紀を迎えたとき、そのときが来た。自然は独自の方法でバランスをとっている。いつ、どこで噴火が起きるかを正確に予知することはできない。そして厄介なことに、どんな方法をもってしても、それを阻止することは不可能だ。

ライルはその忘れられることのない日から、孤児になった。

ライルは小雨の降る朝、倒壊した町をうつろな目で見ていた。

「君、大丈夫?」十五歳の少年は尋ねた。二人はまだ町の中心の交差点に立っていた。

ライルはうなずき、目を拭った。ライルは泣いていた。雨が涙を隠した。

「雨が強くなる前に雨露をしのげるところを探さないと」少年はゆっくり言った。そしてライルの腕をつかむと、小雨降る地震のあとの喧騒《けんそう》の中、ライルを促しながら前へ、前へと走った。

道中、完全な建物はほとんどなかった。倒壊した建物の瓦礫《れき》が道を覆っていた。巨大な建物の一部が道を遮断し、車をつぶしていた。何台かのバスが横転している。無事だった人々は屋外にいた。建物の中に戻る勇気のある者はいなかった。余震も怖かったが、全面にひびが入った建物が警戒感を抱かせた。

少年は、地下鉄の非常階段のマンホールから二百メートル離れた公園を目指して走った。それはとっさの賢い選択だった。二人はプラスチック製のおもちゃの家の中で雨宿りした。ライルはその場所を知っていた。父親に誘われてよく町の公園に行った。砂場で遊んだり、近くの湖でアヒルの乗り物に乗ったり、プラスチック製のおもちゃの家に座ってアイスクリームを食べたりした。

お父さんはどうしているのだろう？　ライルは濡《ぬ》れた顔を拭った。ジャンパーがライルを頭まで覆っていたので、学校の制服は乾いていた。たぶんお父さんは大丈夫。ライルは自分を慰めるために心の中で言った。前にテレビで地震の番組を見たことがある。それは半径数百キロの範囲で起こっていた。ライルは夢にも思わなかった。先ほどの地震が二つの大陸を壊滅させていたなんて。そして、ライルの父親の働いている町が四十メートルの津波に襲われて、地図から完全に葬られてしまうなんて。しかし現実は残酷だった。ライルの父はパニックの中ライルの母親に連絡しようとしたが、無駄だった。機能している通信ネットワークはなかった。そして六時間後、巨大な波が海沿いの地域を一掃してしまったのだ。

「君の名前は?」少年は髪の水を払いのけながら尋ねた。学校の制服の一部が濡れていた。

「ライル」とライルは短く答えた。

「僕の名前はエソック」

ライルはうなずくと、十センチほど自分より背の高い少年に注意を向けた。二人の制服は同じだった。

「君は僕と同じ学校かな?」エソックの方が先に尋ねた。

ライルは再びうなずいた。学校には小学校一年生から高校三年生までが通い、たくさん生徒がいた。ライルは今一緒に雨宿りしている少年を含めて、一人一人覚えているわけではない。

「僕は高校一年だよ。今日は登校初日だけれど、学校はないみたいだね。それに明日も明後日も、しばらくの間」少年はため息をついた。「あの人たちはまだ無事でいるかな?」ライルは混乱した声で言った。まるで答えを聞くのを恐れているかのように。

「無事かって? 誰のこと?」

「私のお母さん。非常階段で落ちてしまったの。きっと大丈夫でしょう?」

数秒の沈黙が流れた。プラスチック製のおもちゃの家の外の雨の音だけが聞こえた。二人はオレンジ色のおもちゃの家の、大きく開いた窓のすぐ前に立っていた。遠くではサイレンの音が飛び交っていた。助かった人で構成された救助隊が動き始めたようだ。そして消防隊も警察も町の職員も。

エソックは首を横に振った。「僕の四人の兄弟もそうだけれど、誰も助かった人はいないよ。みんな地下鉄の通路で、瓦礫の下敷きになってしまった」

ライルは目を拭った。母親が土砂にのみ込まれてしまったと思うと悲しかった。

「僕の四人の兄弟は」エソックは顔を拭った。同じように悲しい表情をしていた。「いつも四人は学校に遅れるんだ。けんかばっかりして、いたずらし合って、靴を隠しちゃったりしてさ。それで僕も学校に遅れちゃうんだ。本当ならさっきの電車の三十分前に出発していたはずだった。でも、どうかな。正確な時間に出たとしても、結果は同じだったかもしれない。学校の建物も壊れているだろうし。少なくとも、兄弟の最期のときに一緒にいてあげることはできたから」

ライルはエソックの顔を見つめた。二人は同じ運命だった。同じときに地下鉄の通路で大切な人を失ってしまった。

「私たちはこれからどうしたらいいの？」

「雨がおさまるのを待とう」エソックはゆっくり答えた。「そのあと、帰って家を見なくちゃ。君は家に家族がいるんでしょう？」

ライルは首を横に振った。父は外国にいる。これからどこへ行ったらいいのかわからない。

「だったらしばらく僕についてくるといいよ。僕の母さんは家にいるから。無事だといいけど」エソックは再び髪をなでた。その声にはあまり自信がなかった。

ライルは黙って二人の前の濡れた砂場を見ていた。

その朝、地球の住民によっていつも思い出されるその日、そしてライルが家族のすべてを失ったまさにその日に、それから八年後、彼女の人生の中で大切になる人に出会った。ライルはエソックと出会った。エソックはその日から特別な存在となった。そして、この物語は、火山爆発指数カテゴリー八の火山噴火の悲惨な

話ではなく、実はこの二人の物語なのである。

ライルの人生の中で、重要なことが起きるときは、この瞬間のように、いつも雨が降っていた。ライルはオレンジ色のプラスチック製のおもちゃの家の窓から、ますます強まる雨を見て立っていた。雨は、まるで町の住民に哀悼の意を表しているように見えた。

＊＊＊

エソックは双子を含む五人兄弟の末っ子だった。兄弟はみな男で、毎日兄弟が競争するのが日常だったから、それがエソックの成長を早めた。父親はエソックがまだ二歳のときに亡くなった。そのときから五人の兄弟は自立しなければならなかった。母親は家でケーキ屋を開き、忙しく働いた。二人はこれから一時間後にケーキ屋につくはずだった。

雨が辺りを濡らしておさまった。市バスも、ましてや地下鉄もない。交通は完全に麻痺《まひ》している。二人は同じ方向の家を目指して歩いた。ライルの家が手前で、その先にエソックの家族が住むケーキ屋があった。ライルの家まで約八キロ、二人の子供は町のすべての悲しみを通り抜けた。時折二人は立ち止まって前に訪れたことのある、今は倒壊した建物を見た。二人は苦労しながら建物の瓦礫を踏み越え、逆さまになって道をふさいでいる路面電車を上って通り、橋が壊れていれば回り道をして進んだ。消防車、救急車、警察、そして初動救護にあたっている町の職員とすれ違った。

二人はあまりしゃべらず、ひたすら歩いた。エソックは辛抱強くライルを助けて道にある障害物を通過し、瓦礫を乗り越えるときはライルの手を握り、ライルを守り、ライルが大丈夫なことを確かめながら歩いた。

二人はセントラルパークの噴水のある池で、長い間足を止めた。それは町で最も有名な場所だった。その池は本来美しい池だった。噴水は十一メートルの高さまで噴き上がった。広場に群がる鳩《ハト》、市民でいっぱいのベンチ、写真を撮るのに余念のない旅行客。それが今は崩れた建物の一部が転がっているだけだった。ここはライルのお気に入りの場所だった。両親と一緒に噴水のある池に来るのが好きだった。

それから一時間して二人はライルの家についた。

ライルは道路に思わずしゃがみ込み、声を押し殺して泣いた。団地の家はつぶれて平らになっていた。近所に無事だった人はいるんだろうか。見渡す限り、あるものは瓦礫だけだった。崩れ落ちた垣根、窓、戸、瓦、セメントそしてレンガが散らばっている。それにオレンジ色の貯水タンクが道に横たわっている。

エソックは十五分間、悲しみに沈むライルをそっとしておいた。そしてライルの肩に触れた。「僕はもう家に行かないといけない。君も来る?」

ライルはいやと言いたかった。ここが自分の家だもの。どこにも行かない。お父さんが無事なら、町に帰ってきて真っ先に向かうのは自分たちの家だ。でも、今ここでできることは何もない。夜になったらどうしよう? どこで夜を過ごせばいいのかな。その町にライルの兄弟はいなかったし、祖父母やおじさんたちもほかの町に住んでいた。それに、その人たちの消息も知らなかった。

「さあライル、君は僕と一緒に来た方がいい。ケーキ屋が無事で電話がまだ使えたら、そこから家族に連絡できるよ」エソックがよい理由づけをしてくれた。

ライルはうなずいて立ち上がった。もう一度ライルは瓦礫の山となった自分の家を見つめてから、エソックの後ろをゆっくりと歩いて行った。

ケーキ屋はライルの家から二キロの所にあった。二人は黙ってまた歩き始めた。それぞれの思いにふけりながら。ライルは地下鉄の通路にいる母親のことを考えていた。そこからどうやってお母さんの体を引き上げればいいのかしら。前を行くエソックは家にいるはずの母親のことを考えていた。母さんは無事なのか。

道すがら、まだ立っていた建物はたった一つだった。ケーキ屋。エソックはそれを見ると走った。胸がひどくどきどきした。顔には期待と不安が入り混じっていた。店のドアを押した。地震でドアが挟まれ開けることができない。エソックは我慢できなかった。すでに半分割れていた窓ガラスをリュックでたたき割り、窓から入っていった。

店の棚はひっくり返り、クッキーが床に散らばっていた。天井は数か所が壊れていて、床をめちゃくちゃにしていた。小麦粉がこぼれている。エソックは叫び母親を呼んだ。目は必死に母親を探していた。店が開いている時間だから、母親は店の中にいるはずだ。

その間、ライルは店の外で待ちながら、壊れた窓ガラスから中を見ていた。彼らの周りでは救急車のサイレンが鳴り響いていた。救護スタッフが数人、すでに町のその地域にも到着していた。

数時間前までライルはエソックのことを知らなかった。その年十五歳になった少年は彼女にとって何者でもなかった。しかしその瞬間、おびえながら店の隅々まで母親を探すエソックを見て、ライルは手を握り締め、心から祈った。エソックのお母さんがどうか無事でありますように。

どうかまだ奇跡が残っていますように。

床が大理石の四メートル四方の白い部屋は、ひっそりしているように見えた。

緑のソファに座っている二十一歳の女性は、目の縁を拭った。八年前の出来事を思い出し、語り直すのは、容易ではなかった。まして今日は初日で、語り始めたばかりだった。

「その少年のお母さんは無事だったのですか?」エリジャーは聞いた。彼女の役目は患者から聞く話のリズムを保ち、すべての事柄が語られるようにすることだ。

緑のソファの上の女性はうなずいた。

「お母さんはいい状態ではありませんでした。体が店内の二つの棚の下敷きになって、足が挟まれていて動かすことができませんでした。でも無事だったんです。そこには奇跡があったみたいです」

しばしの沈黙があった。

「奇跡……本当にそれは一つの奇跡ですね」エリジャーは優しく言った。そしてかすかにため息をついた。

「あの出来事で無事だった人はみんなまさに奇跡に恵まれた人ですね。地球のたった十パーセントの人しか助からなかったのだから。十分の一ですよ。運命は感情を持っていないから、無作為に人を選んでしまうのですね。その奇跡は、私たちが知らない人からの助けや祈りのおかげで起こったのかもしれませんね」

＊＊＊

エソックは母の体を見て叫んだ。一人で店の棚を動かそうとしたができなかった。力が弱すぎたし、棚はあまりにも大きかった。外でライルは助けを求めて叫んだ。近くにいた救急隊員が二人駆けつけた。

「挟まれたけが人がいるんです。すぐに救急車を呼んでください」

一人の救急隊員が店の中をすばやく調べ、自分の持ってきたトランシーバーを使って応援を呼んだ。彼の仲間も中に入ってきた。二人は注意して棚を持ち上げた。エソックの母親は意識がなかった。その顔と体は小麦粉で真っ白だった。

五分後、一台の救急車が店の前にぴったりつけられた。担架が下ろされ、エソックの母親の体が注意深く運ばれた。ライルとエソックも救急車に乗った。大きなサイレンの音とともに救急車は濡《ぬ》れた道を二つに分けて、混乱の中、あいている病院を目指して進んだ。

町には犠牲者があまりに多く、一方医療スタッフはあまりに少なかった。半分以上の病院は倒壊した。救急救命施設も稼働しなかった。しかしエソックの母は応急手当を受けることができた。エソックの母のような幸運に恵まれず、救助が遅れた人が数千人もいた。何日もたってから、多くの人が助けてもらえずに亡くなっているのが発見された。ある人は壁に押しつぶされ、またある人は一階で建物の下敷きになった。食料や飲み物も尽きた。病院のような重要な建物の電気網は、自家発電を使ってすぐに稼働した。いくつかの通信装置もその夜に動き始めた。衛星電話も使えた。ネットワークを必要としないトランシーバーは無論使える。いろいろな国からのニュースは二十四時間後には無線を通して送られてきた。最も旧式の方法だ。しかしほかは復旧に時間がかかった。テレビ放送の再開には二か月かかった。それも限られた範囲で、映像の質も悪かった。

最初の夜、ライルとエソックは、エソックの母を治療している病院に泊まった。正確にはそれは救急病院だった。建物は半分が壊れていたが、まだ機能することができた。医者は残された医療器具や医薬品を使った。地震二時間後に海兵隊によって病院の庭に大きなテントが立てられた。海兵隊の働きぶりは目覚ましかった。彼らもまた家族、親戚縁者そして家を失っていた。しかし軍用仮設住宅を拠点として町中に広がり、夜を徹して俊敏にあらゆるものの援助をした。優先順位はまず病院にあった。

「君はもう何か食べたの、ライル?」エソックは尋ね、そばに行って座った。夜七時。

ライルはうなずいて、手の中のパン切れを見せた。先ほどパンを分けてくれた人がいたのだ。

「お母さんは意識が戻った?」ライルはゆっくり聞いた。

エソックは首を横に振って、母親が看護されている、後方にあるテントを振り向いた。

「食べる?」ライルはパンをちぎってエソックに渡した。

「ありがとう《トゥリマカシ》」エソックは一切れのパンを受け取った。

二人は黙ってそれぞれのパンをもぐもぐかんだ。彼らはテントの近くに座っていた。病院の庭は、仮設テントに収容することができなかった患者でごった返していた。帆布《はんぷ》を広げて寝ている患者もいた。騒音や繰り返し叫ぶ声が辺り一帯に聞こえた。救急車が庭に入ってくることは、そのたびにまた患者が増えることを意味していた。

その晩二人は、テントの片隅に体を丸めて寝た。段ボールを下に敷いて、腕を枕に眠りについた。終日の疲れがたまり、二人の体は休息を必要としていた。周りが多忙と喧騒《けんそう》を極めている中で、二人ともあっという間に眠りに落ちた。

＊＊＊

翌日、避難場所が市長によって公表された。市長も無事だった。町全体には八つの避難所があった。病院から最も近いのはサッカースタジアムで、第二避難所だった。大きなサッカースタジアムは三分の二が崩れていたが、広い広場さえあればよかった。そこに海兵隊が巨大なテントを何十も立てた。共同キッチンをはじめ、飲み水の設備など、地震の被災者が必要とする物で準備できるものはなんでも設置した。

市長は、住むところがない人は誰でも避難所に行くように呼びかけた。

ライルは太陽の光がテントに差し込んだとき、はっと目が覚めた。エソックは近くにいなかった。たぶん母親に付き添っているのだろう。医者や看護師は、ライルの寝ているテントに新しく来た患者の処置に忙しいから、ライルのことなど構ってくれない。病院の庭で寝させてもらっている住民も多くいた。

ライルは外に足を踏み出した。太陽はいつものような熱い光を放っていなかった。上を向くと、空は何かに覆われているようだった。ライルは朝の空気を吸い込んで、思わず咳き込んだ。二十四時間で広がった古火山《こかざん》噴火の火山灰は、すでに彼らの町まで到達していた。巨大なキノコのように、その灰はこれから何日かの間にすべての地表を覆うだろう。テントの屋根には二センチの灰が積もり、これからもずっと灰が降り続くだろう。

「君、マスクをつけないといけないよ」海兵隊員の一人が話しかけてきた。

ライルは声の方向を見た。

海兵隊員は布マスクを渡した。

「野外にいるときはいつもマスクをつけなさい。この灰は健康に悪いから」

ライルはうなずくと礼を言ってマスクをもらい、装着

した。

噴火がカテゴリー四か五のときは、噴出する火山灰は範囲が限られていて高さもない。数日のうちに、すべての灰は地表に落ちるだろう。しかしトバのような古火山が七万三千年前に噴火した際には、噴出した火山灰は数万キロの半径で成層圏にまで広がった。それはヨーロッパやアメリカまで到達した。同じことが昨日の朝の噴火で起こったのだ。

「おはよう、ライル」

ライルが振り向くと、それはエソックの声だった。ライルはそのかすれた声を記憶し始めていた。

「君もマスクを使っているの?」エソックはそばに来た。彼もマスクをつけていた。

ライルはうなずいて辺りを見渡した。

「この灰はずっと降り続いて、どんどん積もるよ。スタッフによると夕方には五センチになるそうだよ」

エソックは、一緒に上を向いて灰色の空を眺めた。そこには雲はなく、代わりに灰が浮遊していた。

ライルは、黙ってこめかみのおくれ毛を払いのけた。

「ライル、僕たちはここの近くのスタジアムに行かないといけない。そこで状況報告する」エソックが思い出したように言った。スタッフからのアナウンスを聞く機会があったのだ。

「海兵隊がそこに避難所をつくったんだ」

「お母さんはどう?」ライルはゆっくり聞いた。

「まだ意識が戻らない。でも医者によると、状態は落ち着いているって。母さんはずっと病院で看てもらわないといけないんだ。さあ、ライル、行こうよ。もしかすると避難所で朝食を食べられるかもしれない。僕お腹が空いちゃった」エソックはライルの先を歩いた。

スタジアムの場所は、昨日彼らが歩いた道のりに比べれば遠くない。たったの八百メートルだ。二人は、黙って辺りを注意しながら歩いた。木々もアスファルトも、辛うじて立っている家の屋根も灰に包まれていた。どこも灰だらけだった。

スタジアムにつくとそこは人の海だった。机が何十もあり、スタッフが住民を登録していた。エソックはその中の一つの机に進み出た。ライルも後ろから続いた。父の消息を聞けるときが来たのだ。

スタッフは名前、住所、亡くなった家族、そしてまだ生きている見込みのある家族がいるかどうか尋ねた。ライルは、父が働いている外国の町の名前を伝えた。そこから便りがあったか、その町と連絡を取れる電話があるのか、と尋ねた。

「ありません」スタッフは首を横に振った。

「電話を借りることはできないんですか？」ライルは迫った。

「その町に無事でいる人は一人もいないんですよ」スタッフは心を痛めて、ため息をついた。

えっ？　どういうこと？　ライルは茫然《ぼうぜん》とした。血の気を失っている。

「数時間前に無線の知らせを受け取ったんです。大陸の海岸沿いの地域に二十メートルから四十メートルの津波が来たらしいです。君のお父さんの働いている町は、最も深刻な打撃を受けたそうですよ。それほど大きな津波に襲われたら、無事でいられるとは考えられないんです」

ライルは首を横に振った。叫びたかった。そんなことは受け入れない、そんな情報は間違っている。

エソックは、ライルを落ち着かせようとして、その手を握った。

「お父さんに電話しなくちゃ。電話して、お母さんが死んじゃったって教えてあげたいの」ライルはすすり泣いた。

ライルの目は濡れていた。昨日の夕方、母親が暗い地下鉄の通路に落ちていくのを目にしたばかりだ。それに続く悪い知らせを、今朝また受け取った。父親も亡くなってしまった。

「残念です」スタッフは唾をのみ込んだ。「スタジアムの中に担当の者がいるから、君たちのテントの場所を教えてもらってください。二人の名前はもう登録しました。着替えの服、毛布、マスク、ほかにも必要な物が置いてあるし、共同キッチンに食べ物もあります。今はちょうど朝食の時間です。マンディ（注1）用の水はまだ用意できていないけれど、トイレはもう使えますよ」

エソックはすぐにスタジアムに入ろうとして、ライルを引っ張った。二人の後ろには長い列ができていた。「次の方、進んでください」スタッフが叫んだ。ライルが泣いているからといって、行列を乱すわけにはいかないのだ。それに、今朝はほかにも泣いている避難民が大勢いた。

＊＊＊

ライルは一日中、ぼんやり物思いにふけっていた。

父親についての知らせは、ライルに残されていた生きる気力を失わせた。お父さんが予定どおり来週帰ってくると望みを抱いていたのに。親子は再び一緒になる。そしてどこかに移って一緒に住む。それこそ、昨日の朝の地震のときからずっとライルの頭にあった、唯一のシナリオだった。お父さんが働いている町は、すごく遠いのではなかったかしら。そこまで噴火の災害が及んでいるなんてあり得ない。

「まだ朝食を食べ終わっていないだろ、ライル?」エソックは聞いた。

ライルはうつむいた。さっきから食べ物をかき混ぜているだけで、一口か二口しか食べていない。食欲がなかった。

母親が地下鉄の通路で亡くなり、父親も失った今、どうすればよいのだろう。ライルの目が潤んだ。目尻にたまった涙があふれて頬に流れた。ライルはいつも雨が好きだった。ライルの人生の中で、すべての悲しい出来事、すべての幸せな出来事、そしてすべての大切な出来事が起きたときは、いつも雨だった。今朝、灰の雨が降り町を覆ったとき、ライルは父が永遠にいなくなってしまったことを知った。水の雨ではなかったけれど、本質は雨に変わりはなかった。

どうやったら、すべてのこの悪い思い出を消し去ることができるのだろう？

## 6

二日目の夜、ライルとエソックは避難所のテントで寝た。

そこの状況は、病院のテントに比べるとはるかにましだった。薄いマットレス、枕、ありあわせの毛布もあった。二人はすでに学校の制服を脱いで、新しい服に着替えていた。

夜になると、スタッフがテントをきっちりと閉めた。屋外は灰がますます降り積もり、かなり危険だった。配布されたマスクは、より強固なプラスチック製の物に変えられていた。二人は運がよかった。マスクがない人もいたからだ。世界中の数百万人もの人々が火山灰で窒息して亡くなった。

その日の夕方、エソックは時間をつくって病院にいる母を見舞った。エソックの母親は、まだ意識がなかった。ライルはその間テントで物思いに沈んでいた。食欲は戻らず、何もする気になれなかった。晩ご飯のお皿は、口がつけられることなく積み重なっていた。

その夜、地球の気温は劇的に低下し始め、摂氏五～六度下がった。テントの中でしっかり毛布にくるまっていても、外気が常に冷たく骨に染みた。噴火は数十億立方の物質を宇宙に噴出した。その多くは灰やほかの重い粒子で、地球に落下した。落下しない物質もあった。トバ山が七万三千年前に噴火したとき、成層圏に六十億トンの二酸化硫黄ガスの放出があった。そのガスが地球を温める太陽光線を妨げ、地表の平均温度を劇的に低下させ、十年間摂氏十五度の気温が続いた。それは徐々に数百年かけてようやく正常に戻った。それこそが、「火山の冬」の時代と言われるものだ。

昨日の朝の噴火に続いて、数十億トンの二酸化硫黄ガスの放出が同じように成層圏を覆った。ガスの影響が出始めたようだ。町の住民は体を丸めて寒さに凍えながら眠った。避難所のテントの住人はとても幸運だった。噴火以来、地球の住民全員がまともに夜を過ごす場所があったわけではない。数百万人もの人が凍え死んだ。

ライルはなかなか眠れなかった。ぼんやりテントの天井を見つめていた。周りには十五歳以下の子供たちが二十人位いて、ぐっすりと寝入っていた。ライルは考えることがいっぱいあった。お母さん、それにお父さん。泣いたりしなかったが、心の中に中身が抜けてしまった空っぽな部分があるようで、自分でもわけがわからなかった。三日前の晩はまだ柔らかいマットレスに寝ていた。お母さんが額に口づけして、明日は学校があるよと念を押しながら、お休みと言ってくれたのに、今夜は避難所のテントに寝ている。短い間にすべては変わってしまった。

ライルは真夜中を過ぎて眠りに落ちた。そして目が覚めたのは八時だった。エソックが起こしてくれたのだ。

外はまだ暗いでしょう？　そう尋ねたライルの顔は沈んでいた。そしてテントの壁の方に顔を向けた。

「もう八時だよ、ライル。朝食が終わっちゃう前に列に並ばなくっちゃ」

答える代わりにライルは毛布を再び引っ張って顔を隠した。

「ライル？」

「お腹は空いてない」ライルは短く答えた。

「食べないとだめだ。病気になっちゃうよ。昨日の朝から何も食べてないだろ。さあ」エソックは無理やりライルの腕を引っ張った。

しぶしぶライルはエソックに従い、マスクをつけて外に出た。

スタジアムには五センチの灰が積もっていた。足を芝生に踏み入れた途端、灰にずぶりとはまった。すべてが灰色だった。テントの屋根、残されたスタジアムの建物、車、物流の設備が、厚い灰に覆われていた。ライルは空を見上げた。空はまるでまだ夜であるかのようにうす暗く見えた。視界は限られていて、遠くのテントの先端は見えなかった。周りを霧が包んでいるかのようだ。冷気が顔を襲ってライルを震えさせた。これまでこんなに寒いと感じたことはなかった。八時なんてうそでしょう？　それならもっと暖かいはずだもの。

何が起きたの？　ライルは着ているジャンパーを体に引き寄せて、唾をのみ込んだ。

「地球の温度がずっと下がり続けているんだ。これから一週間で十五度まで下がるそうだ」エソックは説明した。「でも心配いらないよ。市長から緊急災害対策マニュアルが発令されたんだ。海兵隊員が動員されて、衣料品店と食料品店に向かっている。災害を免れたすべての在庫は、住民の物になる。騒ぎにならないように海兵隊員が完全にコントロールして、これから二十四時間以内に避難民に防寒着を分配することになっているんだ」

ライルはエソックの方を見た。

「どうしてそんなこと知っているの？」

「スタッフが話すのを盗み聞きしたのさ」エソックはいたずらっぽく肩をすくめた。「気をつけて、ライル。穴があっても見えてないから、足を突っ込まないようにね」エソックはよろけたライルの体をきゅっと引っ張った。厚い灰の層で、芝生の庭はどこも同じ灰色に見えた。

「これはまだ序の口さ。灰はこれからもずっと降るだろう。二日後には十五センチの深さになるかもしれない」エソックは自分の服をポンポンとたたいた。

「もし降りやまなかったらどうなるの？　もしずっと降ったら？」ライルは尋ねた。

「もちろん降りやむさ。二週間か、一か月後にはね。外に出るときは、必ずマスクをつけないといけないよ。しばらくすると、医療スタッフが、緊急の場合を除いてはテントの外に出ることを禁じることになっている。さあ、早く共同キッチンに行かないと」

でも、二人が共同キッチンに来たのは遅かったから、食べ物はもうなくなっていた。

「大丈夫。お腹空いてないから」ライルは気にせず、首を横に振った。

「食べないとだめだ」エソックは毅然《きぜん》と声を張り上げていった。ライルの手を無理やり引っ張り、台所の中に入り、スタッフを見つけた。

エソックはこの二十四時間のうちに、避難所のテントでたくさんのことがわかったようだった。多くのスタッフと知り合いになり、おしゃべりをしていた。五分間でスタッフを説得し、エソックとライルは食料の包みを手にテントに戻った。

ライルは朝食を半分食べることができた。エソックは、病院へ母親のお見舞いに行きたいと言った。ライルに一緒に行かないかと声をかけたが、ライルはそれには答えず、ぼんやりと椅子に腰かけた。エソックは一人で行くことにした。

エソックが一時間後にスタジアムに戻ると、問題が起きていた。ライルがテントにいなかった。エソックは、自分の周りのテントをしらみつぶしに探して回った。もしかするとライルはテントをあちこち見て回っているのかもしれないと思ったが、見当たらない。ますます積もる灰の中、外を歩いている人はほとんどいなかった。エソックは不安になって、スタッフにライルを見たかと聞いたが、スタッフは首を横に振った。避難所には幼い子供が何百人もいて、一人一人覚えてはいられない。

エソックはため息をついた。そして曇り空を見上げた。黒い雲が空にもくもくと立ち上っていた。雨が降るかもしれない。町にとってはよいニュースだ。雨はしばし灰の山を追い払い、空気をよりきれいにしてくれる。でも、雨は同時に悪い知らせでもある。

エソックは髪をなでた。表情がかたい。雨が降る前にライルを見つけないと、とても恐ろしいことが起こるだろう。そうだ、ライルが避難所のテントにいないということは、あの場所に行った可能性がある、自分の家の残骸がある場所だ。エソックは急いだ。

「君、どこへ行くんだ?」海兵隊員が、スタジアムの外でエソックを引き留めた。

その海兵隊員はエソックのことを知っていた。避難所のテントで、自分ができることはなんでも手伝っている十五歳の少年。エソックは手短に問題を説明した。

「スタジアムを出ることは許されていない。救護スタッフが屋外のすべての活動を禁止している。マスクをつけても、火山灰で窒息してしまうかもしれないよ」

「その禁止事項は知っています」エソックはうなずいた。声が枯れている。「でもこれは非常事態です。それに僕、灰は恐れていません。僕が恐れているのは雨です。雨が降ったときライルが外にいると火山灰

「わかった。登録デスクのところにいるスタッフから自転車を借りなさい。君の持ち時間は一時間だけだ。わかったかな?」

海兵隊員は口ごもり、状況を天秤にかけた。そして仲間を呼び検討した。

よりもっと危険です」

エソックはうなずいた。それだけあれば十分だ。

小走りでエソックは自転車を取ってくると、サドルに飛び乗り、すばやくスタジアムを出た。自転車を使うと、動きはさらに敏捷《びんしょう》になった。フードをピタッと体に密着させた。冷気で顔の感覚がない。

町の道路は閑散としていた。厚い灰の層に覆われた瓦礫《れき》があるだけだった。道の片隅では、防護服を着た海兵隊員や救護スタッフが、撤去作業を行っていた。彼らは家の残骸を崩したり、挟まれている住民を引っ張り出そうとしたりしていた。撤去作業はそこかしこにある灰に阻まれ、遅々として進まなかった。時々、エソックは救急車とすれ違った。救急車は背後に灰の煙だけを残して矢のように走り去っていく。

ライルの家があったところにライルの影はなかった。そこには誰一人いなかった。

エソックは不安気に息をついた。そして次の可能性をすばやく考えていた。時間は限られている。エソックは空を仰いだ。厚い雲が空の上に見えた。ライルはどこだ? 自分は今すぐスタジアムに戻った方がいいのか? そこでライルを待つ方がいいのか?

エソックは再び頭にフードをかぶり、マスクの位置を調整して、急いで自転車のサドルに乗った。ライルを探すのを諦める気はなかった。まだもう一か所あの子が行きそうな場所がある。

赤い自転車は、灰の山になっている道を二つに分けながら、矢のように走った。

ついに最初の雨の雫《しずく》が落ちた。まだ、まばらだ。

エソックは上を見上げて、唇をかんだ。急がなくちゃ。さもないとライルは危険にさらされる。早くライルを見つけなければいけない。

エソックは力の限り自転車を漕いだ。動悸《どうき》がますます激しくなり、表情はさらに険しくなった。

彼の推測はあたっていた。ライルは地下鉄の非常階段に続くマンホールのある交差点に座り込んでいた。

ライルのそばについて、エソックはブレーキレバーを強く握って自転車のサドルから飛び降り、辺り構わず自転車をとめた。

「ここで何をしているの?」動転してエソックが叫んだ。

ライルは視線をエソックに向けたが、何も答えない。

「すぐに行かないと」

ライルは首を横に振って、目の縁を拭った。どこへも行きたくなかった。その場所の地下にいる母親のそばにいたかった。それにまた、雨が降ってくるだろう。ライルはいつも雨が好きだった。雨の雫に濡《ぬ》れて遊ぶのが好きだった。

「ライル、さあ僕についてきて」エソックは、無理やりライルの腕を引っ張った。

ライルは抵抗した。ここにいたかった。

雨粒がたくさん落ちてきた。エソックは混乱して、低い声でうめいた。

「これは普通の雨じゃないんだ、ライル。これは酸性雨だ。昨日の大きな噴火で酸性度がとても高いんだ。木の葉が落ちて、セメントが剥がれ、岩石にはひびが入る。命に関わるんだ。雨にあたると、重い病気になってしまうかもしれない。顔がただれて髪が抜け落ちるぞ」エソックは、ライルが怒って叫んでも気にしなかった。ライルを無理やり引きずった。もう時間がない。

「またいつでもここに戻ってこれる。君と一緒に来るって約束するよ。でも今はだめだ」

ライルは泣いた。ここにずっといたかった。雨が降っているときに泣きたかった。泣いていると他人に知られない、雨が降っている間に。

「お願いだよ、ライル。自転車に乗って」エソックはライルの顔を見つめた。

張り詰めた十五秒間。その間にも雨粒がどんどん落ちてくる。ついにライルは従った。

ライルが自転車の後ろにしっかりと乗ったのを確認して、エソックは再び自転車を力の限り漕いだ。すぐに雨宿りの場所を見つけなければならない。交差点の近くには、利用できそうな安全な建物はなかった。建物の構造は安全ではないし、バスの停留所は身を守るのに十分とは言えない。雨粒の勢いが増してきた。

エソックは自転車の舵《かじ》をきり道から外れ、草むらに入り木々の下を通り、雨にあたるのを避けた。

三十メートル先で再び曲がり、砂場の縁を超えてオレンジ色をしたプラスチック製のおもちゃの家の前で自転車にブレーキをかけた。エソックは飛び降りて、ライルの腕を引っ張り走った。自転車はその場に横に倒したままだ。

雨が抑えきれないように強く降ってきたその瞬間、二人は、プラスチック製のおもちゃの家の中に入った。雨が厚い灰の山に降り注いだ。

酸性雨だった。

＊＊＊

床が大理石の四メートル四方の白い部屋は、ひっそりしているように見えた。

二十一歳の若い女性は、緑のソファの上で押し黙っていた。彼女の話がしばらく途絶えた。

「その少年、地震が起きたとき、あなたはその子に出会えて、本当に幸運だったわね」エリジャーはゆっくりと言った。

若い女性はうなずいた。そのとおりだ。彼女は本当に運がよかった。エソックは知り合いでもなんでもなかった。それなのに、ライルのことをとても気にかけてくれた。二日間の中で、エソックは二回ライルを救った。最初は非常階段で、二回目は、酸性雨が降ったとき。すんでのところで間に合った。エソックは、ライルのことを自分の妹のように、とても大切に思っていた。緑のソファの上に座ったまま、女性はうなだれて床を見つめた。ええ、そうよ。たぶん自分は彼に妹としてしか見られていない。

エソックは、男ばかりの五人兄弟の末っ子だった。災害でライルと会ったことで、エソックは妹を得たような気持ちになった。エソックは困難なときライルのそばにいた。ライルを慰め、食事をちゃんと時間どおりにとったことを確認し、必要な物はすべて手配してくれた。食料がなくなったときも、より厚い毛布を探すときも避難所のスタッフと話しをつけてくれた。

あの日は、そんな感情は、まだ芽生えていなかった。ライルはまだ十三歳の少女だった。それから何年もたって、ライルはやっと理解した。自分は単なる妹と思われたくなかったのだと。

## 7

エソックとライルがスタジアムについたときは、太陽がすでに沈んでいた。

激しい雨がほぼ二時間、二人が帰るのを引き留めた。その雨で道路や建物の屋根に厚く積もっていた灰は流れ、町はきれいになり、空気はより清々しく感じられた。

雨が本当にやんだことを確かめてから、エソックはプラスチック製のおもちゃの家から外へ出て、自転車を起こした。自転車の赤い色も公園のベンチも、色あせて見えた。酸性雨がペンキやニス、コンクリートを色落ちさせた。二、三日後には、草は枯れ、木の葉も落ちるだろう。

ライルもプラスチック製のおもちゃの家から外に出た。ゆっくりとした足取りで自転車の荷台に乗った。

エソックは濡《ぬ》れた道路を横切り、自転車を漕いだ。湿度が高く、寒く感じられた。

「嬉しいニュースがあるんだ、ライル」

ライルは何も言わない。

「母さんの意識が戻った」エソックは知らせた。

ライルはまだ黙っていた。それは、嬉しいニュースのはずだった。

「僕の母さんに会いたい？」

ライルは答えない。昨日の朝、父親が亡くなった知らせを聞いてから、目がうつろで悲しみの霧に包まれたままだ。

ライルから返事がない。いいさ、エソックは元気を出して自転車を漕ぎ、病院に向かった。セントラルパークの噴水の池の前を通りかかり、ちょっと自転車を止めた。自転車から降りずにひっそりとした町のシンボルの噴水を見た。そして、一分後、再び走り出した。

エソックの母親は、二人が来たとき、お粥《かゆ》を食べ終わろうとしていた。

「紹介するよ。この人はライルだよ、母さん。地下鉄の車両の中でも、非常階段から外に出たときも一緒だったんだ」エソックは明るく言った。「ライルは母さんを店で見つけたときも一緒にいたんだ。母さんを助けてくれるスタッフを大声で呼んでくれたんだ」

「こんにちは《スラマッ ソレ》（注2）、ライル」エソックの母親はゆっくりと声をかけた。顔にはすでに赤みが差し、昨日会ったときほど青白くはなかった。

ライルはうなずき、あいさつに応えた。先ほどから、エソックの母親にぼんやりと注意を払っていた。母親の年は四十五歳くらいで、髪には白髪が混じっている。顔つきは年より老けて見える。たぶん五人の子供を一人で育てなければならなかったからだろう。ライルの視線は、エソックの母親の足に行きついたとき止まった。二本の足は、太腿《ふともも》まで切断されていた。ライルはぎょっとした。知らなかった。

「医者は、母さんの足を助けることはできなかった」エソックはつぶやいた。「腐る前に切断しなくてはいけなかったんだ」

ライルは息をのんだ。二本とも足がない？　本当に悲痛なことだった。

「だけど母さんは元気だ」エソックは微笑んだ。「それだけで僕は十分さ」

ライルはエソックの母親の下半身をおどおどと見た。

長時間のお見舞いはできなかった。医者が術後の体調の検査をすることになっていたからだ。それにもうすぐ夜になる。エソックが母親に別れのあいさつをして、二人は避難所のテントに戻ることにした。

二人は夕日を浴びながら、赤い自転車に乗った。

道中、二人はほとんど黙っていた。エソックは、はしゃいで自転車を漕いだ。母親の意識が戻ったことは、エソックにとって二日前に地震が起きて以来、一番いいニュースだった。一方後ろの荷台で、ライルは物思いにふけっていた。二本の足を失ってしまったエソックの母親に会って、ライルは多くのことを考えた。本当ならライルはもっと神に感謝することができるはずだ。少なくとも彼女は五体満足だ。はるかに幸運だ。お母さんもお父さんも、今どこにいたとしても、心折れたライルを見たくはないだろう。

ライルは夕日があたっている、濡れた草と樹々の葉を見た。そして頬を拭った。お母さんはいつも彼女のことを強い子だと言ってくれた。お父さんはいつもライルが頼りになる子供だと言い聞かせてくれた。

ライルは頬をなでた。

このような大きな出来事は、いつも人を早熟にする。二人は逃げることもできず、あらがうこともできなかった。彼らにできることは、ただすべての悲しみを受け止めること、それも、しっかりと受け止めることだけだった。例え、十三歳の少女であったとしても。

ライルとエソックがスタジアムについたとき、太陽はすでに沈んでいた。

「エソック、与えられた時間は一時間だったはずだ。見ろ、今何時だ？」スタジアムの前で警備にあたっていた海兵隊員はむかっ腹を立てているようだった。

「すみません。雨に降られてしまって」

「雨に降られても、もっと早く帰れただろう。まったく。雨は夕方まで降ってはいなかったぞ。スタッフはあの自転車が必要だったのに。町をうろついていたんだろ」

「私たち、町をうろついてなんていません。エソックのお母さんのお見舞いに、病院に行ったんです」まだ自転車のハンドルを握ったままだったエソックの前に歩み出て、今度はライルが説明した。「本当にすみません。これは、私のせいです。これから許可なく避難所を出ないと約束します。ここでお手伝いをすることも約束します」

その海兵隊員はため息をつくと、ライルの顔を見つめた。「いいだろう。二人ともすぐに入りなさい。もうすぐ夕飯の時間だ。自転車はここに置いていきなさい」

ライルとエソックは海兵隊員の気が変わらないうちに、慌てて中に入った。

「ライル、あの海兵隊員を降参させたね」エソックはくすっと笑った。「僕はあのおっかない海兵隊員の顔を見たとき、もう避難所に泊まることは許してもらえないと思ったよ」

二人はテントの通路を歩いていた。

「ありがとう、何もかも」ライルはゆっくり言った。そして立ち止まった。

エソックは振り向いて、一緒に歩みを止めた。「何が？」

「雨が降らないうちにあの自転車で私を迎えに来てくれて、本当にありがとう。それにその前、地下鉄の非常階段で私のリュックを引っ張ってくれて、本当にありがとう」ライルの目が潤んだ。

「忘れよう、ライル。そんなことなんでもないことさ。さあ、僕ははらぺこさ」エソックはにっこりした。

そして体を翻し、食事をもらう列に入ろうとしている人混みの中に加わった。

ライルはエソックの背中を見た。

ライルが、将来愛おしくてたまらなくなる少年の背中を。

＊＊＊

地震から三日たった日の朝、再び灰が降った。昨日の昼の雨が激しく降り注ぐ前の高さと同じになるまでに、たった十二時間しかかからなかった。そして町全体が灰色になった。空気は冷たさを増した。

ライルは避難所で、エソックのやることをお手本にしようと決心した。お手伝いをすることを自ら申し出た。そしてその環境に慣れていった。台所のスタッフが、ライルを働き手として受け入れた。そして皿や調理器具、鍋など洗えるものはなんでも洗うように指示した。手袋とブーツをもらい、ほかのボランティアに混じって働いた。

エソックは、初日から仕事をしていた。物資を運ぶことを申し出たり、マスクを配ったり、海兵隊員や救護スタッフと話したり、情報を盗み聞きしたりしていた。エソックはのみ込みが早かった。火山噴火災害の前、学校で成績が一番だった。地震以来、スタジアムはエソックにとって新しい学びと冒険の場になった。

地震から三日後、エソックが赤い自転車が大好きだと知った海兵隊員は、彼に避難所間の連絡係としての役目を与えた。八つの避難所に届けなければならないたくさんの書類やお知らせがあった。通信網はまだ復旧していなかった。トランシーバーが使える距離は限られていたし、衛星電話を持っている人は多くなかった。エソックは赤い自転車を使って、一時的にその問題を解決する役目を担った。

毎晩自分の役目が終わると、エソックは自転車を飛ばして病院に行き、母親を見舞った。病状は改善していたが、退院するにはまだ三、四週間を要するだろう。手術の傷がまだふさがっていなかった。連絡係の仕事をしながら、エソックは町全体を回ることができ、より詳細に被害を目にした。地震の犠牲者の集団墓地を、自分の目で確かめることもできた。連日、何千という死体が瓦礫《れき》の下から見つけられた。死体は早急に埋葬しなければならなかった。重機が二十四時間動き、時間を追いかけ、そして時間に追いかけられた。死体が腐り、新たな問題を引き起こさないうちに。

夜、共同キッチンで夕食をとってから、エソックはやっとテントでライルに会った。元気だったか、一日中、何をしていたのか、と聞いた。

ライルは赤くなった手を見せた。一日中、ライルは鍋を洗っていた。話題になるような面白いことは何もなかった。

エソックは笑って、うんうんとうなずいた。自分の話す番になって、エソックは二つの避難所の事務所に情報を届けたことについて話した。「まず、センチュリーモールの庭にある第四避難所に行ったんだ。モールの駐車場は、巨大なテントの列に早変わりしていた。君はあのモールを知っているだろう?」

ライルはうなずいた。よく父親に誘われて、そこで新しい映画を見た。

「そこにはうまい食料がたくさんある。モールのスーパーの倉庫が仮設台所になっているんだ。モールのデパートの瓦礫《れき》の中から取ってきたたくさんの洋服もある。ちょっと待って」エソックは自分のカバンを引き寄せ、ウールのショールを取り出した。「ライル、君に。寒くないように」

ライルはそれを、ありがとう、と受け取った。

「あててみて。僕が今日の昼行った、二番目の避難所の事務所はどこにあると思う?」エソックの目が輝いた。「ウォーターブームパークさ。そこに何百ものテントが立っている。ここにはスタジアムの瓦礫があるだけだけれど、そこには、まだ使える乗り物がいくつかあるんだ。残念だな、スタッフが禁止していて、誰も乗ることができないなんてさ」

ライルはエソックを見た。そして遊園地を想像してみた。めちゃめちゃ楽しそう。

九時になり、お互いの話が終わり、二人はそれぞれの薄いマットレスに移動した。寝る時間だ。テントのほとんどの住人、特に子供たちはすでにぐっすり寝ていた。そこにいる子供たちは家族がいなかった。ほかに泊まる場所もなかった。

ライルとエソックの体は疲れ切っていた。二人もすぐに深い眠りに落ちた。

＊＊＊

多忙は多くのことを忘れるのに最良の方法だ。知らない間に時間が矢のように走り去る。

七日目、町のスタジアムには、マンディができるきれいな水がやっと届いた。灰で地表の水源は汚染され、使うことがままならなかった。この間、町が処理して得ることができたきれいな水は限られていた。

地下のパイプ網は砕け、八つの避難所に水を分配することは不可能だった。人々は節水し、飲料水、またはほかの急を要する場合のみ水を使うことができた。何日も懸命に作業して、スタッフは二百メートルの地下から水をポンプでくみ上げることに成功したのである。子供たちや一万数千人のテントの住人は歓声を上げた。やっと、マンディができる！

ライルは笑ってマンディを待つ長い列に並んだ。「私の髪はもう四日前からかゆいわ」

「それはシラミがいるからだよ」後ろからエソックが口を挟んで、列に加わった。

「いい気なものね。私は今まで一度もシラミがたかったことなんてないわ」ライルが目をむいた。

エソックは笑いをこらえてささやいた。「君はたぶんまだシラミの経験がないんだろ、ライル。でも僕たちはほかの子と一緒にテントに住んでいる。一人でもシラミがたかれば、みんなシラミがたかる。誰が僕たちのテントにシラミを運んできたか知っているかい？」「誰？」ライルは答えを見つけようとしてキョロキョロした。彼らのテントには二十人の子供がいる。誰がシラミを持ってきたのか。ライルの目は、自分たちの隣のマンディの列に並んでいる十歳の少年に向いた。その縮れ髪は、大きなボールのようにふっくらしている。ライルはその縮れた髪を見てささやいた。

「ひょっとしたら、あの子からシラミがきてるのかしら」エソックは愉快そうに笑った。「冗談だよ、ライル。シラミがたかっている人なんていないさ。誰だって七日もマンディをしなけりゃ頭がかゆくなるよ」

十四日目、空から降る灰は減少し始めた。雨がすでに三回、灰を流してくれた。それほど雨が降ったのは、彼らの町にとって「奇跡」と言えることだった。なぜなら、灰が三十センチ以上積もったら、それは仮設テントをつぶせるくらい重いからだ。空気の質がよくなり、視界も通常に戻り、住民はもうマスクを外すことができた。しかしマスクを外した途端、新しい問題が起きた。町のあちこちできつい腐臭がただよった。いまだに何千もの遺体が建物の裏から収容されていなかった。どんなに重機がきびきびと動いたとしても、短期間にすべてを処理することはできなかった。その悪臭で町はより深い悲しみに沈んだ。マスクが再び配られた。一か月以上たって、やっと悪臭が消え、発見された遺体は遺骨になった。

エソックは、避難所の事務所間に情報を送る任務を負っていたので、安全に通行するには一番いいマスクをつけなければならなかった。四十キロも自転車を走らせることはざらだった。一番遠い町の端にある、第八避難所の事務所にも立ち寄った。エソックは町の瓦礫が重機で片づけられていくのを見た。まずは道路、そして、スタッフの動きを妨げるいろいろな場所も整備されていった。

「君の一日はどうだったの、ライル？」エソックは尋ねた。

夜八時。二人はスタジアムの観客席に座っていた。高さはおよそ八メートル。スタッフに知られたら、降りるように命令されるだろう。なぜなら、すべての建物はまだ安全検査中だったからだ。

それは、エソックとライルが数日前に新しく発見した、二人の大好きな場所だった。エソックは登っても安全なことを、すでに確かめていた。この観客席に座ると、まるで目の前でサッカーの試合を見ているような気がした。違いは、彼らの前にあるのはテントの広がりだということだ。自家発電装置の電灯の光が、テントを美しく見せていた。二人が座っている高いところからは、遠くまで見渡すことができた。電灯の光でまばゆく輝いていた千万人が住んでいた町は、今は暗く、いくつかの光の点がともっているだけだった。病院、避難所の事務所、軍隊の仮設住宅、仮設市役所、それだけが電気を使うことができた。

「私、料理を手伝うことが許されたのよ」ライルは言った。顔が輝いている。

「え、本当？　おめでとう。もう鍋の底を洗わなくていいね」エソックがにこっと笑った。

ライルもつられて笑った。そして首元にショールを引き寄せた。冷気が顔をさすようだった。彼らの町の平均気温は、すでに十五度に下がっていた。しかしそれでも、一年中極寒の冬を経験した亜熱帯の国々に比べれば、まだましだった。

「僕は市長の事務所に資料を届けるように言われたよ。緊急指令本部さ」今度はエソックがしゃべった。「そこでスタッフの話を盗み聞きしたんだけど、新しい問題が起きているようだ」

ライルはエソックを不安げに見た。

「食料のストックが不足しているんだ。農業センターからの配布が遅れている。九十パーセント近くが不作だったんだ。灰は積もるし、気候変動、おまけに酸性雨だろ。畑を耕すことが難しいんだよ。家畜もたくさん死んだ」

ライルは唾をのんだ。「それって深刻な状況なの？」

エソックはうなずいた。でもその顔はそこまで不安気ではなかった。「恐れることはないさ。解決の道はあるはずだから。科学はいつだって問題を乗り越えてきたんだ」

エソックと知り合って十四日、ライルはいかに彼が賢いかわかってきた。この人は天才だ。地下から浄水をくみ上げるのに成功したのも、エソックの素晴らしい考えの賜物だった。スタッフだけでなく、海兵隊員もすでに諦めていた。彼らには、深いところから水を引き上げられる大型ポンプ機がなかった。エソックは十数個の小さなポンプを並列に並べるように提案した。エソックが細心の注意を払いつつ、十五個の井戸ポンプを並べ、連結して水をくみ上げるのに成功するまで、誰もエソックの説明を理解できるものはいなかった。

「僕、ライルにプレゼントがあるんだよ」エソックは厚いジャンパーの内側からあるものを取り出した。

「私に？」ライルは嬉しそうに叫んでそれを受け取った。

「センチュリーモールの避難所から持ってきた」エソックが説明した。

花のモチーフのエプロンだった。

「どうして私が皿洗い班から料理班に移れたか、わかったわ！」ライルは黙って新しいエプロンを見つめた。「移れるように頼んでくれたのは、エソックね？　そうでしょ？」

エソックは気まずそうに笑って肩をすくめ、再び、ひっそりとした巨大なテントの広がりを熱心に見つめた。そこの住人は順に眠りについていた。

＊＊＊

二十一日目、エソックの母親がついに退院した。

エソックとライルは、母親を病院に迎えにいき、スタジアムに連れていった。ケーキ屋に戻ることはできなかった。まだ建ってはいるものの、あちこちひびが入っていた。市当局は、家の検証が通らないと住むことを許可しなかった。エソックは車いすを押して避難所のテントを回った。エソックは嬉しそうに、母親にたくさんのことを説明した。スタッフや海兵隊員やボランティアに母親を紹介した。ライルはほとんど黙って後ろをついていった。

エソックの母親の回復は順調に進み、状態ははるかによくなった。しかし母親の目には悲しみが残っていた。たぶん子供は回復がはるかに早いのだろうが、大人はそうはいかない。大人の頭の中には、数々の思い出がぎっしりとつまっている。それが胸を締めつける。その上、足が切断されている自分は、単にほかの人の重荷でしかないと考えてしまう。何度もエソックの母親はため息をつき、物思いに沈んでいるようだった。

三十日目、噴火が起きて一か月が過ぎ、避難所の近くに仮設の学校が建てられた。それは一つの巨大なテントで、「仮設小学校一年から中学校三年」と書かれたボードも取りつけられた。先生たちは、ほとんどがボランティアとして働き始めた。ライルは中学一年生に登録された。当面の彼らの活動は変わった。すべての子供は、避難所の手伝いをする前に学校に行くことになった。

ライルは朝早く起きて、公共のマンディの場所に行き、さっさとマンディを済ませてテントに戻り、あらかじめ配られた本と文房具を用意した。公共台所ですばやく朝食も済ませ、それから学校に歩いて行った。一か月前に、母親と一緒に町の道路の喧騒《けんそう》をかき分けながら学校に向かったときのことを、そしてそのとき小雨が降っていたことを、ライルはまだよく覚えていた。それは小学校を終えて長い休みのあと、中学校が始まる最初の日だった。今、ライルは避難所のテントの子供たちと一緒に歩いていて、初日の学校に向かっている。

エソックも学校に戻った。しかし仮設テントではない。町の真ん中に安全に使える学校があり、市当局はそれを高校一年から高校三年までの学校とした。エソックは嬉しそうに自転車を漕いだ。この少年はいつも喜んで学校に向かった。地震の前もあとも、それは変わることはなかった。

六十日目、世界のコミュニケーションネットワークが復旧した。電話が機能するようになった。テレビ放送は質がまだ悪く、相変わらずの番組、つまりニュースしかなかったが、それでも世界中の現状を知らせるのに非常に役立った。同じく六十日目に風、水、太陽光といったような再生可能資源を使った電気が、フルに作動し始めた。反対に核の力に頼っていた町や国は、地震が起きたとき、それ自体が身の毛のよだつような問題を引き起こし、崩壊を倍増させた。原子炉が原子爆弾のように爆発し、数百キロにわたって放射能を拡散し、放射能ゾーンを広げた。

七十日目、町の道路にはすでに乗り物が通行していた。電気自動車が使用できた。輸送機能は徐々に回復した。短距離のディーゼル列車は、線路が壊れていないところを通った。船も運行を始めた。完全に孤立している町や国に食料を配布するために、とても意味のあることだった。限られたルートで、いくつかの空路も回復した。空の灰はゼロになり、成層圏に入らない限り、フライトも安全だった。

九十日目、地震が町を破壊してから三か月がたった日の早朝、エソックはライルを誘ってある場所に向かっていた。以前にも増して色あせた赤い自転車に乗って。

小雨が町を包んでいた。六時三十分。学校は休みだ。雨はすでに普通の雨になり、もう酸性雨ではない。草や落葉した木も緑になった。しかし、空は相変わらずチョコレート色だった。放出されたガスは何十年も成層圏にとどまり、世界の気候を変える。二人が住んでいる町の平均気温は、今や摂氏八度から十度になった。

荷台に座っていたライルは、上を向いて顔に小雨があたるままにしていた。エソックはアスファルトの道を、スピードを上げて自転車を漕いだ。動き続けている重機や、建物を修理している何十人もの職人とすれ違った。建設プロジェクトは、道路のあらゆるところで見られた。町は再び成長し、被災から復興していた。

エソックは、二人がどこに行くのかを教えなかった。多くを聞かず、ライルは自転車が止まって目的地がわかるときまで待った。それは、彼女がよく知っている場所だった。

そこは地下鉄の非常階段のマンホール、二人が脱出に成功した場所だった。そのマンホールの上には、重機が取りつけられていた。オレンジ色の作業着を着た数人の海兵隊員が、マンホールを降りていくのが見えた。彼らは何をしているのだろう？

「今日から、地下鉄で生き埋めになった犠牲者を収容し始めるんだ」エソックが明かした。

ライルはおし黙った。だからエソックはここに誘ったのだ。ここはライルの母親とエソックの四人の兄弟が亡くなった場所だ。三か月もたった今、海兵隊員はライルの母親の遺体を発見できるだろうか？　本人と見分けられるのだろうか？

エソックはライルが考えていることがわかっているかのように、首を横に振った。「見分けがつく犠牲者はいないよ、ライル。みんな骨になっているから。僕の四人の兄弟も、ライルのお母さんも、そしてほかの何百人の乗客も、もう見分けはつかない。DNAのような精密検査をしない限りはね。でもスタッフはそんなことをする時間もないし、実際、そんなことをしても意味はない。もっと大変な場所で収容されていないほかの遺体が何千とあるから」

ライルは息を止めた。悲しみが突如胸に込み上げてきた。地下鉄の非常階段のマンホールの中に母親が落ちていく瞬間の記憶が、頭をよぎった。スローモーションで一つのシーンを何度も繰り返す、テレビの画面のように。

エソックはライルの腕をつかんで微笑んだ。「でも少なくとも、共同墓地でちゃんとした埋葬とお別れをしてもらえる」

ライルはこっくりうなずいた。目が潤んでいた。

小雨が本降りになってきた。ライルは立ったまま、交差点の向かい側から、捜索の喧騒を見つめていた。エソックはライルをそっとしておいた。二人の体は、すぐに降り注ぐ雨に濡れた。ライルはすすり泣いた。涙は雨と一つになった。

しかし、それは大切なエピソードを閉じるすすり泣きだった。その日は地震が起きて町が崩壊し、ライルから大切にしていた人々が奪われた日から、ちょうど三か月目の日だった。母親の遺体がほかの犠牲者とともにきちんと埋葬されたその日から、ライルもまた残された地球の十パーセントの人々とともに、新たな生活を見つめることができた。

旧《ふる》い章が閉じられて、新しい章が始まろうとしていた。

## 8

火山爆発指数カテゴリー八の災害が起きてから、一年が過ぎた。

スタジアムのテントから住人が減った。多くの人はそれぞれの家に戻った。物に不自由しない人や幸運な人は、自分の家を修理したり、建て直したりすることができた。その場しのぎではあったけれど、避難所のテントよりはましだった。ほかの町に家族がいる人の中には、その町に移る人もいた。

生活は、徐々によくなり始めた。官庁が開き、店が開店し、工場の機械に電源が入り、ビジネスの中枢が躍動し始めた。建物の瓦礫《れき》はまだいたるところにあった。瓦礫は、あちこちのまるで雨季に生えるキノコのように立つ、新しい建物と混じりあった。

誰もが幸運というわけではなかった。エソックの母親のケーキ屋は、解体を余儀なくされた。建物はすでに傾き、亀裂が入っていた。ここ一年、エソックの母親は避難所のテントにいた。貯金もなく、ケーキ屋を再建することはできなかった。体調も悪く、しばしば病気になった。体は痩せ、髪には白髪が混じった。車いすに座って、ぼんやりと時間をやり過ごしていた。エソックは根気強く母親を看病した。エソックはすでに連絡係はやめて、技術者チームの手伝いをしていた。その若さでエンジニアとしての才能には、目を見張るものがあった。

ライルは、もう中学二年生になっていた。体はこの一年で五センチ伸びた。テントの学校から新しい普通の建物の学校に移った。一方、エソックは十六歳になり、飛び級で高校三年生の組に入った。来年は大学に入学することになる。

その日、エソックは学校を終えたライルを自転車に乗せた。二人は工事中の池の噴水を見つめて座っていた。ミキサー車がセメントの生地を流していた。建設機器が動き、職人が往来していた。

「あなたは未成年避難者施設に移るの?」ライルは尋ねた。

エソックは黙って上を見た。二人の頭上の空は曇っていた。

その話題は最近一か月、人々の口に上っていた。近い将来、町中の八つの避難所の事務所は閉鎖される。家族がいない子供たちは、未成年避難者施設に移される。住む場所のない大人は高層集合住宅に、お年寄り、慢性疾患を持つ患者、障害者、家族のいない者は福祉施設に住むことになる。町はすでにここ一年でそのような施設を建設した。

一か月前からエソックもその問題を話したかった。しかしライルを悲しませたくなかった。

「エソック……」ライルはエソックの腕を肘でつついた。

エソックはライルの方を見た。

「エソックとお母さんは施設に行くの?」ライルは質問を繰り返した。

エソックはゆっくり首を横に振った。遅かれ早かれ、エソックはライルに知らせなければならなかった。今がいい機会かもしれない。町の大切なシンボルである、噴水の池の工事を眺めているこのときが。

「僕は、未成年避難者施設には行かない」

「どうして？」ライルは聞いた。

「僕を養子にしてくれると言っている家族がいるんだ。それに、教育も好きなだけ受けさせてくれるって」

エソックの声は小さくてほとんど聞き取れない。噴水の鋳造《ちゅうぞう》をしている重機の音にかき消されている。

「え、ほんと？」ライルは嬉しそうに答えた。

エソックは不安そうに顔をなで、ライルの顔を見つめ返した。ライルが悲しむと思っていた。

「私、それを聞いて嬉しいよ、エソック」

「でも、僕たちは、もう一緒にいられないってことだよ」

ライルは思わず固唾をのんだ。そのとおりだ。エソックがほかの家の養子になれば、そこに住むことになるだろう。施設に一緒に住むことはない。

ライルとエソックは、お互い黙り込んだ。

「母さんも引き受ける準備をしてくれている。僕、本当はあまり乗り気がしないんだ。それよりも施設にいた方がいい。学校にも行けるし、働けるし、母さんの面倒も見られるし、君とも一緒にいられる。でも母さんはずっと病気がちで、看護を真剣に考えなくちゃいけないんだ。新しい家族と住めば、もしかするともっと健康になるかもしれないし」エソックは説明しようと努めた。

ライルはかすかにうなずいた。「うん、そのとおりね。お母さんにとってはそこの方がいいわ」

「寂しくない？」

ライルは首を横に振った。「嬉しいよ、それを聞いて」

「本当に？」

ライルは微笑んだ。「またいつだって私たちは会えるもの、そうでしょ？　この町は前ほど大きくなくなっちゃったしね」

エソックはしまいにはつられて、顔をほころばせた。話してみたら思いのほか簡単な話だった。

二人は小雨が降り始めたので、スタジアムに戻った。エソックはアスファルトの道を、スピードを上げて自転車を漕いだ。後ろの荷台で、ライルはしっかりつかまった。その目は濡《ぬ》れていた。さっきからライルは泣くのをこらえていた。その知らせを聞いて、努めて一緒に喜ぼうとした。もう一年も、ライルはエソックとともにいた。それどころか、避難所の住人はみな覚えていた。エソックのいるところにはライルがいる。そして、その反対も然り。ライルがいるところにはエソックが一緒にいた。

雨が強くなった。こらえきれなくなったライルは誰にも知られずに泣いた。

＊＊＊

それは実際、悪い知らせではなかった。

ライルも本来なら一緒に喜ばなければならなかった。エソックは賢い子供だ。どの家族だって、彼を養子にしたがるだろう。車いすに乗り、病気がちの母親を世話することまで引き受けてくれるのなら、大歓迎だ。

養子の話があってから二週間たち、エソックと母親は新しい家に移った。エソックが持っていくものは多くなかった。衣服の詰まったカバンと、あの赤い自転車だけだ。ほかの必需品は、新しい家族が用意してくれていた。避難所のスタッフやボランティアが、全員そろって彼を見送った。前に勤務していた海兵隊員も来てくれて、みんながおめでとうと言ってくれた。

エソックが旅立つとき、ライルの気持ちは落ち着いていた。エソックと母親を運んでいく車に向かって、手を振ることができた。エソックにとってそれが一番いい選択だった。母親は看病してもらえるし、エソックは高い教育を受けることができる。いずれにしても、エソックの養子先は遠くない。コミュニケーションの手段も回復した。二人はいつだって話すことだって会うことだってできる。

二週間が過ぎ、ライルが未成年避難者施設に引っ越す順番が来た。ライルは残っている避難所の住人とともに、荷造りをした。十数台のバスと軍用トラックが、人々と荷物を運んだ。そのバスとトラックが去り、正式に八つの避難所は閉鎖になった。十三か月が知らぬ間に過ぎ去っていた。困難なときはすでに終わった。何人かが最後にスタジアムを見て、万感の思いに泣いた。明後日から、スタジアムの建物は改装されて、立派にあのころの姿に生まれ変わるだろう。ほかの避難所も同じだ。センチュリーモールやウォーターブームも、全面的に再開する。八つの避難所の子供たちは、政府が建てた大きな未成年避難者施設に移る。

その施設がある場所は、噴水の池から遠くなかった。町は以前に比べ、三十パーセントの広さに縮小した。新しい建物は、セントラルパーク周辺に建てられた。ライルは施設がまだ建設中のときに、よくそこを通りがかった。六階建てで、青く、左右対称に窓がついている建物があった。建物の庭は広く、芝生がきれいに切りそろえられていて、ヤシの木が並んでいた。施設は心地よいところのように思えた。

何人かのスタッフが、住人となる子供たちの来訪を愛想よく迎えてくれた。全員を登録して、部屋の場所を公表した。建物は設備がそろっていて、仮設テントに比べれば十二分だった。十分な家具のほかに、すべての部屋に冬用のヒーターが完備されている。

ライルはカバンを運び、二階へ向かい、自分の部屋、二DD号室を探しながら長い廊下を歩いた。ライルはその番号を見つけ、にっこりした。息を吐き出し、ゆっくりと部屋のドアを押した。

「こんにちは！」ライルに呼びかける、よく響く声が聞こえた。

ライルと同い年の十四歳の少女が、服をタンスにしまっている最中だった。そしてライルの方へ振り向いた。

「えっ、こんにちは」ライルはちょっとどぎまぎしながら答えた。

「私、マルヤムよ」その少女は立って手を差し出した。声がまた甲高く響く。実際それが彼女の普通の話し方なのかもしれない。

「えっ、私、ライルです」ライルはおずおずとあいさつを交わした。「どうかした？」マルヤムは笑った。

「えっ……」ライルは唾をのんだ。部屋にルームメイトがいることは知っていた。スタッフが前もって説明してくれていた。部屋ごとに二人が入る。しかしこんな人とは予想していなかった。背が高く痩せていて、髪が細かく縮れている。顎がとがっていて、ニキビだらけ。おまけに歯列矯正用ブレースをしている。

その縮れ毛は、とても濃くて多く、ふっくらしていて大きなボールみたいだ。ライルは一年前の出来事を思い出した。避難所で七日ぶりにマンディをしたときのことを。

シラミ。縮れ髪。

「あなた、私と会って怖がっているわけじゃないよね？」マルヤムはライルの様子をうかがった。

「そんなことないわ。私は……えっと、驚いただけ」ライルはリラックスするよう努めた。

「オッケー」マルヤムは手を振った。「あなたはどっちに寝たい？　上、それとも下？　私はもう下を選んだけど、もしあなたが下がよければ、私は上に移るわ。それとも、公平になるように月ごとに交換する？」

「上でいいわ」

「オッケー」マルヤムは嬉しそうに、再びタンスに服を入れ始めた。

「ところで、あなたはどこの避難所から？　私は第三避難所からよ」

「サッカースタジアム、第二よ」ライルはカバンを下ろした。

「サッカースタジアム？　あそこは快適だったでしょ？　私のところなんか、ただの広いグラウンドよ。雨が降るたびに泥んこになっちゃうの。でもここに入れて私たちはよかったね。私、今までこんなにいい部屋に住んだことないもの」

ライルは、忙しく服をしまっているマルヤムを見つめた。

ライルは、避難所でエソックのほかに親しい友だちはほとんどいなかった。たくさんの子供と知り合いになったが、親しい友だちはいなかった。今朝、ライルはマルヤムという名前のルームメイトに出会った。独特の響く声を持ったいつも元気な少女。縮れ毛の少女。

## 9

四メートル四方の白い部屋はしんとしていた。緑のソファに座っている女性がつけている金属のヘアバンドから、ゆっくりとしたヒューヒューという音だけが聞こえていた。

「あなたと同室になったお友だちには、シラミがたかっていたわけ？」エリジャーは目を細めながら聞いた。

二十一歳のソファの上の女性は、話し出してから初めて微笑んだ。そして首を横に振った。

「シラミはたかっていませんでした。マルヤムの髪はきれいでした」

エリジャーはうなずいて、目の前の上質紙ほどの薄さのタブレットの画面を注視した。一本の青い糸が現れて、ヘアバンドの精査の結果できあがった神経マップ上のほかのたくさんの糸を補完して、完全なマップになった。それぞれの糸は名前、場所、出来事を表している。それぞれの色は思い出の種類を示している。楽しい思い出、苦痛を与える思い出、またはニュートラルな思い出。それらが互いにねじりあい、一つになっている。この部屋は、人類の歴史上、最も驚くべき医療的技術を備えた部屋だった。その技術は、火山噴火災害の十年も前に花開き、二年間止まり、その後、また驚くべき進歩が続いた。

「マルヤムは、いいお友だちみたいね」エリジャーは、さらに鮮明になった新しい糸を見ていた。

緑のソファの上の女性はうなずいた。マルヤムは親友だった。

＊＊＊

未成年避難者施設は、階ごとに二人の養育係がいて、子供たちを交代で監督していた。十二人の養育係は、五十歳の女性の総監督者が指導していた。その女性は大きくて強面《こわもて》、そして実に規律正しかった。ライルやライルと同じ階の友だちは、みんなその人を「皇太后」と呼んでいた。避難所とは違い、施設にはたくさんのスケジュールと、従うべき規則があった。ちょっとでも違反したら、恥ずべき類いの罰則を覚悟しなければならなかった。養育係と皇太后の事務室は一階にあった。

施設の生活は、朝五時に始まる。起きて一斉に自分の部屋を整えなければならない。床の雑巾がけをする係と、風呂のブラシをかける係は、それより三十分早く起きる。キッチンと食堂の当番になった者も同じだ。ライルは避難所にいたときは寝坊の記録を持っていたが、施設ではマルヤムがいつも起こしてくれたので、時間に正確に起きることができた。

「噴火の前も私は児童養護施設にいたのよ」マルヤムはにやにやしながら毛布を畳んだ。「小さな部屋に八人。小さなマットレスが四個しかなくて、押し合いながら寝てた。養育係はもっと怖かった。寝坊すると、冷たい水を浴びせかけられたよ」考えられる話だった。

ライルは大きなあくびをした。まだ眠い。施設での最初の夜は慣れていなくて、夜が更けてからやっと寝た。頭にいろいろなことがめぐった。今まで、ライルはテントの天井を見ていたが、今は部屋の天井を見つめている。青くペンキで塗られた部屋の壁を見つめている。外では、廊下を歩く養育係の足音が響き、みんなが起きているかどうかをチェックしている。

六時、全員きちんと身なりを整えて、大食堂の長机に座っていなければならない。長机は六つあって、数百人の子供たちでいっぱいだ。朝食の時間だった。

ライルは、隣に座ったマルヤムの縮れ毛を、ちらちらと横目で見た。

「どうかした？」マルヤムはライルの顔をうかがった。「あなた、いつも私の髪を見てるね」ライルは慌てて前に視線を移した。今まで、こんなにも大きく広がった縮れ毛を見ることがなかったので慣れていなかった。一匹か二匹のシラミが、ジャンプして机の上の汁椀《しるわん》の中に入るようなことでもあったらどうしよう。ライルは、食欲が失せる前に、慌ててその映像を頭から追い払った。

六時半、子供たちは学校に向かう。階ごとの養育係が念押しする。学校が終わったら全員すぐに帰ること。許可なく町をうろつかないこと。生徒はそれぞれもとの学校に戻った。公共交通機関は元どおりになった。市バスや路面電車は、すでに町の道路を往来していた。ルートや運行頻度も十分だった。ただ地下鉄はまだ動いていないし、再開の目途もたっていない。

ライルはマルヤムと一緒に学校に出かける。二人はルート十二のバスに乗る。マルヤムは先に降りて、乗り換えの停留所で別のルートのバスを待つ。ライルは手を振り、そのまま同じバスに乗って学校に向かう。ルート十二のバスは、エソックの学校の前も通る。ライルは二階建てのその学校を見つめた。校庭は登校してきた生徒たちで賑わっている。何人かがバスケットをしているのが見える。口に出さずに、心の中でライルはそっと言う。もしかするとあの中にエソックがいるかもしれないわ。エソックと母親が新しい家に引っ越して以来、ライルはエソックと会っていなかった。エソックは勉強で忙しいのかもしれない。来年は大学に行くんだから。

バスは走り続け、エソックの学校は後ろに置き去りにされる。

午後一時、下校の時間だ。ライルはまたルート十二のバスに乗り未成年避難者施設に向かう。

「ライル、また会えると思っていたよ」乗り換えの停留所でマルヤムが乗ってきて、バスの通路を歩いてきた。昼になると、マルヤムの縮れ毛はますます膨らむ。顔のニキビも赤くなってくる。今日、マルヤムは数学の問題をやるように言われたのかもしれないわ。それで髪がさらに大きくなったのかも。

マルヤムが座れる場所をあけようと横にずれながら、ライルはそう考えておかしくなった。

「なんで、笑ってるのよ」マルヤムはライルをにらみながら横に座った。

ライルは慌てて口を閉じた。「あなたが乗ってくるのを見て嬉しかったから笑ったの」

「よーし」マルヤムは座席の上にリュックを置いた。「私って本当に才能があるなあ」

「何の才能?」ライルは話の方向を見失った。

「何だと思う?　私を見る人にもれなく幸せを運んでくる才能に決まってるじゃん」座席の背に寄りかかりながら、マルヤムから即興の返答が戻ってきた。

ライルはまたおかしがった。マルヤムが冗談好きな子だということがわかるのに、一日もあれば十分だった。

バスは、十三時三十分に未成年避難者施設の建物の前を通過する。二人は慌てて降り、部屋に向かいリュックを置いて、学校の制服を着替える。食堂は子供たちを待っている。お昼ご飯の時間だ。

施設の子供たちは、避難所のテントにいたときのように働かなくてもいい。しかしそれは、夕方の残りの時間をゆっくり過ごしていいということではない。各階の養育係は、子供たちが選択できる夕方の活動のスケジュールを組んでいる。いろいろな技術の習得から始まって、才能開発、農耕、機械の操作、職人技などである。ライルとマルヤムは同じ料理コースを選んだ。自分たちの選択が同じことを知って、二人は喜んでにっこりした。活動は夜が迫ってくる時間まで行われた。

五時半、ようやく施設の子供たちがマンディをしたり、片づけ物をしたり、自分の部屋や共同スペースで好きなことをする時間が来る。みんな七時半の夕食の時間を待っている。

「ライル、ちょっと手伝ってくれる?」マルヤムはマンディから戻ったばかり。列の一番後ろだったのでマンディを済ませるのが遅くなった。タオルを巻きつけた髪が濡《ぬ》れている。

「何?」ライルは読みかけの本を置いて、上のベッドから降りてきた。

「私、自分で髪をとかすのが大変だから、手伝ってくれる?」マルヤムはタオルを髪から外した。

「ええっ?」ライルはぎょっとした。何か取ってほしいものでもあるのかと思っていたからだ。髪をとかす? そこからシラミが飛び出したらどうしよう?

しかしライルはマルヤムの願いを断る理由が思いつかなかった。理由がないとルームメイトはあとで気を悪くするだろう。ライルは切羽詰まって、いい方法がないだろうかと考えた。しかし、しまいにはうなずいて、マルヤムの手から櫛を受け取った。マルヤムは椅子に座ってリラックスしている。ライルはその後ろに立ち、しぶしぶ髪をとかし始めた。

その瞬間、ライルはマルヤムの縮れ毛はきれいだということに気がついた。さわり心地はふわふわで、シャンプーのにおいが香った。シラミどころか、マルヤムの髪はとかし終わるまでずっときれいだった。

「ありがとう《トゥリマ　カシ》」マルヤムはにっこりした。髪はきれいに整った。

ライルもにっこりしてそれに応えた。彼女はうしろめたかった。

「ほらね、ライル。どうやらこれからは、私の縮れ毛を見て変な顔をするようなことはないでしょう」

「え?」ライルは話についていけなかった。

「もちろん、出会ったときからライルの考えていることはわかってたよ。シラミでしょ? 前の施設でも、避難所のテントでも、そういう視線には慣れっこだったよ。だからライルに髪をとかしてもらおうって決めたんだよ」マルヤムは、そのよく響く声でゆっくりと言った。「さあ、お腹が空いちゃった。もうすぐ夕飯の時間だよ」

ライルは黙って、部屋のドアを出ていくマルヤムの背中を見ていた。

そのとき以来、ライルは自分が心根の優しい友を持ったことを知った。マルヤムは十四歳になったばかりの、年よりずっと大人びたルームメイトだった。

＊＊＊

一か月間未成年避難者施設で過ごし、ライルは時間に厳しい生活にも慣れ、マルヤムに起こされる必要もなくなった。毎週、学校の休みの日に合わせて「フリーの日」があって、この日は好きなように使えた。施設の子供は、施設の敷地から外へ出て、好きなことをやってもいいのだ。

「明日はどこに行きたいの?」マルヤムが本を読みながら尋ねた。明日はフリーの日だ。

ライルは力なく首を横に振った。すでに四回、フリーの日があったけれど、ライルはいつも施設に残っていた。

「センチュリーモールへ行かない？　映画とか？」マルヤムが誘った。

それは魅力的な誘いだった。噴火の災害が起きたあとにプロデュースされた最初の映画が最近映画館でリリースされたのだ。それまでは古い映画ばかりやっていた。新しい映画の予告編は、繰り返し施設の共同スペースのテレビで放映されていた。クールな映画だった。

「ありがとう《トゥリマカシ》。でも私は施設にいるわ」

「オッケー」マルヤムは再び本に目を向けた。

ライルはエソックのことを考えていた。エソックと母親が養子先の家に行くために避難所のテントを去ってから、六週間エソックに会っていなかった。エソックはあたしのことを忘れてしまったのかな。毎日、学校の行き帰り、ライルはエソックの学校の建物の前を通りがかり、校庭を見る。エソックはいるかなと思うが期待は裏切られる。

エソックは元気なのかしら？　エソックもあたしのことを考えていてくれているのかしら？

その夜もまた、ライルは夜が更けてから眠りにつき、次の日は寝坊した。

お休みの日、ライルを起こしてくれる者はいない。マルヤムはほかの友だちとすでに出かけたようだ。ライルは机の上の時計を見て、もう九時なのかと不満気につぶやいてベッドから下り、タオルとマンディ用具を準備した。施設の廊下はひっそりしていた。子供たちは出かけるか、さもなければ共同スペースに集まり、卓球をしたり、テレビを見たり、ただおしゃべりで時間をつぶしたりしているのだろう。

食堂の朝食は、もう一時間も前に終わっている。構わない。ライルはお腹が空いていなかった。

マンディを済ませると、ライルは部屋で本を読みながら時間を過ごした。二時間経過。退屈し始めたライルは机の上の時計を横目でうかがう。十二時。お昼ご飯を食べるのも億劫《おっくう》だ。さっきからライルは料理コースで作ったクッキーを食べ続けていた。ようし。ライルは本を置いた。ときには、ぶらぶらと町を見ながら歩くことも必要だ。厚いセーターとショールを身につけ、カバンに読む本を入れた。ここ数週間、空気は骨に染みるようだ。摂氏八度まで下がっている。

ライルは階段を降り、施設の芝生の庭を横切り、ルート七のバスに乗った。目指すのはこのところ一番のお気に入り、セントラルパークだ。そこに座って本でも読んでいれば、退屈をしのげるだろう。

噴水の修理は完了間近だった。外見は元の形に戻った。樹木、花壇、レイアウトされたベンチ。ただ噴水の水だけはまだ出ていなかった。鳩《ハト》が広場に集まり、訪れた人々にもらったえさをついばんでいた。その雰囲気は、ライルがよく両親と時間を過ごしたときの雰囲気に戻っていた。その日、噴水の周りは多くの人で賑わっていた。一緒に写真を撮っている人もいたし、笑ったり、追いかけっこをしたり、おしゃべりを楽しんだりする人もいた。

ライルがその場所に我慢していられたのは、たった三十分だけだった。居心地が悪かった。腹立たしい思いでその賑わいを眺めていた。この噴水の周りで、自分だけが一人ぼっち。ほかの人は友だちや家族とおしゃべりに夢中になっているというのに。ライルは本を閉じてカバンに入れ、バスの停留所に早足で向かった。施設にいる方がまだましだ。

五分たち、ルート七のバスが来た。ライルは急いでバスに乗り込み、磁気センサーのバーコードつきカードをかざす。施設の子供たちが公共の乗り物に乗るときは、カードが使える。ライルは窓側の座席に体を倒して座り、イライラとため息をついた。

市バスはまだ五メートルしか走っていなかった。そのとき、一台の自転車がライルの座っている座席近くの窓にぴったり寄ってきた。

窓ガラスをノックする音が聞こえた。ライルは振り向き、ぶっきらぼうに怒鳴るところだった。誰なの？バスに自転車を寄せてきて、危ないでしょ。しかもバスの窓をたたくなんて。

でもライルの怒鳴ろうとした声は止まった。その目は信じられないものを見た。

エソックだった。エソックが、笑いながら、加速し始めているバスと並走しようと躍起になっていた。

ライルはすぐに立ち上がった。胸が苦しくなるほど嬉しかった。ライルは座席の間の通路を小走りで駆け、バスの前方に来た。

「すみません、止まってください、運転手さん、止まって！」ライルは叫んだ。

運転手は振り向いた。「座って、お嬢さん。バスの走行中は、ドアの近くに立っちゃだめじゃないか」

「降りたいんです！」ライルはほかの乗客にジロジロ見られても、まったく気にならなかった。見て、エソックがずっと後ろの方に行っちゃう。道路は急な上り坂で、自転車はバスほど早く走れない。

「次の停留所まで降りれないよ、わかったかい？」運転手は叫び返した。

「今降りたいんです」ライルは迫った。

ぶつぶつと文句を言いながらも、バスの運転手はしまいには降参した。バスを止め自動ドアを開けた。

ライルは、ドアが開き切らないうちに外に飛び出ていた。ありがとう、と叫びながら。

「なんてこった、あの子はきっと今ごろおしっこが我慢できなくて、トイレに駆け込んでるんだろうよ」そう言って、運転手はバスを発車させた。乗客はおかしくて、うんうんと何度も首を縦に振った。そんなこともあるさ。

ライルは運転手の文句など聞いていなかった。すでに走り出し道路を戻って行った。エソックはライルから二百メートルほどのところで、自転車を漕いで長い坂を上ってくる。

二人は、ちょうど坂の真ん中で向かい合った。

二人は見つめ合って笑った。エソックはハアハア息を切らして、また笑った。

＊＊＊

「ここ数週間、本当に忙しかったんだ」エソックは説明した。「大学の入学試験がもうすぐあるんだ。養父は一番いい大学に入ってほしいって思ってる。しかも一番難しい学科に」

ライルは自転車の荷台に座ってうなずいた。ライルが想像していたとおりだった。

「養父は毎日、休みの日さえ勉強しろって言うんだよ。学校から帰るとすぐ勉強、学校の休みの日も勉強。やっと今日の昼になって、何時間か外出を許してくれたんだ。さっき施設にいったけど君はいなかった。君の行き先を知っている人もいなかった。それで僕は噴水を思いついたんだ。噴水についたとき、君は乗り遅れないように、もうバスに乗り込んでいた。途中でバスを止めちゃって、運転手に怒られなかった？」

ライルは笑った。バスの運転手なんか気に留めている暇はなかった。

「学校はどう？」

「退屈よ」ライルは正直に答えた。

エソックも笑った。

「お母さんはどう？」今度はライルが聞いた。

「体調はとってもいいよ。養い親は、最高に腕のいい医者のチームに往診を頼んでくれたんだ。僕、その厚意にどう応えたらいいのかなあ。費用も高いはずだ」

「私、厚意に応える方法を知ってるわ。百年間、家にある鍋のお尻をごしごし洗い続けるの。それでチャラね」ライルはふざけて言った。

エソックはまたおかしがった。

自分では気づいていなかったが、ライルは明るくなった。マルヤムという、ときにはちょっとやりすぎなくらいにユーモアのセンスのある友だちができたから。それに長いことエソックに会っていなくてやっと会えたから、ライルはめちゃめちゃ嬉しそうだった。

エソックは、自転車で地下鉄の非常階段のマンホールに向かった。以前、酸性雨が降らないうちに自転車に乗るように、ライルに言い聞かせたことがあった。そのときエソックは言っていた。いつの日か、またライルを連れてそこに来ると。その日の正午、二人の最初の目的はその非常階段のマンホールだった。ライルの母親を偲《しの》ぶ場所、そしてエソックの四人の兄たちを思い出す場所だった。そこはまだ前と変わっていなかった。マンホールは木の板で閉じてあり、「危険」の印があって、その上を通らないようにしてあった。

十五分間、ライルとエソックは交差点の向かい側から、黙ったまままずっと眺めていた。

そこから離れると、エソックはライルの家の瓦礫《れき》を目指して、自転車の舵《かじ》をきった。ライルの家のあった団地は、もうすっかり変わっていた。再建された家、そして再建中の家が十数件あった。ライルの家のあったところから瓦礫は一掃されて、更地《さら》になっていた。ライルの家を建てる人は誰もいない。祖父母も、ほかの町に住んでいた近親者も、みな噴火の災害で亡くなってしまった。更地は、ライルが自分でそこに家を建てることができるようになるまで、ずっとそのままだろう。

次に、二人はエソックの家族が所有していたケーキ屋のあった場所に向かった。エソックはいろいろ話したり冗談を言ったりしながら、自転車をゆっくり漕いでいった。本当に楽しい二人の時間だった。ケーキ屋だったところに残っていたのは、更地だけだった。

「母さんは病気が治ったら、ケーキ屋をまたやるっていっているよ」エソックはライルに言った。

二人が通った道はすでに息を吹き返していた。多くの店が建っていた。その辺は町でも有名な食のエリアだった。多様なおいしい食べ物が地震の前から売られていた。

「でもお母さんは貯金がないんでしょう」

「養い親が資金を用意して、ケーキ屋を再建する準備をしてくれている」

「エソック、あなたの言うとおりね。二人は本当に優しい人たちなのね」今回は、ライルは茶化さないで返答した。

「うん。でも今すぐってわけじゃないよ。二、三年ぐらいして、母さんが完全に元気になったらね」

十五分間、ケーキ屋の付近にいたあと、二人はまた自転車に乗り、最後の場所に向かった。噴水の池。有名な町のシンボル。

二人は噴水の周りの賑わいを眺めながら、おしゃべりをし、自動販売機で売られている熱いココアを飲んだ。ライルは施設のことを話した。忙しいこと、養育係のこと、皇太后のこと、友だちのこと、特にマルヤムのこと。その広がった縮れ毛にシラミがいなかったこと。エソックは、ライルの話がマルヤムの髪をとかすよう頼まれた下りにさしかかると、けらけらと笑った。自分の番になると、エソックは学校や先生のこと、そして様々な機器を作るプロジェクトのことを話した。ライルは話に魅了され、じっとエソックを見つめていた。前からエソックは機器を作るのが好きだった。

曇った空が暗くなってきた。

帰らなければならないときが来た。熱いココアも飲み終わった。エソックは施設の門までライルを送っていき、手を振って自転車に乗った。

最初の雨粒が落ちてきた。ライルは手を振り返し、二人一緒に過ごした夕方の時間は終わりを告げた。雨。ライルはいつも雨が好きだった。その黄昏《たそがれ》時、ライルは冷気の中、雨に濡れるままにたたずんでいた。エソックの赤い自転車が遠くに消えていった曲り道を、じっと見ていた。

そのときライルは十四歳になったばかりで、エソックは十六歳だった。ライルは自分の思いがまだ理解できていなかった。わかるまでまだ数年かかるだろう。しかし、わかっていたことがある。それは、エソックが、自分にとってこれからもずっと大切な人になるだろうということだった。

## 10

皇太后は、ライルが二階につくと激怒した。

門限に遅れたわけではなかった。まだ何時間か自由時間が余っていた。皇太后が怒ったのは、ライルが服を濡《ぬ》らして帰宅したからだった。

「なぜ雨が降ったときに雨宿りをしなかったの?」皇太后の声は二階の廊下の端まで聞こえ、ライルは、マルヤムも含めて友だちの見世物になっていた。

「バスから降りたときに雨宿りする時間がなかったんです」ライルはその場しのぎに答えた。

「うそをつかないで、ライル。停留所で雨をしのげたはずよ。簡単なことでしょ」

ライルは黙ってうなだれた。

「あなたはわざと雨に濡れたのでしょう?」皇太后はにらんだ。「病気になったらどうするの? スタッフみんなに迷惑をかけることになるわ。あなたはもう大きいのよ。水遊びして喜ぶような子供じゃないの」

ライルは言葉をのみ込んだ。

その夜ライルは罰として台所を手伝わされた。鍋底や中華鍋などすべての調理用具を磨いた。大したことではない。ライルは鼻歌気分だった。少なくとも、規則に違反したことがばれてしまったほかの子みたいに、「もう二度と間違いを繰り返しません」なんて書かれたボール紙をぶら下げるようには言われなかった。

ライルは夜十一時に部屋に戻った。皇太后はもう一つ罰を課していた。共同キッチンのトイレのブラシがけだ。しかしライルにとって、それもどうってことはなかった。エソックに会って、心はうきうきしていたからだ。トイレ一つどころか、二階全部のトイレにブラシをかけるように言われたって、うきうきは止まらない。

「まだ寝てないの？」ライルが部屋に入ると、マルヤムはまだ起きていた。

「ハーイ、ライル」マルヤムは手の中の本を持ち上げながら、まだ読み続けている。「皇太后のご機嫌はどう？　まだおかんむり？」

ライルは答えの代わりに笑って、ジャンパーを脱ぎ、壁にかけた。

「映画はどうだったの？　よかった？」ライルは聞き返した。

「一緒に見にこなくて、ついてたよ」マルヤムは本を置いた。

ライルはうなずいた。つまりよくなかったという意味だろう。

「どうしてあなたがさっき施設の門のところで雨に濡れたか、知ってるんだ」マルヤムはにやりとして

ライルをいたずらっぽく見つめた。

「え？　私、ただ普通に雨に濡れちゃっただけよ、マルヤム」

マルヤムは首を横に振り、さらに問い詰めた。

「あなた、さっき自転車で誰かに送ってもらったでしょ？　ルート七のバスに乗ってないでしょ」

「ううん。一人で帰ってきたわ」ライルは固唾をのんだ。「もう、ライルったら」マルヤムは笑った。「あなたはうそがへたね。顔がうそだって言ってるよ。それに、私、あなたたちが通るのを市バスの中から見たんだから。もう間違いない。あれは、あなたたちよ。赤い自転車に二人乗りしてたじゃん」

ライルの顔は赤くなった。

「あの男の子は誰？」マルヤムはますますいたずらっぽく聞いた。

「誰でもないよ」ライルは慌てて大声で言った。「眠くなったから寝る」

マルヤムはライルの動揺いっぱいの顔を見ておかしくなった。

「さあ白状しなよ、ライル……いったいあの子は誰？」

「ただの友だちよ」

「まじで？　ただの友だち？」

ライルは目をむいて毛布を引っかぶった。

マルヤムはげらげら笑った。だがそれ以上ライルをからかうことはせず、再び本を開いた。

＊＊＊

その再会以来、ライルとエソックは、定期的に会う日を決めた。

エソックには毎月、自由に使える日が一日だけある。そのときだけライルはエソックと会える。それはライルが望むほど頻繁とは言えない。避難所のテントにいたころのことを考えればなおさらだ。でも、それでも十二分だった。エソックの養い親が、エソックに一番いい大学に入ってほしいと願っていることが、ライルにはわかっていた。エソックは必死に勉強する必要があったのだ。

ライルの学校もますます忙しくなり、加えて施設での活動もあった。

その忙しさがあったから、エソックに六時間だけ会うために三十日間を辛抱して過ごすことができた。時は知らぬ間に矢のように過ぎ去り、噴火の災害以後二年がたち、止まっていた技術の進歩も再び大きく発展した。

町では多くの人が腕に小さな画面の形をした機器をつけていた。以前ライルの母親も同じタイプのものを持っていた。小さいながら多機能で、各種支払いからバス、路面電車のチケットとして使うことができ、また店での買い物、そしてバーチャル出社までできた。センサーでデータのすべては記録される。同時に、コミュニケーションの道具としても機能する。従来の電話、ビデオ会議、そして頭で文章を考えると、それを腕の画面が文におこしてメッセージとして送る、といったような最新世代の機能もついていた。

二〇四四年、土木建設工事も大きな変革を遂げる。３Ｄプリンターの技術で家や建物を建てる工程のほとんどがコンピューターで行われるようになり、その後マシンが高い精度で建物をつくり出す。ましてや棚のように小さいものは、デザインが決まっていて、３Ｄプリンターがあれば、あたかも一枚の文書をプリントアウトするように簡単に作り出すことができた。材料、ポリマー、合成物質の研究が３Ｄプリンターの進歩を補完し、カートリッジの材料は本物と変わらないほど高品質なものになった。

医療の進歩も同じだった。火山噴火から、医者とエンジニアは多くのことを学んだ。正確にそして速やかにことをなすために、様々なハイテクの医療機器をつくりだした。医療分野で驚嘆に値する研究としては、人工臓器をつくるための幹細胞研究のほかに、脳神経の研究があった。テレビで放映されたある発表によると、火山噴火災害により止まっていた研究が、最近大きな成果をあげた。世界の研究者の協同研究団体が、細部にいたるまでの脳の完璧なマップを作ることに成功したのだ。記憶の修正を可能にする道具をつくるのは、もはや時間の問題だった。

噴火災害の二年後、製造工場は完全に復旧した。そして競い合うように、上質紙くらいの厚さのタブレットを世に送り出し、ホログラム（注3）や考えることができる冷蔵庫、ワイヤレス電気機器、自動掃除機などの道具を、進歩した技術をもって世に送り出した。

新しいビルは、スマートシステムを採用した。スーパーから店員が消えた。さらに、レストランではテーブルがタッチ画面になっていて、客はメニューを選び、テーブルをタップするだけで注文ができる。食事が終わりテーブルを発つと、自動でお金が引き落とされ、支払いが完了する。ホテルも、フロントで客を迎えるスタッフは必要ない。チェックインも、ルームサービスも、ロボットがする。

ライルは技術系にはあまり通じていなかったので、ごく普通の方法を好んだ。機械が大好きなのはエソックだった。あらゆる機器の開発に夢中になった。彼はまさに天才だった。

二か月前、エソックは高校を代表して首都に派遣され、空飛ぶ車を作る国のコンペで優勝した。エソックは喜び勇んでその経験をいつもの月例会でライルに話した。その話の間、ライルはずっと瞬きもせず、エソックを見ていた。あり得ないくらいすごい。

ライルは、月に一度会うリズムが心地よかった。しかし状況は変化し、残念ながらすべてを変えなければならなくなった。

エソックが、首都で一番いい大学に合格したのだ。

そのいい知らせは、次の二人の月例会のときにエソックに届いた。ちょうど二人が噴水の池の前に座り、ポップコーンを食べ終わったときだった。その日、エソックは自転車に乗ってこなかった。二人は現地で会う約束をしていた。エソックはその日は養い親と一緒に来ていて、池からそう遠くないところで、養い親と昼食会のイベントに参加することになっていたのだ。ライルは市バスに乗ってきていた。

「すごいじゃない！」ライルは知らせを聞いて、歓声を上げた。

しかしエソックは、格別嬉しそうには見えなかった。

「僕、首都に住むんだよ。そこに住むことになるんだよ」

ライルは黙ったまま、ポップコーンの箱を置いた。

「それでも君は大丈夫？」エソックは少し間をおいてから尋ねた。

ライルはうなずいて前を見た。渋滞している道路にぼんやりと視線を向けた。さっき、ライルも渋滞のために遅れて噴水に到着した。ルート七の市バスは、噴水の停留所に渋滞を縫ってようやく到着したのだ。市長が、大地震災害二周年記念会食パーティーを主催していて、たくさんの客が招待されていた。エソックの養い親もその中に含まれているのだろう。

「ライル、僕さ、本当はこの町にいたいんだ。母さんや君のそばにね。でも首都での教育は絶好のチャンスなんだ。今年選ばれたのは十人だけで、その中の五人は外国から選ばれた生徒だ。これはめったにないチャンスで、二度とは来ないと思う」

噴水の池は行き交う人々で賑やかだった。

「どれくらいの間、首都で教育を受けるの？」

「三年」

三年？　短い期間とは言えない。ライルの胸は押しつぶされそうだった。

「長い休みのときは戻ってこられると思う。でも研究プロジェクトがたくさんあるはずだ。大学の教授は、僕たちに合格の通知をくれると同時に、最初のプロジェクトの準備をするように求めてきている。待ったなしだよ」

ライルは苦笑いした。「これからはずっと電話で話すしかないかな」

「うん、それならできる」エソックはゆっくりと言った。

ライルは視線を上に向け、噴水の池の近くで建設中の二階建てのビルを見つめた。本当は涙をエソックに見られないように上を向いたのだ。確かに電話で話はできるが、噴水の池の前に一緒に座ったり、一緒に自転車で町を回ったり、冗談を言って笑い合うことには代えがたい。そして何よりも大切な二人の時間、それは地下鉄の非常階段のマンホールの前に立って、ともに過ごす時間だった。

「エソック、もういいかな?」重々しい声で話しかける人がいた。

この悲しい話のせいで、ライルは二人が座っている公園のベンチに数人が近づいてきていたのに気づかなかった。

ライルはその声の方向を見た。町の重要人物、緊急事態時のヒーローが妻と娘を伴ってベンチに近づいてきていたのだ。エソックに話しかけたのは、そのヒーロー、つまり市長だった。記者も同行していて、質問を投げかけるのに余念がない。昼食会のイベントがどうやら終わったようだ。

エソックは立ち上がった。「終わりました、お父さん。もう僕たちの話は済みました」

ライルは何が何だかわからず、戸惑った。エソックが市長をお父さんと呼ぶなんて。聞き間違えたのだろうか?

「紹介します、お父さん、お母さん。ライルです。避難所のテントのときの友だちです」

「こんにちは、ライル。やっと会えたね」市長は手を差し伸べた。

ライルは立って、震える手で握手をした。ええ？　知らなかった。エソックの養い親は、なんと、噴水の池の近くで行われた行事のまさに主催者だったのだ。なぜ、エソックはそのことを教えてくれなかったのかしら？　ライルは今までエソックの養い親を、ほかの養子になった子供たちと同じように、単なるお金持ちの家族としか考えていなかった。その話を二人ともしたことがなかったのは、あまり楽しい話ではないからだ。養い親は、ライルとエソックを引き離したのだから。でも、これはいったい……？

「エソックはあなたのことをよく話してくれるのよ、ライル」市長夫人は、温かく話しかけてライルと握手をした。

そして最後に、ライルは市長の娘とも握手を交わした。市長の娘はきれいなドレスを着ていた。ライルと同い年で、とてもかわいらしかった。目は青く、鼻は高く、おとぎ話に出てくるお姫様のように魅力的なえくぼがあった。そしてライルに愛想よく話しかけた。

「さあエソック、もう帰らないと」市長が注意した。「悪いね、ライル。君たちの邪魔をして。私はまだほかの予定があるものでね」

ライルはゆっくりと首を左に、右に振った。問題があるはずがない。

エソックはライルを少しの間見ていたが、うなずいて別れの言葉を言うと、養い親の後ろを歩いていった。市長の特別なプレートを貼った一台の車が近づいてきた。エソックは車に乗り込んだ。車が噴水の池を離れるとき、車の窓が開いて、市長夫人がライルの方に温かく手を振った。

ライルは黙って、身じろぎもせず立っていた。

＊＊＊

床が大理石の四メートル四方の白い部屋はしんとしている。

「まあ!」エリジャーはゆっくりと叫んだ。「その少年は、市長と養子縁組したわけね」

緑のソファの上の女性はうなずいた。「私も思ってもみませんでした」

エリジャーはため息をついた。この話に、彼女は興味をそそられた。

ベテランの医療セラピストとして、何百人もの患者を扱ってきた。医学の歴史の中でも一番先端的な技法でオペを行う前に、たくさんの話を聞いてきた。その話は正確に脳神経マップを描くために使われた。そのほかのことはどうでもよかった。エリジャーはただ進行役であり、頭に装着した金属のヘアバンドが効果的に作動するための仲介者だ。患者の話を聞く際、自分の感情を介入してはいけない。しかし、この話に関しては違った。彼女はその話に惹《ひ》きつけられた。

エリジャーは、目の前の上質紙ほどの薄い画面を見ていた。一本の赤い糸が神経マップに現れた。とてもはっきりとした赤。それは不快な記憶を表す色だった。

「ライル、あなたはその市長が嫌いなのですね」エリジャーは聞いた。

ライルは床を見つめて、うなだれた。

嫌いなのは市長ではない。市長は英雄だ。非常事態をうまく乗り越えられたのも、町が復興したのも、彼の功績だ。すべて市長の必死の働きのおかげだった。市長に初めて会ったとき、ライルは十五歳。思春期だった。そのとき、市長がエソックの養父だと知ったことは、驚き以外の何物でもなく、市長に特別な感情を持ったわけではなかった。その記憶は、その出来事から何年もたって赤い色になった。今のこの瞬間まで、市長を恨んだことは一度もない。

# 11

噴水の池で話してから一か月後、エソックは首都に向けて出発した。

怖くて規律に厳しい皇太后だったが、エソックが首都に発つときには、見送りに行く許可を出してくれた。しかしその許可は、簡単には得られなかった。

「今晩二時間、外出しなければならない理由は何なのですか？」皇太后は事務室の椅子に座り、ライルを鋭い目で見た。

「私は、高速列車の駅に行かなくちゃいけないのです」

「ええ、それはわかっていますよ、ライル。そのことはさっきから聞いています。でもどうして今晩行かないといけないのかと聞いているの。あなたは列車の駅員でもないし、機関士でもないでしょう？」皇太后は冷たく言った。

「私はある人を見送らないといけなくて」ライルはうなだれ、口ごもった。

「わかったわ。で、そのあなたが見送らなければならない人は誰なの？」

ライルは押し黙った。かつて一度も施設の人にエソックとのことを話したことはない。マルヤムにさえも。しかし、今は話すほかに選択肢はなさそうだ。話すか、さもなければ行くことを諦めるか。皇太后は待っていた。

ライルは深呼吸して早口で語り始めた。詳細には触れず、次のようなことを説明した。エソックという十七歳の少年を見送りに行きたいこと。二年前、地震のときに地下鉄の非常階段のマンホールで自分を助けてくれたこと、避難所のテントでよい友だちになったこと。今日、エソックは首都に発ち、そこで教育を続けること。その少年を見送りたいのだと。十五分かけて概要を伝えた。

「よい友だち？」皇太后は問い詰めた。

ライルは答えなかった。

「いいわ、ライル。私たちが忘れることのない二年前の出来事に免じて、そしてあなたを助けてくれた少年に免じて、二時間の外出許可を出しましょう」

ライルは顔を上げた。信じられなかった。

「でも、夕方の活動の前に施設に戻らないといけないわよ。わかった？」

ライルは慌ててうなずいて、にっこりした。「ありがとうございます《トゥリマカシ》」

ライルは立ち上がると足早にドアの方へ行った。すぐに出発しなければ。高速列車の時間が迫っている。

「ライル！」皇太后が叫んだ。

ライルは振り向いて、足を止めた。

「去年、施設の門のところであなたが雨に濡《ぬ》れたのも、その少年のせいね？」

ライルは赤くなった。それには答えず、大急ぎで事務室を出た。

皇太后は微笑んだ。しばし、その怖い顔がやわらいだ。「青春、そう！　美しき時代ね」そう言うと、再びコンピューターに向かった。片づけなければならない仕事が待っていた。

＊＊＊

ライルが駅についたのは、高速列車が出発する五分前だった。

エソックは、高速列車のカプセルに乗り込もうとしていた。そこにはすでに市長夫人と人形のような目をした娘が来ていた。ライルの歩みは少しの間止まった。ライルはためらっていた。きっと市長の家族は、自分がいることを快くは思わないだろうな。

「ライル、さあ、こっちよ」市長夫人がライルを先に見つけて、手を振った。

振り向いたエソックは、ライルを見て顔をほころばせた。ライルはエソックに近づいた。

「来ないんじゃないかって思ったよ、ライル」

「来るに決まってるでしょ」ライルはゆっくり言った。

「もちろん来てくれると思った。ただ、あのおっかない施設の総監督の先生が、許可を出してくれないんじゃないかって恐れていたのさ」エソックは笑った。

市長夫人と人形のような目をした娘は、エソックとライルが気兼ねなくおしゃべりができるように、二人から数歩離れたところにいた。

「あなたに渡したいものがあるの」ライルはカバンを開けた。

「何？」

それは紺色の帽子だった。「The Smart One」と毛糸で刺繍されている。

「ありがとう《トゥリマカシ》」エソックはにっこりして頭にそれをかぶった。二人の時間はそこまでだった。ホイッスルの音が甲高く響き、乗客がカプセルに乗り込まねばならぬ時を告げていた。

市長夫人と娘がまた近づいてきた。エソックは養母にあいさつし、次に市長の娘にあいさつをし、最後にライルを見た。

「ライル、行ってくるね」エソックは微笑んだ。

ライルはうなずいて微笑みを返した。

エソックはカプセルに乗った。ドアが自動で閉まった。それから三十秒して高速列車は矢のように駅を出ていった。その最高速度は時速四百キロ。レールの上を飛んでいく。

「ライル、一緒に帰る?」列車の姿が見えなくなると、市長夫人が沈黙を破って聞いた。ほかの見送りに来た人々は、とっくにプラットホームを去っていた。

「いえ、大丈夫です。市バスに乗りますから」ライルは慌てて首を振った。

「帰りの方向は同じよ。施設に帰るのでしょう?」市長夫人は微笑みを浮かべながら誘った。

ライルはそれでも断った。

「ね、ライル」市長の娘も人なつっこく誘った。そして耳元でささやくふりをした。「お母さんにあんなふうに言われると、私だって断れないわよねえ」

市長夫人は娘の冗談を聞いて笑った。

ライルは場違いな気がした。今まで、市長のような偉い人の家族と冗談を言い合ったりしたことはなかった。自分には品がないように思われたらどうしよう。ライルはプラットホームのデジタル時計を横目で見た。もう少しで外出から二時間がたとうとしていた。市長夫人の車に乗るのは悪いことではないかもしれない。その方がバスを待つより早い。ライルは首を縦に振った。

市長夫人は嬉しそうににっこりすると、ライルの手を優しく握った。三人が連れ立って列車の駅から外に出ると、最高級の電気自動車が駅のロビーの正面に駐車していた。三人が中に乗り込むと、市長夫人が自分で運転した。運転手やガードマンはいなかった。ライルは前に乗るように言われた。

「これは家族のことだから。公用のときは運転手やガードマンがいるのよ、ライル」市長夫人はライルの考えていることが手に取るようにわかっているようだった。

ライルは、ビデオゲームのコンソールのような車の画面を眺めた。そこにハンドルはなかった。

市長夫人は笑った。「私が本当に運転するわけじゃないのよ、ライル。ただ座って運転しているふりをしているだけ。この車は運転手なしで進むの。コンピューターが操縦するのよ。曲がることも、止まることも、渋滞のない一番早い道のりを選ぶこともできるの」

電気自動車は、スピードを出して駅をあとにした。

「夫は、本当はエソックを見送りたかったのよ。今日はエソックの大切な日だから。でもまだ外国にいるの。世界の気候変動に関する会議があってね。ところで、ライル、学校はどう?」市長夫人は、話しやすい話題に切り替えた。

「学校は、たいく……。えっと、学校はうまくいってます」ライルは慎重に答えた。

ライルのぎこちなさはさておき、エソックの養い親の家族は楽しい人たちだった。道中、ずっと、市長夫人は気さくにいろいろなことをライルと話そうとした。同時に冗談も飛ばした。人形のような目をした娘も同じだった。名前はクラウディア。その日はカジュアルな服を着ていた。ライルに最初にあったときに着ていたような正装ではなかった。それでも、かわいくてエレガントだった。ライルは何度も自分の髪をなでつけた。手入れされていない長い髪が恥ずかしかった。クラウディアのきめ細かい肌に比べると、なおのことだった。

「きっと、施設にはたくさん友だちがいて、楽しいでしょう?」クラウディアは話に加わった。

ライルはうなずいた。話は施設の話題に移った。

施設の建物の近くまで来ていた。あと五分。車は速度を緩めた。施設に曲がって入っていくのに最適な道をコンピューターが計算する。

「いつか私の家にも遊びに来てね、ライル」クラウディアは、ライルを見送るために車を降りた。

ライルはこっくりうなずき、礼を言った。礼を言うのは、これが三回目だ。クラウディアは車に戻り、母親の脇に座った。そして、電気自動車は、ゆっくりと建物の庭を出ていった。

ライルはふうっと息を吐いた。さっきまで市長夫人とその娘と同じ車に乗っていたなんて信じられない。同乗していた二十分間、自分が恥知らずだと思われなかったらいいなと思った。

＊＊＊

その日から、エソックとライルの間には、文字どおり数千キロの距離ができた。

ライルは、噴水の池で言ったように、コミュニケーションの技術を駆使して連絡を取ることもできた。しかし、二人は今までそういうことをするような関係ではなかった。ライルはいつもエソックに連絡を取ることを遠慮していた。エソックを邪魔することを恐れていた。最初は簡単ではなかった。でもライルには最高の慰めがあった。それは多忙だった。忙しさがネガティブな考えを追い払ってくれた。未成年避難者施設での日常は何事もなく動いていた。

「私、料理クラスなんて、退屈だよ」マルヤムがあくびをした。二人は今、夕方の活動に参加していた。二人の周りでは、施設の子供たちが、それぞれのケーキに飾りつけをしていた。

「二人でほかの活動を選ぼうよ、ライル。もっと面白いのをさ」マルヤムがつぶやいた。

「料理が面白くないっていうこと？」ライルはマルヤムの横でケーキの飾りつけに夢中になっていて、ルームメイトの不満を適当に受け流した。

「そういうことを言ってんじゃないの。私の言いたいことは、直接たくさんの人のためになるようなことをできたらいいということなの。もっと目に見える形でね」

「マルヤム、動かすのは手よ、口じゃないの」料理コースの先生が話を遮り、きっとにらんだ。マルヤムは目の前のケーキに慌てて戻った。部屋にいた子供たちが、げらげら笑った。

しかしその夕方の話を、ライルはよく考えた。

「それで、あなたはどんな活動をやりたいわけ、マルヤム？　あなた、畑仕事は好きじゃないし、技術系も才能がないって自分で言ってたし」その話は部屋で夜も続いた。

「いい考えがあるんだよ。ライルもきっと面白いと思ってくれると思うよ」

二日たってから、二人は料理クラスを辞めた。マルヤムはライルを誘って噴水の池の近くにある建物に向かった。

「どこに行くの？」ライルは聞いた。二人はルート七の市バスに乗った。「もし私たちがうろつきまわっていると思われて、皇太后に怒られたらどうするの？」

「皇太后からは、紹介状をもらってきた」マルヤムは、ニヤッと笑って封筒を見せた。「もらうのは簡単じゃなかったよ。でもこれは何にでも使えるちゃんとしたものだからさ」

マルヤムは施設の外でいったい何の活動をしたいというのか。ライルはルームメイトを見つめた。施設の子供は、認められた活動の範囲内で正式に登録されれば、誰でも外で活動することを許されていた。でもいったいどこへ行くというの？　彼らはクラブに登録されているスポーツ選手でもないし、何かの趣味をともにしている団員でもない。そういうことを施設の外でやっている子供たちは、確かにいた。

ライルは目的の建物についたとき、やっとその答えがわかった。二人はボランティア団体の本部に向かっていたのだ。白い立派な建物だった。二人は正面の大きなロビーを通り、白いセラミックの床を歩き、受付のデスクについた。

「いらっしゃい。ご用件を賜わります」ロボットの声が流れた。スマート建築には受付の係員はいない。その代わり、頭の部分が回転する筒形のロボットが対応する。

「ボランティアの登録をしたいのですが」マルヤムが述べた。

「かしこまりました。ボランティアになるための条件はもうおわかりでしょうか?」

マルヤムはうなずいた。

十五分たった。ライルとマルヤムは、受付の机の上のタッチ画面に代わる代わるデータを入力した。皇太后からの紹介状もスキャンした。タッチ画面はゆっくりヒューと音を立ててデータを処理し、次のステップを決定した。

「お待たせしました。あなた方の応募の受付が終わりました。ボランティア登録スタッフが六階の十二号室でお二人と面接します。右側のエレベーターを使ってください。あなた方のパスカードを持って行ってください」

受付の机の小さい穴から、二枚の磁気カードが出てきた。

ライルとマルヤムはカードを受け取り、エレベーターに向かった。

ボランティア団体の本部は、町で重要な役割を担っていた。噴火の災害から二年がたったが、世界は悪い状況が続いていた。復興が進んでいるのは、ライルの住んでいる町や首都など、一部の地域だけだった。そのほかの場所、例えば孤立している町、海岸沿いの町、奥地の村などの状況は憂慮すべきものがあり、中にはよくなるどころか悪化しているところさえあった。飢餓が蔓延し、貧困、疫病、犯罪、その上、気候の寒冷化が問題だった。

噴火の災害以来、すべての地域はセクターに分類された。セクターは六つあり、セクター一は最も深刻な状況で、最優先の援助を必要としていた。セクター六は、完全な復興を意味していた。ボランティア団体はここ二年間、数千人のボランティアをセクター一から五までに派遣していた。医者、看護師、政府の職員や海兵隊員の数に限界がある中、ボランティアの存在は復興に大きく貢献していた。

ライルとマルヤムは六階の十二号室に向かった。その部屋は大きくて、デスクとスタッフでいっぱいだった。その中の一人がライルとマルヤムを呼んで椅子に座るよう指示した。その手には上質紙と同じくらい薄いタッチ画面のタブレットが握られていた。ライルとマルヤムが受付の登録で入力したデータも、すでにそこにあった。

「あなたたちはどこで新ボランティアの募集を知ったんですか」スタッフが愛想よく聞いた。

「テレビの告知で」マルヤムが短く答えた。

「私たちは実際、多くの新しいボランティアを必要としています」三十歳の男性スタッフはタブレットの情報を読み始めた。

「でもあなたたちはまだ十五歳になったばかりですね。若すぎです。ボランティアの年齢は十八歳以上です」スタッフはため息をついて前に座っている二人の少女を見つめた。

がっかりして、ライルもため息をついた。二人は選抜を受ける資格もなかったのだ。少し前は、素敵な建物のロビーを通り、きびきびと行き交うスタッフを見て気持ちがうきうきしていた。ライルはかっこいい彼らの制服を見ていた。マルヤムは正しかった。ライルはこの活動に意欲が沸くのを感じていた。それなのに今、現実的な問題に向き合わなければならなかった。

「私は、もうボランティア要項を勉強してきました」マルヤムは諦めなかった。「年齢が若くても、ボランティアになれるケースはあるはずです」

そのスタッフは同意して言った。「確かにそうです。でも、それはすごく特別なケースです。ボランティアが不足しているとか、必要性が迫っているとか、緊急の場合など、特別な場合です」

「これは特別な場合です」マルヤムはすぐに応じた。「私たち二人は、未成年避難者施設の料理コースで、ケーキの飾りつけなんかしてることにうんざりしちゃったんです。退屈で仕方ないんです、何もしないことが。たくさんの人を助けている人もいるというのに。普通の若者であることに飽き飽きしているのです。私たちは確かに天才ではありませんし、ロケットエンジンを作ることはできません。すごい才能を持っているわけでもありません。でも何か人の助けになることをしたいのです。それはとっても、とっても特別な場合と言えるんじゃないでしょうか？」

スタッフは黙ってマルヤムのやる気満々な表情を見ていた。

ライルはマルヤムの横に座り、ルームメイトをちらちら横目でうかがいながら、唾をのみ込んだ。マルヤムは正気？　今マルヤムが言ったことは本心なのかしら？　それともいつもみたいにふざけて、大げさに言っているだけなのか？

スタッフは上司を呼んで、しばらく話し合っていた。

「いいでしょう。ここの組織の一番大切な信条の一つは、分かち合い、善を行う精神です。あなた方の年は確かに十五歳になったばかりですが、その精神は持っているようですね。二人ともテストを受けることを許可します。それに合格したら、一番よい方法を考えましょう」

マルヤムはガッツポーズをして喜んだ。ライルはほっとして、ふうと息を吐いた。どんな選抜試験があるのかはわからないが、少なくともそのチャンスを手に入れたのだ。

スタッフは二人を小さい部屋に案内した。部屋には六つの机と椅子がそろっていて、座るように言われた。机は明るく輝いていて、タッチ画面になっていた。ボランティア選抜試験の問題はそこに表示される。小論文を書く問題に始まり、多肢選択問題もあった。問題はイラストやビデオで補完されていて、かなり総合的な問題だった。

「時間は六十分です。私がこの部屋を出たら始めてください」

マルヤムは自信たっぷりにうなずいた。もう準備はできていた。

「頑張ってね」スタッフがドアを閉めると、選抜試験がスタートした。

約百の問題がタッチ画面に現れた。道徳、心理学から始まり、緊急事態のシミュレーションにいたるまで。ライルはそれらの問題にうまく答えられたかわからなかった。二人はお互いに答えを教え合うことはできなかった。問題は、ランダムに、形式も変えて出題された。ライルの問題は、レベルは同じとはいえマルヤムの問題とは編集の仕方が異なっていた。タッチ画面には何万という組み合わされた問題を表示することができ、その試験の整合性は非常に高かった。優れた技術のおかげで、不正行為をしないようにと監督者を置く必要もなかった。

一時間はあっという間に過ぎた。タッチ画面がすべての答えにロックをかけると、ライルとマルヤムはふうとため息をついた。スタッフが戻ってきた。

「試験の結果は、一週間後に未成年避難者施設にお知らせします」スタッフが二人をエレベーターのドアまで送った。

マルヤムの縮れた髪は一層大きくなったように見えた。ライルはマルヤムを横目で眺めた。二人はルート七の市バスに乗り込んで、施設に帰った。マルヤムのニキビ顔は生気が失せて見えた。さっきの百個の問題が、マルヤムの髪とニキビに影響したのかもしれない。

「なんで私の髪を見るわけ?」マルヤムはぶっきらぼうに聞いた。

ライルは笑って慌てて前を見た。

「マルヤム、さっきの問題はうまくできた?」ライルが聞いた。

「ほとんどはね。残りはあてずっぽうよ。ライルは?」

ライルはうなずいて言った。「私も」

問題はさほど難しくはなかった。なぜなら、二人は長いこと避難所のテントにいたからだ。緊急事態の問題は身をもって勉強した。医療スタッフ、海兵隊員、そしてボランティアの人たちと交流を持ったことが価値ある経験になった。

「合格しなかったらどうしよう?」

「料理コースに戻って、ケーキの飾りつけなんてやりたくないよ」マルヤムは独特のよく響く声で言った。

「編み物クラスにでも入った方がまだまし」

ライルは面白がった。ルート七の市バスは走り続ける。

「ほらね、マルヤム。あなた、イライラすると髪がどんどん膨らむんだから。困ったわ。そのうち、バスがあなたの縮れ毛でいっぱいになっちゃったらどうしよう」

「ライルったら、なんてこと言うのよ」マルヤムは金切り声を上げた。

ライルはすでに、急いで座席を移動していた。

# 12

それから一週間が過ぎた。学校から帰ると、ライルとマルヤムは皇太后に呼び出された。

二人は制服を着替える余裕もなかった。それに今は昼食の時間ではないか。未成年避難者施設のすべての子供たちが、食堂に集合しなければならない時間だ。それなのになぜ、急に二人は呼ばれたのか？

「ライル、何か新しい問題でも起こしたんじゃない？」マルヤムは尋ねた。二人は人気のない廊下を皇太后の事務室に向かった。

「問題なんて起こしてないよ」ライルは首を横に振った。よく言うわ。一年以上未成年避難者施設に住んでいて、皇太后に頻繁に呼ばれているのはマルヤムの方だ。

皇太后はデスクで二人を待っていた。

「おかけなさい」と言って、皇太后は椅子を指さした。

ライルとマルヤムは、互いを横目でちらちらと見ながら座った。

「あなたたちはボランティア団体の本部で、一週間前に何をしてきたの？」皇太后は冷たい口調で尋ねた。

「えっ、テストを受けてきただけですが」ライルは答えた。マルヤムは紹介状をもらったのではなかったのか？　何か間違いがあったのか？　まさかマルヤムが紹介状を偽造したとか？

「ええ、テストを受けたことは知っています。マルヤムが施設からの紹介状を書いてほしいと頼んできましたから。マルヤムは、紹介状をもらうためにすべての階のトイレにブラシをかける覚悟をしていました」皇太后はライルをきっとにらんだ。「私が聞いているのは、いったいあなたたちはそこで何をしたのかということよ。テストを受けたときに」

ライルとマルヤムは互いを見つめた。二人は何もしていない。普通にテストを受けただけだ。それがいけなかったのか？　施設の規則に反していたのか？

張り詰めた一分ほどの時間、あれこれと推測していたそのとき、皇太后は突然、微笑んだ。

ライルはうろたえた。施設の総監督が、自分たちに微笑みかける理由が何かあるのか。施設に一年いて、ライルは皇太后がにっこり笑うのを見たことがなかった。

「あなた方のことを誇りに思いますよ。ボランティア団体が立ち上がって以来、十八歳以下の子供が選抜試験に通るのは、めったにないことよ」

ライルとマルヤムは、ますますわからなくなった。

「あなた方は合格したの」皇太后はからからと笑い、その大きな体を揺らした。「ボランティア団体が、結果を数分前に送ってきたの。なんてことでしょう。施設で最もいうことをきかない二人が、あの選抜に通るなんて。本当に夢にも思わなかったわ。おめでとう、ライル、マルヤム」

ライルは皇太后の言葉がにわかに信じがたいようだった。マルヤムはその横で喜びの声を上げてライルに抱きついたので、すんでに、二人とも椅子から転げ落ちるところだった。

＊＊＊

ライルとマルヤムの合格のニュースは、施設中に広まった。二人の友だちが部屋に代わる代わるやって来て、お祝いを言い、ともに合格を喜んでくれた。

その翌日、二人は再び選抜のときのスタッフと対面していた。スタッフが訓練スケジュールを書いた一枚の紙を渡した。二人はまだ正式にボランティアになったわけではなく、様々な基礎的な訓練を経なければならなかった。それは種類ごとに二か月から三か月の期間を要した。災害の状況に向き合うことから始まり、初動救護、そして復旧のプロセスにいたるまで。加えて救難救助の訓練、社会心理学、コミュニティ振興、さらに医療の基礎など。二人はやっと基礎訓練に参加したばかりで、まだ次の段階には進めない。マルヤムが一番好きなのは、海兵隊員に直接教わる身体訓練だった。

ライルとマルヤムの日課は変わった。学校から帰ると、二人はそのままボランティア団体本部に向かい、訓練に参加し、戻るとほとんど夕方六時になる。毎日ではなく週に三回だけで、残りは皇太后が自由時間をくれた。

一年が瞬く間に過ぎた。

ボランティア団体で大忙しだったので、ライルの頭から多くのいやな思い出が消えていった。噴火災害、父、母のこと、そして首都に住んでいるエソックのことも。

ライルの年は十六歳になっていた。海兵隊員による厳しい身体訓練のおかげで、ライルの体はぐんぐん成長した。二年前から五センチも背丈が伸びた。マルヤムも同じで、以前は痩せていた体は肉づきがよくなった。ふっくらとした縮れ毛は、邪魔にならないように短く切り詰められた。ニキビのある顔はよりきれいになった。

＊＊＊

「さあ、ライル」マルヤムはライルの傍らに立っていた。息が切れていた。

辺りは激しい雨が降っている。夜、暗闇の中。

粘土質の広いグラウンドは、泥のぬかるみになっていた。動くことさえ困難だった。ライルはもう二度も転倒した。マルヤムは手を差し伸べた。

「まだ半分しか来ていないよ、ライル」マルヤムは力づけた。

マルヤムの背中には、医療器具や医薬品の詰まった大きなリュックが、しっかりと取りつけられている。

ボランティアの服は、粘土質の土で汚れている。

ライルはうなずいて、マルヤムの手を握り立ち上がった。立ち止まることは許されなかった。住民が初動救助を必要としている。二人だけが今前線にいる。

ライルとマルヤムは再び並んで歩いた。ふくらはぎまで泥に浸《つ》かって突き進んだ。進めば進むほど、泥は深くなった。

「マルヤム、もうこれ以上は無理！」ライルは前をにらんで、雨の音を負かすように大きな声で叫んだ。二人が目指す集落はまだ遠く、ぬかるみはもう腰まで来ていた。豪雨は二人を取り囲むように降り続く。落雷が夜の闇を照らす。空気は冷たく骨に染みる。摂氏八度。二人は泥に浸かり体が青くなっている。

「何かほかにたどりつく方法を考えなくちゃ」

「ほかの方法なんてない、ライル。このぬかるみを行くしかない」マルヤムが首を横に振る。

「医療器具と医薬品はどうなる？　泥に浸かったらだめになる」

マルヤムはリュックを外すと頭の上に乗せた。

「進め、ライル！　私たちだけが住民の希望なんだ」

マルヤムは勇敢に泥のぬかるみを突破していく。

親友が正気の沙汰とは思えない決断をしたのを見て、ライルは信じられないと弱音をはいた。もしぬかるみの中で身動きが取れなくなったら、どうするの？　動けなくなったらどうなっちゃうの？　わかったわよ。ライルは自分も重いリュックを外し頭にのせた。一緒に進むしかない。

十メートル進んだ。ぬかるみは胸まで来ている。マルヤムは唇をかみしめて揺るがない決意で前へ前へと進む。後方でライルの動きは遅く、足は動きが鈍くなっている。

ぬかるみから抜け出るのにあと十メートルというところで、マルヤムはありったけの力を振り絞って叫んだ。泥は肩まで来ていた。その手は、リュックを支えるため高く突き出ている。マルヤムは、泥のぬかるみを通過することに成功し、草の上にリュックを急いで置いた。リュックが無事だったことを確認して、今度は進めなくなっているライルを助けに戻った。「さあ、ライル！　もう少しだよ」マルヤムは親友を引っ張った。

ライルはうなずき、マルヤムの助けで再び前へ進み始めた。

それから十五分後、ついに二人は草地についた。ライルはリュックを置くと、疲れのあまり座り込んだ。二人は互いを見た。笑みがこぼれた。泥のぬかるみを突破することができた。住民の集落はもう近い。医療器具と医薬品を、災害現場まで届けることができる。

拍手の音が聞こえた。

何十人ものボランティアが、シミュレーションの場所に近寄ってきた。

「ブラボー！」メガホンを持ったベテランボランティアが叫んだ。「新記録達成だよ。今まで四十五分以内に泥を抜け出た人はいないから」

ライルとマルヤムの体を、大きなホースから出た水が吹きつけて、泥を落とした。二人は慌てて立って、げらげら笑った。

三日間、ライルとマルヤムは、何十人ものほかのボランティア候補と最終基礎訓練テストに参加していた。今晩のテストは一番難しいテストだった。彼らは、様々な障害を越えて、住民のいる集落までリュックを届けなければならなかった。まず、建物の瓦礫《れき》の中を突破し、坂を上ったり下ったりしながら、十キロを走り抜けることから始まった。そして切り立った丘を一本のひもを伝いながら登った。最後が五十メートルの泥のぬかるみだった。ぬかるみは人工だったし、雨も巨大な消火栓から発したものだったし、稲妻はライトの光だった。しかし、寒さは夜の寒さそのものだった。そして彼らが対峙《たいじ》した困難は本物だった。テストは郊外の広場で行われ、そこは、手品のように、一瞬にしてボランティア団体の訓練場に変えられていた。二人は合格した。

「君たちにはいつも驚かされるよ」二人に以前選抜試験をしたスタッフがお祝いを言ってくれた。ほかの先輩ボランティアも祝福してくれた。

「よし、みんなそれぞれ自分のテントに戻って体をきれいにするように。一時間後に指令室に集合だ。夕食にするぞ」

「楽しかったでしょ？」マルヤムはライルの腕を肘でつついた。そして二人はテントの方に歩いて行った。ライルは頭を掻きむしりながらうなずいた。泥でねばねばする髪を指でとかしている。

「あなたの髪、シラミがたかってたりして、ライル？」マルヤムはからかった。

ライルの顔がほころんだ。

＊＊＊

指令室はおしゃべりで賑やかだった。ボランティアたちはみんな、仲良くしゃべりながら食べる。今宵は、一連のテストの最終日だった。みんなはしゃいで冗談を言い合った。合格した人はピンバッジをもらい、明日から団体の正式な団員となる。

夕食後は自由時間だ。早く休むためにテントに帰ったボランティアもいたが、数人は指令室で熱いココアを飲んでいた。マルヤム、ライルそして何人かの先輩が残っていて、おしゃべりが続いていた。そのそばで、大きなテレビがニュースを映していた。

「あなたたちの学校の休みは、あとどのくらい残っているの？」

「あと二週間です」ライルが答えた。

「明日の朝ピンバッジをもらい準備が整ったら、学校が休みの間セクター四で仕事をしてもらうことになるよ。それが実践の経験になるから」

ライルとマルヤムは同時にうなずいた。すでに一年間訓練を積んだので、被災地に行くオファーを二人は首を長くして待っていた。

「最初、身体訓練をしている君たちを見たとき、三日もすれば尻尾をまくと思ってたよ。無理です、帰らせていただきますってね」先輩ボランティアの一人が言葉を挟んで、みんなを笑わせた。

「そして、君、マルヤム、膨らんだ縮れ毛の少女。この子はどこの惑星から来たんだろう。なんで大きなヘルメットをかぶって訓練場に来ているんだろうって思ったよ」

マルヤムもつられて笑った。

ライルは、あまりその話を聞いていなかった。テレビの画面に注意が向いていた。

ニュース速報。

ライルは画面に映ったキャスターに見覚えがあった。同時にゲストにも。過去の幻影を再び見ているような気がした。

「視聴者のみなさん、気候変動に関するサミットは行き詰まりました。亜熱帯の国々は、会議を棄権退出することを選択しました。彼らは最初のプラン、つまり成層圏の介入を行うことをずっと訴えていますが、これに対して、熱帯の国々は猛反対しているのです。スタジオには最新の世界情報を議論するために、ゲストをお呼びしています」

「教授、あなたのお考えをお聞かせください」

三年前、ライルは地下鉄の車両のテレビの画面でニュース速報を見ていた。百億人目の赤ちゃんが生まれたというニュースだ。そのときと同じキャスターと同じゲストが、あの噴火の災害をどうやら乗り越えて、今宵、世界の気候変動サミットが暗礁に乗り上げていることについて対話をしている。

「私にはこうなることはわかっていました。それどころか、この意味のないサミットが始まって以来、」きちっとした上着を着たゲストは、辺り構わず答えた。「亜熱帯の国々はすでに三年もの間、極寒の冬を経験してきたのです。我々の地域では気温はせいぜい摂氏八度から十度くらいにおさまっています。まだ暖かい方です。彼らの国では気温はマイナス五度まで下がりました。その気温が一年間、一か月、そして毎日、二十四時間ノンストップで続くのです。過去三年間、彼らは深刻な食料危機を経験しました。雪の上では小麦もトウモロコシも生えません。家畜も飼育できません。牛乳、チーズの生産も完全に止まりました。住民は飢えているのです」

「しかし、熱帯の国々は、援助をすることに合意したのではありませんか？」キャスターはゲストの言葉を遮って言った。「何十万トンの食料を、農業が復興した国が送ったのではないでしょうか？　過去三年間、その約束は果たされてきたはずです」

「それだけでは十分ではないのです。彼らには不公平としか思えないのです。冬しか来ない町に、いったい誰が好んで住みたいでしょうか？　太陽光線の暖かさを感じられないのです。科学者たちの予想によれば、世界の気候は今後五十年間、ずっとこのままだということです。住民がそれに耐え忍ぶことができたとしても、一世代以上にわたって耐えなければならないのです。耐えられなければ、その国は地図上から消えるでしょう。国民は絶滅してしまうでしょう。もしくは、最小限の住民が国境を越えて大々的に移住しないといけないでしょう。一つの国の国民がすべて消えてしまったらどうなりますか？　彼らの国の指導者は、最初から成層圏への介入を行い、数十億トンの二酸化硫黄ガスを消滅させることを望んでいたのです。もはや、亜熱帯諸国の指導者の権威は失墜しました。サミットでは口先ばかりで、いまだかつて科学的、技術的アプローチについて議論したことがないのです。この問題は、関連する地域の力関係がからむ政治問題なのです」

「でも、それは危険を伴うのでしょう？　成層圏への介入が、成層圏を破壊してしまったらどうなるのでしょう？」

「それ自体は危険なことではありません」ゲストは淡々と首を横に振った。「でもそれは、非常に危険なことでもあります。ばかばかしい話です。あなたは、三年前の私たちの会話を覚えていますか？　二つの大陸を壊滅させた噴火の数秒前の話を」

キャスターはうなずいた。

「なるほど覚えているんですね。私はそのとき言いましたよね。人類はちょうどウイルスみたいなものだと。周りの資源をどん欲にのみ込み、すべてを食い尽くすまで繁殖し続けるのだと。あのとき私は間違っていました。私は、人類にとっての最も強い劇薬は、致命的な自然災害だと言いました。でも違う、まったく違いました。地球は、すでに何回も火山爆発指数カテゴリー八の噴火を経験してきましたが、人類はそれに耐えた。そして繁殖した。あなたの言ったことは正しかった。ウイルスは薬で治療することはできないのです。ウイルスは自然災害よりもっとぞっとするようなあるものによってのみ、その繁殖を止められるのです」

「カテゴリー八の噴火より、もっとぞっとするようなものって？　なんですかそれは、教授？」

「人類が自らを破壊するときです。自分自身を撲滅するのです。そのとき初めて、人類の繁殖は止まるのです」

ライルは顔をなでながらテレビの画面に見入った。

「お話が怖くなってきていませんか、教授？」

「はい、あなたがそのように話を仕向けたのですよ、そうでしょう？」

ライルは長いため息をついた。テレビの話はそれからしばらく続いた。やがてキャスターはサミットの現場に中継をつなげ、最新の状況を伝えた。

「ちょっと、ライル。私の話聞いてる？」マルヤムは隣から呼びかけた。

「うん？　何かあった？」ライルが顔を向けた。

「ほらね？　ライルはいつも話が盛り上がってるときに、勝手に自分の世界に入っちゃうんだから」マルヤムが笑った。「ライルとは一年以上未成年避難者施設にいるけど、しょっちゅう空想が始まっちゃうんだよね。市バスの中でも、部屋でも、学校でも。この間の泥のぬかるみで空想し始めなかったのは幸運だったけどさ」

指令室にいたボランティアたちは、みんな面白がった。

＊＊＊

その夜、ライルは一時を過ぎてやっと眠りについた。

テレビの話を聞いてライルはいろいろなことを考えた。両親の思い出、地下鉄の非常階段のマンホールでの出来事。そしてエソックを思った。彼はどうしているかしら？　エソックが首都へ旅立ってから、長いこと二人は会っていない。もう長期休暇に入っている。エソックはたぶん研究プロジェクトに没頭していて、この町には帰れないだろう。パソコンの前で、何時間も最上級の機器をデザインしているのかしら。すごい発明をするために、研究室で来る日も来る日も働いているのかしら。ライルは顔をほころばせながら、三年前の出来事を思い出した。エソックが、地下二百メートルから水をくみ上げる方法を考え出したときのことだ。

「ライル、起きて。ボランティアの任命式に遅れるわけにはいかないよ」マルヤムが友の頬をぽんぽんたたいた。

「今何時？」ライルはあくびをした。

「八時五分前」

「いやだ、なんでもっと早く起こしてくれなかったのよぉ？」ライルは慌てて毛布をはねのけた。

「六時からずっと起こしてるよ。岩みたいに寝てるんだから」マルヤムは肩をすくめた。もう、オレンジ色のボランティアのユニフォームにきちんと身を包んでいる。

ライルは、タオルとマンディ用のセットをひっつかんだ。

「そんな時間ないよ、ライル。もうグラウンドに行かないとだめだよ」

ライルはデジタル時計を横目で見た。確かに、もう猶予はない。仕方ない。ライルはタオルの代わりに、ボランティアのユニフォームを手に取った。二人は災害のボランティアだ。災害の地では、マンディ抜きなんて日常茶飯事だ。

マルヤムは笑った。ライルの考えていることがお見通しのようだ。「ちがうよ、ライル。マンディができないのは、寝坊したからで、緊急事態だからじゃないですよ。さあ、さっさと歯を磨いて顔を洗って。そのくらいの時間はあるよ。待ってるから」

ライルは鼻を鳴らして、ルームメイトに口を閉じるように言った。

二人はグラウンドに時間ちょうどについた。一年前に訓練を始めたのは百人。そのうち、今日ボランティアに任命されるのは五十四人だった。残りの人は辞めたか、不合格だった。

ボランティア団体本部長が、任命式の指揮を執った。ほかにたくさんの先輩ボランティア、政府の役人、医療スタッフ、そして海兵隊員が広場を埋め尽くした。団体にとって大切な一年の行事であるとともに、旧交を温める集まりでもあった。三年前の災害が新しい友情を育み、その仲間が新しい家族のようになった。

ボランティアのバッジが、五十四人目の出席者のユニフォームに留められたとき、会場は拍手で沸いた。彼らは正式に団体の一員となった。式が終わり懇親会が始まった。マルヤムは大声で何度も叫び、ほかの新米ボランティアたちもそれに続き、そして抱き合った。誰が始めたのか、一人のボランティアがみんなに持ち上げられて、あの夜の泥のぬかるみの中に放り投げられた。みんな笑っていた。ほかにも何人かが放り投げられていた。

ライルは慌てて広場から離れ、笑いながらその喧騒《けんそう》を眺めていた。二度と泥のぬかるみに入るのはごめんだ。ライルは木陰に入り、ユニフォームからバッジを外して、目の前でじっと眺めた。こんなに小さいバッジだけれど、手に入れるのがどれほど大変だったことか。一年もの間、訓練を受けなければならなかったのだ。両親がここにいたら、きっとライルを見て誇りに思うだろう。ライルは基礎訓練に合格した最年少のボランティアなのだから。

「そのバッジ、見せてもらっていいかな?」

誰かが声をかけてきた。その声には聞き覚えがあった。

ライルは振り向いたとき、一瞬、息が止まるかと思った。そして叫んだ。

「エソック！」

大学のジャンパーを着て、前にライルがプレゼントした紺の帽子をかぶっていた。それには、「The Smart One」という文字があった。エソックは、ライルの知っているエソックよりずっと背が高かった。

エソックの横には、ますます色あせた赤い自転車がとめてあった。

二人から笑みがこぼれた。

「ここで何をしているの、エソック」ライルは頬をつねって、夢ではないことを確かめた。

「君の任命式を見てたのさ、おめでとう、ライル」

「でも、大学が忙しいんじゃないの？」

エソックはうなずいた。「休みの許可をもらったのさ。長くはないけどね。僕と来る？　世界一ハイテクな乗り物に乗って」エソックは自転車を指さした。

ライルはこっくりうなずいて、笑った。

赤い自転車は、ボランティアの訓練所をあとにした。ライルは荷台に座った。

「学校はどう、ライル？」

「退屈よ。いつもどおり」

「来年は大学に入るんだろ。もっと真剣に考えないと」

ライルはにやりとした。「いつから私の親になったのよぉ？」

エソックは笑った。「大学に行く気はないの？」

「まだわからない。ボランティアの方が好きだもの」

少しの間、二人とも黙った。

「ところで、ライルはすごいよね。ボランティアに登録してたなんて知らなかったよ。僕、昨夜この町に戻ったばかりなんだ。朝早く、養い親に君に会う許可をもらってきた。でも、未成年避難者施設に君はいなくて、あの図体のでかい総監督がここを教えてくれたんだ。どうやってボランティア団体に登録できたの？」

「マルヤムの考えなのよ。ケーキの飾りつけにうんざりしちゃってね」

色あせた赤い自転車は、どんどんスピードを出して、新しくできた団地や建物を通り越していった。整然と並んだ樹木は青々として、町の公園も色彩が美しく、震災の前と変わらない。市バス、路面電車、そして車が行き交っている。

二人の最初の目的地は、地下鉄の非常階段のマンホールだ。マンホールはセメントで永久に閉じられ、上にはたくさんの鉢植えの花が置かれている。その交差点付近は、小さな公園になっていた。地下鉄の路線は完全に閉鎖された。今後十年間、改修工事はされないだろう。町の優先順位は地下鉄にはなかった。より急を要する、インフラの整備にお金をかけなければならなかった。

十五分ほど、ライルとエソックは何も言わず、赤い自転車をきちんと脇にとめ、ただ公園を眺めていた。二人が非常階段を恐怖とパニックの中はい上がってから、三年ほどがたつ。この場所が、ライルの母親とエソックの四人の兄弟の墓となった。彼らの遺体はもちろんすでに公共の墓地に移されたけれど、そこには何十万もの墓石がある。何千人もの遺体がたった一つの穴に埋葬されている。ライルの母親とエソックの四人の兄弟の遺体がどこに埋葬されているのか、正確にはわからない。

エソックは再び自転車を漕いだ。

びっくり！　あのケーキ屋が再築されている。

「いつから？」ライルは聞いた。

「一か月前さ」エソックは駐輪場に自転車をとめた。

店のドアを押すと優しい鐘の音が聞こえた。

店の棚には、食欲をそそるケーキが所狭しと並んでいる。いいにおいがただよっている。

「ハーイ、母さん」エソックが、裏でケーキ作りをしている母親に声をかけた。

母親がスイッチを押すと、座っていた車いすが前に進んだ。

「ライルが来たよ、母さん」

「まあ、本当？」エソックの母親はライルに近寄って、こんにちはとあいさつをした。

「こんにちは、おばさん」とライルもあいさつをした。

「大きくなったねえ、ライル」そう言ってにっこりすると、ライルを頭のてっぺんから足の先まで見回した。それから、目を細めてライルのユニフォームを見た。

「今、ボランティアをやっているの？　団員になったの？」

「そうだよ、母さん。最年少の団員だよ。任命されたばかりさ」エソックが答えた。

「それは、素敵。合格するまで、一生懸命頑張ったんだねえ」

ライルは恥ずかしさでもじもじした。同時にエソックの母親が座っている、最新の車いすに注意を向けていた。全自動で自由にあらゆる方向に動くことができる。エソックの母親の髪は白髪になり、体は以前のように痩せていたが、顔つきは明るく幸せそうに見えた。たぶんこのケーキ屋から、再び生きる元気をもらったのだろう。ケーキを作ることができるようになったのだから。マルヤムがここに来たら、ケーキを飾りつけるのは時間つぶしのためだけではなく、幸せをつくることもできるのだと知るだろう。

「養い親が店を建ててくれたのさ、ライル。母さんが思い出せるように前とそっくり同じものを作ったんだ。養い親の家に住みながら、毎朝ここに来て店を開け、夕方には閉めるんだ。体もだいぶよくなった。まだ常に看護が必要だけれどね」エソックが説明した。

「ライル、ケーキは作れる？」エソックの母親が尋ねた。

ライルはエソックの母親の顔をのぞいた。ケーキを作る？

「じゃ、ライル、台所で母さんを手伝って、注文を終わらせてくれる？」

ライルはうなずいた。

＊＊＊

約二時間、ライルはケーキ屋で過ごした。エソックの母親とケーキを作りながらいろいろおしゃべりをした。ライルは避難所のテントでの思い出を話し、エソックの母親はもういない四人の子供たちの話をし、ライルの家族のこと、未成年避難者施設のことを尋ねた。二人の話は、ケーキを買いにやってくる客で何度か中断された。

エソックはそばに座って、二人の一挙手一投足を見守っていた。

ケーキはできあがった。

「ライル、飾りつけがうまいわねえ」エソックの母親が褒めた。

「ボランティアをやる前は、ライルはケーキ作りコースをとっていたからね、母さん」エソックが言った。

「そうなの？　道理で上手なわけだね。でもどうしてやめちゃったの？」

「退屈になっちゃったんだって、母さん」エソックは笑った。

「ケーキ作りが退屈？」

ライルはエソックをにらんだ。退屈したのは自分ではなくて、マルヤムだ。

それから十五分くらいして、エソックは母親に別れを告げた。二人はセントラルパークの噴水のある池に行くことにしたのだ。

エソックの母親はうなずいて、道端まで二人を見送った。驚いたことに、車いすはいとも簡単に階段の段差をクリアすることができた。

「時間があるときはいつでも寄ってね、ライル。ライルがケーキ作りを手伝ってくれたら嬉しいの」

「ええ、そうします、おばさん」ライルはエソックの母親に別れのあいさつをした。

赤い自転車は、街頭を再び走り抜けた。

＊＊＊

噴水のある池は、訪れた多くの人で賑わっていた。長期休暇だった。ほかの町からやってきた観光客もたくさんいた。仲良く写真を撮っている。頭の上は、写真を撮る小さいドローンが飛び交っている。自撮りカメラは三年前に過去のものとなり、かわって、ハナバチほどの大きさのドローンで、どこからでも写真を撮ることができるようになった。鳩《ハト》がパンくずをつついている。

エソックとライルは、熱いココアを飲んでいた。二人の好物だ。

「市長さんたちはお元気？」ライルが聞いた。

「元気さ。ママもクラウディアも。そういえば、なぜライルが遊びに来ないのかって二人に聞かれたよ」ライルは額のおくれ毛を直して言った。「私はそこではきっと場違いな人間よ」

エソックは笑って「みんないい人で楽しいよ、ライル」と言った。

ライルはうなずいた。それはわかっている。でも彼らがライルと違うことに変わりはない。もう一度ライルは額のおくれ毛を直した。すごくきれいだった、クラウディアの長い髪を思い出す。

「お父さんもいい人だよ。今は世界気候変動サミットに参加しているから、外国にいるけど」

ライルは夕べのニュース速報を思い出した。

「サミットでは、成層圏の介入を真剣に考えているの？」ライルは尋ねた。

エソックは一瞬ライルを見て言った。「えっ、いつからライルはそんなに科学的なことを聞くようになったんだ？」

ライル自身もそれに気づいて笑った。今まで技術的なことに関心はなかった。しかし昨夜の番組を見て、ライルは不安をかき立てられた。エソックをじっと見て、答えを待った。

「どうやら、それを避けるのは難しいようだよ、ライル。亜熱帯諸国の科学者は、もう一年前から、二酸化硫黄中和ガスを放出するスペースシャトルを飛ばす準備をしている」

「逆に成層圏を破壊してしまったらどうなるの？」

エソックはため息をついた。「僕の大学は正式にその計画に反対している。簡単に言うと、その介入っていうのは、一杯のバケツの水にミョウバンを加えるようなものなんだ。水はきれいになって使えるようになる。だけど、実際はバケツの水じゃなくて、地球全体の成層圏の問題だ。制御不可能だし、ましてや影響は計り知れない」

「成層圏が壊れたらどうなるの？」

「ねえ、ライル。なんでこんな重苦しい話ばかりするの？」エソックは再びライルをじっと見た。

「答えて、エソック。気になっているだけなんだけど」ライルは真剣だった。

「それは誰にもわからないさ、ライル。理論があるだけさ。科学者だって、かつて気候を修正したことはないんだ。世界の気温が制御不能になる可能性だってある。ますます極端に寒くなったり暑くなったり。ほかの可能性としては、空の色がピンクになったり、紫色の雲が現れたりするかも」エソックは冗談を飛ばそうとして言った。

ライルはため息をついて、ベンチの近くに来た鳩たちを見つめた。

エソックはすぐ話を変えた。本の虫みたいな大学の友だちとか、大学の先生の話、そして寮のことや、マシンのプロジェクトのことなど。ライルはその一字一句を、ただ驚いて聞いていた。めちゃめちゃすごい。エソックは話題を変えて、首都の雰囲気を話した。地震前二千万の人口があった巨大都市は、災害後三年がたって同程度の人口に戻った。ほかの町や農村からたくさんの人が移住してきたのだ。完全に復興しセクター六に分類される市が二つあり、そのうちの一つである首都にはたくさんの高層ビルが建ち、スカイトレインなど、最新技術を有していた。さらに最新世代の車、空飛ぶ車を使っている住民もいた。

「私、それでも私たちの町の方が好きだな」ライルはゆっくりとした口調で言った。

「僕も、僕たちの町が好きさ」エソックは同意した。

太陽が傾き始めていた。噴水のある池は、夜を待つ人でますます賑やかになっていた。そのときが来ると、電灯の光にきらめく池の水に、人々は魅了される。

「帰らないといけない、ライル。明日の朝、列車の時間が早いんだ。六時の列車だ。僕の休みはたった一日さ」

ライルはうなずいた。それでも十二分だった。

「施設まで送っていくよ」

＊＊＊

ライルが部屋に入るのを見るやいなや、マルヤムは逆上した。

「どこに行ってたのよぉ？」マルヤムは目をむいて、金切り声を上げてわめいた。「セレモニーが終わってからあなたを探したのに、急にいなくなって、そのまま消えちゃったじゃん」

ライルは屈託のない顔でマルヤムを見て、にやりとした。

「私、マンディするわ、マルヤム。見てよ、もう二十四時間もマンディしてないのよ。髪にシラミがたかっちゃうわ」ライルはタオルとマンディセットを手に取った。

「待って、ライル。その前に私の質問に答えて」

マルヤムはむかっ腹を立てていた。今日の昼、ボランティアのみんなが荷造りをして訓練センターをあとにしたとき、自分は一人残されてパニックになってライルを探したのだ。その上ライルの持ち物を片づけて、二人の服が詰まったリュックを二つ背負わなければならなかったのだ。もう少しで、ボランティアをそれぞれの家まで送るバスに乗り遅れるところだった。

ライルはマルヤムを置き去りにして、すでに部屋を出ていこうとしている。

「あの赤い自転車の男の子と出かけてたんでしょ？　前に雨に濡《ぬ》れたときに助けてくれた子ね？　ほら、認めなさいよ」

ライルは質問に答えず、二階の廊下を黙ってのんびり歩いた。

しかし、マルヤムはむしゃくしゃして叫んだ。「ライル、一体全体、さっきはどこへ行っていたのよぉ？」

マルヤムの追及はそこまでだった。マルヤムはいい友だちだった。数時間もするとイライラは忘れて、本を読むことに夢中になっていた。気にはなったが、赤い自転車の少年のことをライルに無理やり話させるようなことは一度もしなかった。今のところ、ライルの小さな秘密を知っているのは、皇太后だけだった。

＊＊＊

あくる日、ライルはエソックを高速列車の駅まで見送った。大きなリュックをかついでいった。そこには市長夫人とクラウディアが来ていた。二人はあいさつをしながらライルを温かく迎えてくれ、ライルの着ていたボランティアのユニフォームのことを尋ねた。これには答えやすかった。しかしなぜ彼らの家に来てくれなかったのかと聞かれたときは答えに窮し、ボランティアの訓練が忙しかったとだけ答えた。

十分が過ぎた。乗客は乗車しなければならない。エソックは紺の帽子をかぶり直し、別れを告げてカプセルに乗り込んだ。三十秒後、列車は高速で駅をあとにした。

「ライル、一緒に帰らない？」市長夫人は声をかけた。

ライルは断った。「このまま集合場所に行かなければならないんです。七番線から列車に乗ります。今朝はセクター四に向かいます。団体での最初の任務です」

「すごいわ」市長夫人は、誇らしげにライルの腕をぽんぽんとたたいた。

「ライル、頑張ってね」クラウディアはにっこりした。そして三人は別れた。

ライルは小走りで七番線に向かった。すでに数十人のボランティアが来ていた。

その中にはマルヤムもいて、ライルをじっと探るようなまなざしで見ていたが、この三十分間どこに行っていたか、尋ねようとはしなかった。先輩ボランティアが装備を点検し、器具が全部運ばれていることを確認した。そしてメガホンでカプセルに乗り込むように言った。これから高速列車に乗って、セクター四の中で最もここから近い町に行くのだ。

ライルは窓際に座った。そして外を眺めた。地震後、町の外に出るのは初めてだった。昔小さかったころ、よく父親に連れられてほかの町の親戚を訪ねたり、村にいる祖父母を見舞ったりしたものだ。その道のりは、本当に楽しかった。田園の広がりを見たり、黄色く色づいた稲の上を飛ぶ鳥を眺めたり。今はすべてが変わってしまった。熱帯の農業は変化し、稲に変わって小麦が作られた。少なくとも農学が急速に進み、最新の重機で土地の生産性は大きく向上した。

ライルは窓の外をずっと眺めていた。列車は、建物の残骸が残る、住む人のいない町を通っていく。住民は震災以来町を去った。そしてもっと住みよい町に移り住んだ。高速列車が海岸沿いにさしかかると、目にするものは悲惨さを増した。津波によって破壊されたとはっきりわかるものの残骸があった。幾《いく》隻かの大きなコンテナ船が、ゴーストタウンにものも言わず横倒しになっていた。三年前の出来事が起きた瞬間、海岸から二十キロ圏内に残された命はなかった。ライルは、列車の窓ガラスの陰で、長いため息をついた。

彼らが目的地の駅についたのは、夕方四時だった。すぐに軍用トラックに乗り、任務地に向かった。六時間移動してからトラックから降り、指令テントに集合した。休憩はなく、すべては計画的、かつ効率的にとり行われた。ここ半年間セクター四で任務した一人の先輩ボランティアが状況説明をした。彼らが向かう町の状況は中程度で、そこまでひどくはなかった。避難テントがいまだに使われていた。被災後の復興が、労働力や器具などの資源不足で遅れていたからだ。その場所で、ライルとマルヤムは、長期休暇の最後の二週間を過ごした。二人は医療分野で役割を果たしたり、救急病院で医者や看護師の補佐をしたりした。

ライルは懸命に毎日を過ごした。朝起きると休むことなく働き、ボランティアのテントに戻るころには夜八時を回っていた。疲れてマンディもせず、薄いマットレスに死んだように横になり、次の日に起きると、また力を合わせて住民を援助した。体は疲れてズタズタだったが、ライルはその多忙を好んだ。多くのことを考えなくて済むからだ。ボランティア団体の活動は、両親を亡くした苦い思い出から、ライルを立ち直らせてくれた。ライルは他人を助けることで、運命の残酷さに応えた。善行を重ねることで、悲しみを癒した。多忙さは、またエソックへの恋慕《れんぼ》を忘れさせた。

そのとき、ライルは十七歳になろうとしていた。まだ自分の感情がよくわかっていたわけではない。自分の気持ちをようやく理解し始めたのは、それから数年してからだった。

# 14

セクター四での初めての任務は、順調に進んだ。ライルとマルヤムは、長期休暇が終わる一日前に自分たちの町に戻った。顔は疲れ切っていたが、はしゃいだ声は相変わらずで、列車のカプセル中に響いていた。

「私、施設についたら、ぶっ通しで二十四時間寝る必要があるわ」マルヤムはふざけて言った。そして膨らんで長く伸び始めた縮れ毛をなでた。

ライルは笑った。体力が一番あるマルヤムが疲れたと言うのなら、ほかの者はなおのことだ。

「ライル、私の髪を見て笑わないの?」マルヤムが目をまん丸にして聞いた。

ライルは、やられた、とばかり額を手でポンとたたいた。マルヤムの縮れ毛を笑いものにする人なんているのかしら。

二人は暗くなる少し前に施設についた。施設は賑やかで、ほとんどの子供たちは長期休暇の活動から戻っているようだった。

荷物を片づけ、マンディをし、夕食を食べ、しばし共同スペースに集まりしばらくぶりの友だちに声をかけたあと、やっとライルはベッドにゆったりと横になれた。懐かしい部屋、そして懐かしい二段ベッド。

下の段ではマルヤムが熱心に本を読んでいる。

「マルヤム、大学に行くかどうかもう考えてる？」ライルは下をのぞき込むようにして尋ねた。

「さあね」マルヤムはぶっきらぼうに答えて本を読み続けている。

「来年、卒業よ、私たち」

「知ってるよ」

「もう、学校のこと真剣に考えないといけないでしょう？」

「ええっ？」マルヤムは本を置いて上段のライルを見た。「私、今まで真剣に学校に行っていたよ。そうでなかったら、とっくに退屈な授業なんてやめてるよ」

ライルはニヤッと笑った。マルヤムもライルと同じく、いつも学校が退屈だと言っていた。

「私の言いたいことはそういうことじゃなくて、将来何になりたいのか考えなくちゃいけないときが来てるってことよ、マルヤム」

「それ、将来の夢っていうこと？」

下をのぞき込んでいるライルの頭がうなずいた。

「それなら決まってる。私の夢はボランティア。もう、ほとんどかなえてる。だから話はおしまい」マルヤムはそう言うと、本を手に取った。続きを読みたいのだ。

ライルはマルヤムに枕を投げつけた。

しかし、結論のない話というものは、常に結論は決まっている。ライルとマルヤムの問題解決法はいつもそうだった。最初は冗談めかしていても、ルームメイトの一言を忘れてはいない。すでにこの瞬間から、二人は進学について真剣に考えていた。

「私は将来何をしたいかまだわからない。ライルはもう決めてるの?」その日から一週間たってその話になったとき、マルヤムは口ごもりながら聞いた。休暇が終わり、学校が始まっていた。

ライルは首を横に振った。

「そっか。まずはそれを決める前に一生懸命勉強しないとね」

ライルも同意してうなずいた。

それから二人は、真剣に勉強し始めた。施設の仲間にいたずらを働くのを少し我慢することも含めて、遊ぶ時間を減らした。夜は、演習問題と教科書を読むことに費やされた。エソックが一番いい大学に入ろうとしてどんなに真剣に準備したのか、今なら感じ取ることができた。

セクター四から帰った三か月後、ボランティアの訓練は次の段階へ進んだ。学校から帰ると再び多忙な日が続いた。訓練の分野は日に日に細分化し、二人が専門分野を選ぶときが来た。ライルとマルヤムは、医療分野のボランティアになることを選択した。結局は、その選択が二人のこれからの学問の方向性を決定することになった。

「私、将来なりたいものがわかったような気がするよ、ライル」マルヤムは言った。

二人が乗ったルート七の市バスは乗客がまばらだった。夜の九時だったため、その時間に外出している人は多くはない。気温は摂氏五度を指している。二人の日課の訓練は、十五分前に終わったばかりだ。

「看護師でしょう?」

「なんでわかったの?」マルヤムはライルをじっと見た。

ライルはにやりとした。「そんなの、あてるのは簡単よぉ」

マルヤムはむかついたようだった。「話が台なしじゃないの。ほんとなら、ライルが私に何になりたいの？　って尋ねるの。そしたら、私が確信を持って、看護師になりたいと言うのよ。それが正しいありかたよ」

ライルはくすっと笑って、再び窓の外に視線を移した。市バスは坂を上っていく。エソックが、自転車でライルのあとを追いかけた場所だ。エソックはどうしているんだろう？　マシンのプロジェクトはうまくいっているのかな？　ここ数週間、なぜか、エソックに電話したいと強く思った。しかしいつもそうしなかった。勇気が出なかった。

「ライルはどうなの？」マルヤムが聞いた。

「どうって、何が？」マルヤムの方を見て、ライルが尋ねた。

「驚いた！　私と話してると思ったら、空想にふけってたんだ」

「空想していたわけじゃないわ。窓から外を眺めていただけ」

マルヤムは額をぽんとたたいた。ライルの言うことを信じてはいない。「ところで、ライルは何になりたいの？」

「看護師よ」ライルはそっけなく答えた。

少しの間二人は黙った。

そして、二人の親友は声を合わせて笑った。

＊＊＊

三十分後、二人は未成年避難者施設に到着した。ルート七の市バスから降りると、ジャンパーを体に引き寄せた。空気が冷たく感じられた。二人は連れ添って二階に向かい、階段を上っていった。途中、共同スペースで歩みを止めた。たくさんの子供がテレビを見ていた。

「何があったの？」マルヤムが人だかりに向かって聞いた。

ライルはテレビの画面を見て、すぐに仲間が何を見ているのかわかった。

ニュース速報。

亜熱帯諸国連合が正式に八機のスペースシャトルを宇宙に打ち上げた。スペースシャトルには抗二酸化硫黄ガスを搭載し、成層圏に放出した。

その夜、新たなる災害がすでに忍び寄っていた。それは噴火のように、結果が直接目に見えるものではなく、その結果の連鎖は長く、解決の道筋は見えていない。

＊＊＊

一辺が四メートルの立方体の白い部屋は、再び静まり返っていた。

エリジャーは黙っていた。先ほどから彼女は、緑のソファに座る患者の話の行きつく先を考えていた。これまでエリジャーが扱ってきた患者は、セラピーを受ける理由が決まっていた。いろいろな問題に耐えられないとき、希望を失ったとき、あるいは屈辱的な出来事を忘れたいときや、トラウマや抑うつから解放されたいとき。話はたいていそんなことに始終した。家族や仕事場、学校での挫折、と範囲も限られていた。しかしエリジャーの前にいる二十一歳の女性は、まったく違った話をした。

この女性の話の焦点は、地震後の世界の問題にあった。

六年前、二〇四四年のそのニュース速報は誰もが知っていた。エリジャーも病院にいて、ほかの医療従事者とテレビを見ていた。そして、番組のキャスターを見つめた。キャスターは言っていた。熱帯諸国の反対の声にも耳をかさず、成層圏への介入は実行されてしまったと。エリジャーはそのときのことをよく覚えている。仲間が集まっていた。その中の数人が一方的な決議に不満を唱え、怒りの声を上げた。また数人が、何の反応もなくテレビを見続けた。しかしほとんどは無関心で、それをさほど深刻な問題ととらえていなかった。

この女性の話は、その世界の論争に関係しているのか？

エリジャーは、手元の上質紙くらい薄いタブレットの画面に見入った。四次元の神経マップがやっと半分だけ形作られた。青、赤、黄色の色が相互につながっている。一つの赤い色が際立って鮮明になった。八機のスペースシャトル打ち上げの記憶が、この患者の苦痛の種になっていることを示していた。

「本来あんなことをしてはいけなかったのです」緑のソファに座る女性は、かすれた声で言った。

「私も同じ考えよ」エリジャーはうなずいて言った。「何か飲みますか？」

ソファの上の女性はうなずいた。

エリジャーがタブレットの右隅をタップすると、大理石の床に小さい穴があいて、鼻型ロボットがグラスを一つ持って現れ、それを平べったい机の上に置いた。鼻の先が蛇口の形になり、そこから透明の液体が注がれて、グラスの三分の二を満たした。

「どうぞ、ライル」エリジャーはすすめた。

ソファの上の女性は一気にグラスの中身を飲み干した。

一分間の沈黙が流れた。

「それから何があったの、ライル？」エリジャーは聞いた。

それから何があったか？　八機のスペースシャトルの打ち上げのあと、何が起きたか知らない人はいない。しかし、エリジャーの質問の意図はそこにはない。彼女は患者に何があったのかを知りたいのだ。最新の技術を備えたセラピー室で、セラピーを受けたいとライルが考えたのはなぜなのか。患者とスペース

# 15

## シャトルの打ち上げがどう関わっているのか。

ライルとマルヤムは、新学期が始まる前の休み中に、ボランティア団体から二つ目の任務を受けた。たった六日だけの短い配属で、セクター二の地域だった。短くはあったが、それは驚愕《きょうがく》の六日間だった。二人はボランティアの本当の意味を知った。ほかの人の利害のために自分のことを犠牲にして行う心、そしてたくさんの人の安全、安心を最優先にする心だ。

最初の配属地に比べ、そこはかなり劣悪なところだった。山岳地帯の渓谷にあって、ほかの地域と離れて孤立している。そして大きな川の流れのそばにある。二つの姉妹都市があって、住民は一万数千人。一つの町は川上にあり、灌漑《かんがい》用のダムの近くだ。もう一つの町は川下にあり、二つの町は五十キロ離れている。それぞれに避難所があり、ほとんどの住民が避難所のテントにいた。

町の建物で残っているのはたったの十パーセントで、残りは壊滅した。震災後三年間は、道の修復もされずに、いまだ寸断されたままだ。行政は修復を諦めていた。町には予算もなく、人材も足りず、頼りになるのは外部からの援助だけだった。より幸運な大部分の住民は、貯金を持っていたり親戚がいたりして、ほかの町へ移った。財産がない人たちは避難所の生活に耐えなければならない。孤児、老人、障害者はボランティアに頼るところが大きかった。

ライルとマルヤムは、十二台の軍用トラックと一緒に出発した。トラックには生活必需品、服、医療器具、医薬品などを積んでいた。六台のトラックは川下の町にとどまった。続く六台のトラックは、川上の町を目指して進んだ。ライルとマルヤムは、半数のボランティアとともに、川上の町に配属された。その姉妹都市を結ぶ道の状態はひどかった。アスファルトはとうに剥がれて、粘りのある土に覆われている。雨が降ると、トラックの車体の半分は泥のぬかるみにはまってしまう。その道を乗り越え進んでいくトラックの中の人間は、車体に容赦なくたたきつけられる。

彼らが指令テントについたのは夜十時だった。すぐに簡単な説明を受け、避難所テントの指揮官から仕事を割り振られる。休憩することができたのは、それから一時間後だった。ライルはそのまま薄いマットレスの上でごみのように転がり込み、眠りに落ちた。マルヤムも同じだった。二人は疲れていた。明日は山のような仕事が待っている。

マルヤムに起こされたとき、ライルは寝た気がしなかった。しかし避難所の初日の仕事はもう始まっていた。ライルは起き上がり、眠い目をこじ開けようとした。ボランティアにとって、このような状態は危険を招く。仲間はオレンジのユニフォームを着て、救急病院に行くために準備万端整えていた。

テントのカバーをあけると、彼らを迎え入れたのは、絶景だった。

ライルは振り返り、視線を上に向けた。昨晩彼らがついたときには暗闇のほか、何も目にすることはできなかった。今朝は、緑の山岳地帯や広い渓谷の広がりが鮮明に見えた。緑色の樹木の新芽にうっすらと霧がかぶり、まるで絵画を見ているようだった。鳥が飛び交い、野生の動物たちが人間の食べかすを探して避難所のテントを訪れた。

マルヤムも辺りを見渡した。町からそう遠くないところに大きなダムが見えた。高さは約四メートル、幅は四百メートルくらいあるだろう。ダムはかつて、峡谷一帯の水田の灌漑用に使用されていた。その面積は数万ヘクタールに及ぶ。世界の気候変動で住民は稲作ができなくなり、代わりにじゃがいもを植える努力をしたが、それも多くは失敗に終わった。ライルとマルヤムは一日中救急病院での仕事に没頭した。医者は一人、看護師は四人しかいなかった。ほかは別の町に移ってしまった。医療器具は限られていて、医薬品はボランティアチームが来るときしか届けられなかった。救急病院の状況はひどいもので、たくさんの患者、特に子供や年寄りの面倒を見る必要があった。

夜八時、ライルとマルヤムはようやく自分たちのテントに戻った。マンディをする間もなく、薄いマットレスに横になるや否や眠りについた。その任務のサイクルは前の任務と同じだった。毎日同じことを繰り返し、それは配属期間が終了するまでずっと続くのだ。睡眠不足、何日もマンディはおあずけ、疲労の蓄積、それらはボランティアがクリアしなければならない難関だった。

しかし、三日目に事態が激変した。朝から雨が降り続き、町を浸し、気温が摂氏五度に下がった。夕方になると雨はさらに強まり、夜には嵐になった。強風がテントを揺らした。

ボランティアが指令テントに集合して、任務の進捗状況の点検をしているときだった。突然上から轟音《ごうおん》がとどろいた。その音は、灌漑用のダムから聞こえてきていた。避難テントの指揮官が、すぐに二人のボランティアを調査のためその大きなダムに向かわせた。そのうち一人は土木建設の経験がある者だった。一時間後に戻った二人のボランティアは、悪い知らせを持ち帰ってきた。ダムには亀裂が入り、壁の一部が崩れている。ダムが決壊するのは時間の問題だった。

テントは静まり返った。緊張が走った。

「どれくらいダムはもつんですか？」

「長くても十時間です」調査してきたボランティアが、確信を持って言った。

「住民を避難させて、高いところに移らなければならない。ダムが決壊すれば町のすべてが一掃されてしまう」先輩のボランティアが意見を言った。

指揮官はうなずいた。十時間あれば避難は十分にできる。しかし問題はそこではない。問題は川下の町だ。五十キロ離れている。そこまで行く足がない。道はもうぬかるみになっている。トラックはおろか、オフロードバイクでさえ進むことが難しい。嵐が始まってから、コミュニケーションのネットワークも途切れた。衛星電話も機能せず、嵐が来ると回復に十二時間かかった。暴れる大きな川を通行する船を送ることもできなかった。

「すぐに川下の町に知らせなければなりません。もしダムが決壊したら、二時間で洪水が到達します」

しかしどうやって知らせるのか？　指揮官はテントを見渡した。テントは静まり返った。豪雨と雷の音だけが鳴り響いている。

「私たちが行って警告します」マルヤムが毅然《きぜん》と言った。

みんなマルヤムを見た。

「どうやってそこに行くんだ？」指揮官が尋ねた。

「全速力で走ります」今度はライルが答えた。

テントがしんとなった。

「君たちが、自然障害物テストで一番速かったことは知っている」指揮官は、マルヤムとライルを代わる代わる見つめた。「しかし風雨の中、孤立した渓谷を五十キロ走るのは正気の沙汰ではない。私はそんな無謀なことは許さない」

「ええ、本当に正気じゃないかもしれません」マルヤムはさっそうと答えた。「今残された手段はその正気じゃない方法だけです。それとも、数千人の川下の住民を見放すのですか？　自分たちに何が襲いかかっているのかも知らないうちに、洪水にのみ込まれるのを見過ごすのですか？」

指揮官は顔をなでた。厄介な状況だ。「私は、君たちの命をかけてまでそこに送り込むようなことはしない」

何人かの先輩ボランティアが、ささやき声で話し合っているのが見て取れた。

「二人にやらせてみてはどうでしょうか？　それにかけるしか望みはないでしょう」話をしていた先輩の一人が指揮官に意見を述べた。ほかの者もそれに同意してうなずいた。

時間がますます切迫してきた。川下の町に警告する方法をなるべく速やかに考えると同時に、川上の住民の避難もすぐに始めなければならない。

指揮官は深くため息をついた。「わかった。ライルとマルヤムに、避難所のテントにある最高の道具と靴と服を渡しなさい。今すぐに」

マルヤムはこぶしを握った。やった。自分の考えが通った！

「君たちに許可を与えたことを、悔やむことになるかもしれない」指揮官は、ライルとマルヤムを十五分後に出発させた。「しかし川下の住民が警告されることもなく洪水にのまれてしまったら、もっと後悔するだろう。走りなさい。できる限り速く。すべてのボランティア団体が、君たちの行動を誇れるように」

その言葉が終わった瞬間、ライルとマルヤムはもう指令テントをあとにして全速力で走り出していた。背にボランティアのみんなの励ましの叫び声をいっぱいに受けながら。

＊＊＊

五十キロ、夜、暴風雨、摂氏五度。困難な状況がそろっていた。

二人の親友は、肩を並べて泥のぬかるみを通り抜けていく。道は上り下りを繰り返し、左に右にうねる。

時々雷が落ちて辺りが照らされると、自分たちが深い森の中にいることを知った。「こんなことをやろうとするなんて、頭がおかしいんじゃないの、マルヤム」マルヤムの横を走りながら、ライルは雨の音に負けないように叫んだ。

マルヤムは笑ってびっしょり濡《ぬ》れた顔を拭った。縮れ髪がくしゃくしゃだ。

「途中、猛獣が出てきたらどうする？」

マルヤムは首を横に振った。「いるわけないじゃん。巣でちぢこまってるよ。こんな嵐の中、無謀にも行くのは私たちくらいなものよ。私たちこそ猛獣ってわけね、ライル」

その低い気温の中、五十キロもの距離を行けば、低体温症になりかねない。二人が着ている服は何層にもなっていて、体温が奪われるのを防いでくれたのは幸運だった。しかしほかのことは簡単にはいかなかった。

二人は、何度も険しく切り立った場所で足を滑らせ、落ちてしまった。ライルが落ちたときは、マルヤムが手を伸ばして励まし、マルヤムが足を滑らせると、ライルが助けてマルヤムを立たせた。二人は力を合わせて、前へ前へと進んでいく。

「しっかり、ライル。これはシミュレーションじゃない、数千の人の命がかかっているんだよ」三分の二行程ほど来た辺りでライルが遅れ始めると、マルヤムがライルを力づけた。ライルはマルヤムほどタフではなかった。

後方にいるライルはうなずいて、足にむち打ち走り続けた。

八時間は本当に長く感じられた。二人の体力が尽きかけ、夜が明けかけたころ、ライルとマルヤムは川下の町についた。

ライルは指令テントの前で、疲労で倒れこんだ。マルヤムが支えてやっと立っていた。二人と知り合いのほかのボランティアもすぐに手を貸した。

「何があったの、ライル、マルヤム？　どうしてここに？」

「町の人を避難させて」マルヤムがかすれた声で言った。泥で汚れた体は疲れ切っている。しまいには倒れるように座り込んだ。

「川上のダムに亀裂が入ったの。すぐにほかの人にも知らせて」

マルヤムがその知らせを届けたそのとき、ダムは決壊した。数百万立方の水が、激しい勢いで流出した。そして、流れの道筋にある物すべてを一掃した。水が川下に届くまで、二時間を要した。ボランティアは充分時間を取って、住民を高い場所に避難誘導した。数千人の住民が丘の斜面についたとき、洪水が来た。住民は避難所のテントが、そして町全体が洪水に浸かるのを見た。

ライルとマルヤムは丘の斜面まで担架で運ばれた。二人は見つめ合った。笑みがこぼれた。二人は危機一髪のところで、川下の町に警告をすることができた。十五分遅れていたら、その結果は想像を絶する。

それから数週間して、救われた数千人の住民は別の町に移った。それは大変な仕事だった。海兵隊のたくさんの部隊を巻き込んで行われた。トラックが全住民を輸送した。二つの町は、ほかの数百のゴーストタウンと同様、正式にすべての活動を止めた。

その出来事から二日たって自分の町に戻ると、ライルとマルヤムはその出来事を忘れた。しかし、二人が夜通し五十キロ走った英雄的エピソードは、その後何年もボランティアの基礎訓練の教材となった。そして多くの人の記憶に残った。

＊＊＊

床が大理石の一辺が四メートルの立方体の部屋は、静まり返っていた。

「まさか、あなたがあのときの人なの？」エリジャーは信じられないという表情でソファの上の女性を見た。そして視線を手元のタブレットの画面に移すと、一本の青い鮮明な糸が現れた。確固たる、嬉しい記憶だ。

この話は有効だ。患者の頭の金属製のヘアバンドはだまされない。

「驚いた。その話は知っているわ」エリジャーはそう言ってから、口をつぐんだ。

ソファの上の女性はかすかにうなずいた。

「何年か前にその話を聞いたの。看護師の定期研修のときだったわ。その出来事はケーススタディとなっていたの。私たちは、長いことその件について話し合いをしたわ。そしてあなたは……、あなたがそのときの一人なんですね。まだ若かったのね。満十八歳にもなっていなかったなんて」

エリジャーはため息をつき、自分の職務に再び集中しようとした。彼女は進行役として、話の仲介者としての任務を負っているだけだ。金属のヘアバンドが、完璧に患者の神経マップを描けるようにすることだけだ。それ以上でもそれ以下でもない。しかしさっきからのすべての話に、彼女は惹《ひ》きつけられ始めていた。社会奉仕の記録を持ち、手に汗を握るようなすごい生活をしてきたこの若い女性が、立方体のこの部屋に来てセラピーを受けるなんて、あり得ない。

「そのあとで、何があったの、ライル？」

# 16

ライルとマルヤムは未成年避難者施設に戻ると、暴風雨時の出来事をもう忘れてしまっていた。彼女たちにとって、その出来事はあまり特別なことではなかった。ボランティアとしての役割を果たしただけで、さらに重要なことには、親友と一緒に喜んでその役割をまっとうしたに過ぎなかった。ましてや町に戻るとすぐに、全住民の注目をさらうずっと面白い出来事が起こった。

その晩ライルとマルヤムは、またしても勉強に忙しかった。高校三年生の期末試験と看護学校の入学試験が日増しに迫っていた。彼女たちは部屋で時間を過ごし、たくさんの本があちこちに散らばっていた。一方、ほかの子供たちはせっせと共同スペースに集まっていた。それは亜熱帯諸国によって、八機のスペースシャトルが打ち上げられた、ちょうど三か月後のことだった。

外でわいわい声が聞こえているとき、ライルとマルヤムは代数問題の練習を続けていた。周りの子供たちは繰り返し大声でしゃべり、共同スペースもざわざわしていた。子供たちは外へバタバタと駆け出した。彼らの足音は廊下中に響いた。

ライルとマルヤムは互いに見つめ合った。外で何があったのだろう？　彼女たちは窓の方を振り向いた。

マルヤムは立ち上がり、部屋の窓を開けた。

雪が降っている。

それこそが騒ぎの発端だった。一粒の雪の結晶が開いている窓を通過して部屋の中に入り、机上にとどまる。ライルは唾をのみ込み、手を伸ばしてつかもうとする。それは本物の雪の結晶だ。続いて別の結晶が頭上を美しく浮遊する。

彼女たちの町に雪が降るなんてあり得ない。ライルとマルヤムは見つめ合い、理解できなかった。

ニュース速報！

彼女たちの町のみならず、熱帯諸国のほぼすべての町にその雪が降った。その晩、世界中が大騒ぎだった。とりわけ成層圏介入政策反対者にとっては、スペースシャトル八機の打ち上げに対する懸念が立証されたのだ。

その気候変動成層圏介入政策は、確かに亜熱帯諸国では成功した。抗二酸化硫黄ガス散布三か月後、その地域の気温が急上昇した。大気が再び暖かくなり、太陽が現れ、雪が溶け、長期化した冬が終わった。でも熱帯諸国一帯では、その介入政策のせいで、気候がコントロールできなくなった。ライルが住む町と首都では、平均気温がまだ摂氏五度から十度を持ちこたえている。でも別の地域では気温が零下四度まで急降下し、雪も深く積もった。

次の朝ライルとマルヤムが学校に出かけるころには、町は一センチの積雪に覆われた。最初雪は美しく見えた。赤道から遠くない町に雪が降ることは想像できない。でもその後、すぐに重大な問題に直面することを、住民は認識し始めた。住民は、道路、塀、芝生、家の屋根、すべてが雪で白く包まれているのを見つめた。

雪が降った二日後、世界の指導者たちがまた急いで集まり、世界気候変動サミットが継続された。残念なことに、今回亜熱帯諸国は出席しなかった。どの会議への出席もすでに辞退していたからだ。

「この町も極寒の冬を味わうことになったら、どうしたらいいんでしょうね？」住民はその問題を市バス、路面電車、停留所、どこにおいても話題にした。みんなが不安そうだ。

「私にはこの雪は面白いと思えるし、迷惑じゃないけどね。大丈夫、そんな冬は来ないに決まっているよ」

乗客のもう一人が答えた。

ルート十二の学校行きの市バスの中で、ライルとマルヤムは会話に静かに耳を傾けた。

ライルはため息をついた。彼女はエソックとの会話を思い出した。今、エソックは首都で元気かしら？ あっちでも雪が降っているのかしら？ エソックに電話した方がいいかしら？ ほぼ一年間エソックと会っていない。あと数か月で長期休暇だ。エソックは帰ってくるのかな？

雪が降るのは毎日ではなく、まだ二週間に一度だ。一センチの浅雪だ。でももっと頻度が増し、最終的に深く積もると問題だ。

ライルとマルヤムは、町に雪が降るのを心配する暇がなかった。毎日、世界気候変動の話題であふれる報道番組を見る暇がなかった。ライルもエソックについてあれこれ考える暇がなかった。高校三年生の最終試験と看護学校の入学試験が、もう目前だ。昼夜試験に備え勉強に明け暮れた。

＊＊＊

ライルとマルヤムはその二つの試験にうまく合格した。高校三年生の最終試験の発表を学校で知った。デジタル掲示板には数百人の合格者の名前が載り、六番目と七番目にライルとマルヤムの名前があった。ほかの友人たちがキャーキャーと歓声を上げて、互いにお祝いを述べているのに、彼女たちはげらげら笑っていた。

夕方、まだ学校卒業の喜びに包まれる中、ライルとマルヤムは皇太后の事務室にいきなり呼び出された。いつもどおり、皇太后の冷たい言い回しのせいで、胸のどきどきはさらに高まった。何かミスを犯してしまったのか？

「二人には、未成年避難者施設から出ていってもらいます」皇太后は冷たく言った。

ライルの顔が血の気を失った。追い出される？　むしろ悪いニュースにいつも無頓着なマルヤムの方が、青ざめていた。

「どんな間違いをしたというのでしょうか、先生？」マルヤムは納得できずに、新たなトラブルをつくるまいと、なるべく丁寧な口調で聞いた。自分たちはとても優秀な成績で学校を卒業する、それが一つの過ちなのか？　なぜ突然追い出されるのだろう？　ルール違反があったとしても、罰が重すぎる。

皇太后は鋭いまなざしで、ライルとマルヤムを代わる代わる見つめた。

ライルは泣きそうになった。本当に追い出されたらどうすればいいのかしら？　どこに住もうかしら？彼女たちはこの町に家族がいない。

「看護学校に合格したから、出ていってもらうのよ。あなた方は、そこ、つまり看護学校の寮に住まなければならないの。だから、やむを得ず、出ていってもらうわけ」

ライルとマルヤムはまだ理解できない。

「十五分前、看護学校から通知を受け取ったばかりなのよ。あらぁー、あなた方の困った顔を見るのはとても愉快だわ」皇太后が笑った。

血の気を失ったライルの顔が少しずつ赤みを帯びた。マルヤムは何かを思い出したように額をぽんとたたいて叫んだ。皇太后がわざとからかっているのではないかと、彼女は思った。

皇太后はカラカラと笑い、大きい体を揺さぶらせた。

二人が看護学校に合格したニュースは、施設中に広まった。その後ずっと、未成年避難者施設の子供たちは、ライルとマルヤムの部屋を次々に訪れ、お祝いを言った。

「いつ引っ越すの?」施設の六階に住む十二歳の女の子が尋ねた。

「長期休暇のあとよ。どうして聞いたの? もしかしたら寂しいのね?」マルヤムがにやりと笑った。

「そんなことないわ。あなたたちの空き部屋にいつ住めるか確かめたかっただけよ。六階は退屈で。毎日とても長い階段を上り下りしなければならないし」

イライラし、目の色を変えてすぐにその子を追い出すマルヤムを見て、ライルは笑った。

高校三年生の最終試験と看護学校の試験に合格したこと、二つのいいニュースがあり、もう残りの長期休暇に心を悩ますことはなかった。まだ休みは一か月もある。新しい寮へ引っ越す前に暇な時間はたっぷりあった。

マルヤムはボランティア団体に、休暇を埋める新たな役割があるか、何度か問い合わせた。本部のスタッフが首を横に振った。いたるところに積雪があり、適切な類いの役割はない。スペシャリストの訓練に合格したボランティアを彼らは必要としていた。

その間ライルは、エソックが今回長期休暇に帰省するか、あれこれ考えていた。一年以上も会っていないんだわ。エソックと会わずにどうやって長期休暇を過ごそうかしら? ライルは市長宅にお邪魔したかった。たぶん市長夫人かクラウディアはエソックが帰省するかどうかを知っている。でも何度考えてもそれはいいアイデアではなかった。たぶんエソックの養親家族は、彼女がなぜ知りたいのか、あれこれ質問してくるだろう。ライルもまた、自分からエソックに連絡する勇気がない。

代案をいくつか考えてから、エソックの今回の帰省について探りを入れる切り札を、彼女は思いついた。ケーキ屋だ。

＊＊＊

その日の午後、ボランティア団体本部から帰るとすぐに、できる仕事があるかどうかを聞き出すため、マルヤムは再び本部にやって来た。でもまだ回答はなかった。そのあとライルは、まだ不満を漏らしているマルヤムに、エソックの母親が営むケーキ屋に行こうと誘った。

「私たちに仕事を与えることなんて超簡単よ。基礎訓練に合格したばかりの別のボランティアも仕事を与えられているのに」マルヤムはフンと鼻を鳴らした。

「彼らには自分たちの計画があるのよ、マルヤム。私たちは理由がわからないだけで、決定が間違っていることにはならないわ」

「私は一か月の休暇を、ただこの施設でじっと座って過ごしたくないの。徹底的に勉強したあとは新鮮な空気が必要よ。で、これからどこへ行くの、ライル?」

「そこに寄ったら、あなたは喜ぶはずよ、マルヤム。あなたが話していたようなリフレッシュよ」

「でも、まずどこへ行くの?」

「昔、避難所のテントにいたときに知り合いだった人を訪ねるのよ。あとであなたもわかるわ」

彼女たちはルート十二の市バスに乗り、町のフードセンターのつきあたりにあるバス停で降り、歩いた。

マルヤムの顔はまだしかめ面に見えた。本部のスタッフが六回も仕事の要請を断ったので、道すがら文句を言い、がっかりしていた。彼女たちは幼子ではない。もう十八歳だ。単に専門分野を持っていないからといって、素人のボランティアというわけではない。

「笑ってよ、マルヤム。さもないと、あなたの縮れ毛がますます膨らむわ」ライルはからかった。

マルヤムは息をふっと吹き出し、道沿いのフードショップを眺めた。夕方四時、夕暮れの日差しが路面に降り注ぎ、美しい。さらに食べ物の香りが不意に立ち込める。マルヤムはかすかな笑みを浮かべ始めた。

「私たちの町にこんなに素晴らしいホーカーセンター（注4）があったなんて知らなかったよ」

「それはあなたが市バスの中でたくさんしゃべり過ぎて、道に目を配っていなかったからよ」ライルは笑った。

マルヤムは肩をすくめた。彼女は本当に口から先に生まれてきたような子だ。

ケーキ屋の前に到着した。

「ケーキ？」マルヤムは眉間にしわを寄せた。

「ケーキ屋に誘ったの？」

「これは普通のケーキ屋じゃないのよ、マルヤム。入りましょう」

「何が違うの？　これは普通のケーキ屋よ。ケーキの飾りつけにはうんざりしているの。私はもうケーキとは縁を切ったのよ」

ライルは笑った。「誰があなたにケーキの飾りつけをしろと言った？　私の昔の知り合いを訪ねてきたの。あなたも知り合いになれば、きっと喜ぶわ。生涯を通してケーキをとても愛している人よ」

マルヤムは諦めて、店の中へ足を運んだ。とびらの鐘の音が優しく鳴り響く。

第一印象はいつも重要だ。マルヤムはケーキでいっぱいの棚をじっと見つめた。その小さな店は珍しい種類のケーキで、客の心をいつも虜《とりこ》にしていた。独特のケーキの香りが天井に立ち込めている。店の壁には雰囲気にぴったりの絵が飾られていた。

エソックの母親がレジカウンターの後ろから出てきた。車いすが音もなく動いた。

「ライル？」

「こんにち《スラマッ》は《ソレ》、おばさん」ライルはにっこり微笑んで、あいさつをした。

「あらー、びっくりした」エソックの母親もにっこり微笑んだ。

「元気だった、お嬢さん？」

「元気ですよ、おばさん。あのう、友だちを連れてきました。マルヤム、同じ施設に住んでいるルームメイトです」

その夕方ライルとマルヤムは、エソックの母親とケーキ作りをして過ごした。初めマルヤムは気が進まないようだった。でも、車いすの上から労を惜しまず、愛情たっぷりに食材を準備し、生地を作り、自分では意識せずして、明らかにこの上なくケーキを愛しているエソックの母親を目にし、マルヤムも一緒に手伝い始めた。おしゃべりしながら、彼女たちはエソックの母親のジョークを聞いて笑った。

あっという間に一時間以上たってしまったが、彼女たちはそのケーキを完成させた。ケーキを買いにくる客がいて、ドアの鐘の音で作業は何度か中断された。マルヤムは額の汗を拭い、大きなケーキの飾りつけを完成させることに夢中になっている。

「どう？　飾りつけは好き？」エソックの母親がいないときに、ライルはマルヤムの腕を肘でつついた。

「邪魔しないでよ。私は集中しているの」マルヤムは身をかがめ、ケーキの上の部分に城を築き、最後にいくつかの竜の飾りを加える仕上げを終えようとしている。

その記念行事用のオーダーケーキが完成した。マルヤムはライルとエソックの母親二人を残して、洗面台に手洗いにいった。

「エソックは首都で元気にしていますか、おばさん？」ライルが尋ねた。さっきから彼女は尋ねる最良の瞬間をうかがっていた。

「ええ。エソックは元気よ」

「エソックはこの休暇に帰省するのですか？」

エソックの母親が否定した。

「エソックは大学でとても忙しいのよ、ライル。何をしているのかはわからないけど。数日前に電話してきて、帰れないと言っていたの」

ライルはすぐにうなだれ、ケーキ作りのときの嬉しさは半減した。

「悲しまないで、お嬢さん」エソックの母親はライルの腕に触れ、微笑んだ。

ライルは首を横に振り、微笑み返そうとした。

マルヤムが洗面台から戻ると、ライルは慌てて話題を変えた。

エソックの母親が店じまいの準備をしているときに、彼女たちは帰った。

「ちょくちょく店に遊びにきてちょうだい、ライル、マルヤム」エソックの母親は彼女たちを玄関先まで送った。

ライルとマルヤムはうなずき、つきあたりにあるバス停に向かって歩き始めた。彼女たちはルート十二の市バスに乗り、未成年避難者施設に戻った。黄昏《たそがれ》の日差しが町に降り注ぎ、雪の塊を照らしている。

ライルは道中、魂が抜けたような顔に見えた。

「あのおばさんが誰だか知っているよ、ライル」マルヤムがささやいた。市バスは会社から家に帰る市民でいっぱいだ。

ライルが振り向いた。

「ただ避難所のテントにいた普通の知り合いではないでしょ？」

「どういう意味？」ライルはわからないふりをした。

「あの人は赤い自転車に乗っていた男の子のお母さんでしょ。あの男の子のせいであなたは雨に降られ、ボランティア任命式では私が置いてきぼりにされた。そしてあの子のせいであなたは四六時中物思いにふけっている。そう、でしょ？」

マルヤムはにやりとし、ウインクをしてライルをからかった。

ライルは言い返せなかった。

「私の謎解きが本当だって賭けてもいいよ」マルヤムは顔を赤らめるライルを見るか見ないかのうちに言った。

ルート十二の市バスは街頭を通り抜けて走り続けた。マルヤムは真っ赤になるライルの顔を見て、にやにやして喜んだ。

＊＊＊

その晩また雪が降り、施設の庭が二センチの積雪に包まれた。

ライルは部屋の窓の陰から庭を見つめた。マルヤムはベッドで眠り込んでいた。

エソックは帰らない。それがエソックの母親からもらった知らせだ。ライルは息をふっと吹き出し、その息はガラス窓の雫《しずく》となった。それは次にエソックと会うチャンスが来年であることを意味する。しかもエソックが来年帰るかどうかもわからない。

首都でエソックは何をしているのかしら？　エソックに電話をして便りを聞いた方がいいのかしら？　最近原因もなく不意に悲しくなるのは、このせいなのかしら？　理由もなくつい億劫《おっくう》になり、気分がいとも簡単に変わってしまう。何の気晴らしもなく、どのようにして長期休暇を過ごそうかしら？　ますますとりとめもなくいろいろと考えるだろう。

ライルはもう一度ふっと息を吹き出し、上のベッドに上っていった。眠くないが、無理に目を閉じなければならない時間だ。マルヤムは下のベッドでもうぐっすりだ。毛布が床に落ちている。部屋の暖房がよく効いて外気の冷たさは感じられない。

その翌日、ライルとマルヤムは寝坊した。フロア警備員が部屋のドアをノックするまで。

「何かあったんですか？　今日は休みでしょう？」マルヤムは目が半開きのままでドアを開けた。

「あなた方に電話がありました。ボランティア団体本部から」

「ミッションがないのを知らせてくるだけなら、電話を切ってください。もうあの人たちと話すのにはうんざりなんです」マルヤムが無愛想に答えた。

「マルヤム！」フロア警備員が目をむいた。彼は皇太后ほど威圧的でないが、やはりフロア警備員としての威厳を持っている。その警備員は無線電話の受話器を渡してくれた。

ライルはそれを受け取り、プッシュボタンを押した。受話器上にホログラム画面が映し出される。九時、ボランティア団体本部はもうガヤガヤしており、出勤時刻だ。

「おはようございます、ライル」彼女たちを以前に採用したスタッフが、３Ｄホログラム画面に映し出され、あいさつをした。

「おはようございます」ライルがうなずいた。

「今、起きたばかり？　そうか、忘れていた、学校の長期休暇だよね。マルヤムもそこにいる？」

「はい、マルヤムもここにいます」

「よかった。よく聞いて、ライル、マルヤム」スタッフが微笑んだ。「この長期休暇中にミッションを与えられなくて、申し訳なかったね」

「もうわかっています」マルヤムがむっとして遮った。

スタッフが笑った。「まず聞いてよ、マルヤム……本当の理由は、首都にあるボランティア団体本部から、確認を待っていたからなんだ。『団体設立および火山噴火災害追悼五周年記念行事』についてのね。今朝、中央委員会は、二人が『献身および自己犠牲第一レベル』を受賞するという知らせを送ってきてくれたんだ。おめでとう、ライルとマルヤム。二人は記念行事のクライマックスとなるイベントでその賞を受賞し、同時に全国のボランティアと出会うチャンスももらって、三日間首都に招待されたんだよ」

マルヤムが跳び上がってライルの手から受話器を取り上げたため、ホログラム画面がぐらぐら揺れた。

「本当ですか？　冗談じゃないですよね？」

オフィスコンピューターの薄い画面上に映った、冴《さ》えないニキビ面で、起き抜けで縮れ毛がボサボサのマルヤムを見て、スタッフは笑った。「冗談なんかじゃないよ、マルヤム。今日の午後、正式な証明証が施設に送られてきたんだ。すべての旅程は全部決まっている。あと二日で出発だ。目が覚めた？　ライル、マルヤム。あとはもう好きなだけ寝ていいからね」

電話は切れた。

ライルとマルヤムは興奮して歓声を上げ、踊り回り、ジャンプし、ハイタッチをした。フロア警備員が、受話器が返されるのを待ち、まだ二人の前に立って渋い顔で見つめているのを、彼女たちは忘れていた。

ライルとマルヤムは、あの晩の出来事をすっかり忘れていたが、まだそのことを覚えている人々もいた。川下の市民数千人、その記事を目にした数十万人、そして首都のボランティア団体本部の表彰委員会のメンバー十人は忘れていなかった。中央委員会はライルとマルヤムがその晩行った行為を表彰することを、満場一致で決めた。つまり全市民に警告するために、嵐の中、五十キロの距離を走り抜けた行為により、この若い女性二人は「献身および自己犠牲第一レベル」の賞を受賞する権利を得た。

首都に招待されて出かける二日前、むしろ皇太后の方が忙しかった。

「学校の校庭や施設の講堂での授賞式ではないのよ。ホテルの大宴会場で、たくさんの人々が出席する晩餐会《ばんさん》なの。あなた方にはこのドレスが必要よ。式ではこのドレスを着なさい」皇太后は、そのアイデアを頭から否定しようとするマルヤムの方を見てにらんだ。

ライルはいつもどおり受け取り、ありがとうございます、と言った。ドレスの趣味はまったくよくなかったが、皇太后の気遣いはありがたかった。このドレスを見て、ライルはとてもかわいくて彼女によく似合ったドレスを着たクラウディアを思い浮かべた。クラウディアの容姿と比べると、彼女たちはお姫様と二人の小人のように見えるだろう。

「私は着たくないよ」マルヤムは小声で言った。二人は事務室の廊下へ出たところだった。

「私も着たくないわ」ライルは応えた。

「それなのに、あなたはなぜいつものように受け入れたの？」

「なんてこと、マルヤム。着たくないけど断るわけにはいかないわ。皇太后は、私たちに一番いいドレスを見つけようとしてくれたの」ライルは小声で答えた。「彼女は一日二十四時間、一度たりとも休まず全施設を管理してるのよ。それに扱いづらい私たちの世話もしてくれているし。施設にいる人全員に対して、できるだけ辛抱強く向き合おうとしてるでしょ。それどころか、そのイベントで私たちが何を着るかについても考えてくれている。私が委員会のメンバーなら、皇太后にその賞を差しあげるわ」

「えっ？」マルヤムはライルの言葉を聞いて黙り込み、立ち止まった。

「どうしたの？」ライルは一緒に立ち止まり、振り向いた。

「さっき私は、皇太后にすごくいじわるだった？」マルヤムは不安そうな口ぶりで聞いた。

ライルは笑って、また歩き出した。「大丈夫、マルヤム。皇太后はもう慣れているわ。施設で最も感謝を知らない生徒として、あなたを真っ先に思い出すはずよ」

マルヤムは怒って目を大きく見開いた。

首都に行く一日前、ライルはケーキ屋に行く決意をした。首都に行くことをエソックの母親に知らせたい。エソックの母親は持っていってもらいたいものがあるかもしれない。マルヤムは強引についてきた。

彼女はルート十二の市バスの中で、道中ずっと、その赤い自転車の男の子についてライルをからかい続けた。ライルの顔が真っ赤になった。でも今回マルヤムは、おいそれと止めそうにない。おそらくマルヤムもエソックについて知るときが来たのだろう。この三年間、二人は同じ部屋に住んでいる。マルヤムは自分のことを全部話し、もう残された秘密がない。今度はライルがマルヤムにすべての身の上話を伝える番だ。

「聞きたいの、それとも聞きたくないの？」まだにやにやしてからかうマルヤムのニキビだらけの顔を、ライルは見つめた。

「はい、はい。私はジョークを言っているだけよ、ライル。怒らないで」マルヤムは慌てて表情を取り繕って、座り直した。

ライルは皇太后のときと同様に、エソックが誰なのか、マルヤムに手短かに話した。地下鉄の非常階段のマンホールで、彼女のリュックをつかんでくれた男の子だ。酸性雨が降る前に、彼女を迎えにきてくれた。避難所のテントにいる間に仲良しになった。ライルが両親を亡くしたとき、その代わりというわけではないが、運命がエソックに出会わせてくれた。そこからあとの話はマルヤムにも想像ができた。ライルが話した十五分間、ルート十二の市バスは走り続けた。

マルヤムはふと黙り込み、ゆっくりと言った。「道理で彼がとても大切なわけね、あなたにとって」

ライルは甘んじてうなずいた。

「その男の子はあなたにとってお兄さんみたいね。そしてあなたは彼にとっての妹」

今度、ライルはうなずかなかった。

「一つ聞いてもいい？」

ライルは振り返り、マルヤムを真剣な表情で見つめた。

「あなたはエソックをお兄さん以上に気に入っているの？　つまり、ただ単に妹とだけ見なされたくないの？」

まさに図星の質問だった。ライルの顔は真っ赤になった。

マルヤムはゆっくり笑い、立ち上がってライルをあとにした。フードセンターのつきあたりのバス停に到着した。降りる場所だ。

＊＊＊

　エソックの母親はその表彰の知らせを誇らしく思い、ライルを見つめながら、おめでとう、と言った。「あなたは英雄ね、ライル。あなたのご両親は、きっと天国でとても喜んでいることでしょう」ライルは心を打たれて、頬の涙を拭った。エソックの母親は、エソックのお気に入りのケーキを一箱預けた。ライルはそれを受け取り、渡すことを約束した。マルヤムはあまりコメントしない。ケーキ屋にいる間はよい友人だったが、バスに乗るとまたライルへのからかいがぶり返した。

「あらぁー、特別な誰かのために、またケーキの箱を持ち歩いている人がいるよ」とか、「エヘン、とあるエヘン・エヘンさんの母親に会ったばかりの人ね」

　ライルはただ黙っていた。まだケーキ屋での会話のことを考えていた。エソックの母親は彼女にとてもよくしてくれる。一方、マルヤムは耳を傾けてもらえずに、バス路線の道中の半分は一人で退屈だった。

　出発の日が来た。明け方、皇太后は、施設の電気自動車で、彼女たちを高速列車の駅まで送ってくれた。プラットホームには、ボランティア団体本部のスタッフおよびボランティアの同期生数人も集まっている。

「あなた方はこの町の団体本部の誇りだね」彼女たちをかつて採用したスタッフが、二人の女性と握手をした。

「必ずそのドレスを着てね、ライル、マルヤム」皇太后は真剣な面持ちでささやいた。

　ライルとマルヤムは、お互いにちらりと目配せをしながらうなずいた。

　ホイッスルが甲高く、長く鳴り響く。彼女たちは列車のカプセルに乗った。三十秒後その超高速列車はレール上を飛ぶように走り出し、六時間の行程で首都に向かった。

＊＊＊

　首都につくと、ケーキの箱を預かってから、ライルがずっと考え続けてきた新たな問題が出てきた。

首都に行ったことがなくて迷子になるという問題ではない。なぜなら首都のボランティア団体本部の二人が、駅の到着ロビーで待っていてくれたからだ。

「あなた方はまだとても若いのね。十八歳？　それとももっと若いの？」出迎えのスタッフの一人が信じられずに見つめた。「それなのに、実にすごいことをしたんだわ」

マルヤムがうなずいた。「はい、私たちはそういった者です」

ライルが肘でこづいてささやいた。「馬鹿な真似はしないでね」施設を出ると、冗談は通用しない。

その晩のイベント開催場所および宿泊場所である大きいホテルに、ライルとマルヤムは案内された。広々としたホテルのロビーが視界に入ってくる。そのビルは完全にスマートシステムを利用している。チェックイン・カウンターを始め、四台の白い筒形ロボットが客にサービスを提供しており、予約のチェック、部屋割りをしている。ラッゲージマシンがスーツケースを運んで行き来している。ホテルのスタッフは数人見られるだけで、残りは全部マシンだ。彼女たちは、チェックイン・カウンターから二対の金属製イヤリングを受け取った。そのイヤリングで、エレベーターを利用し、部屋のドアを開けた。そして別の機能で、気温の調整をしたり、部屋の窓ガラスを曇りもしくは透明にしたり、テレビをつけたりした。そのイヤリングは同時にガイドの機能もある。いつ首都をめぐっても、迷子になることはない。

「晩餐会イベントは、七時から大宴会場で始まります。時間厳守です」ライルとマルヤムの必要なものすべてがそろえられ、迎えにきたスタッフが教えてくれた。彼は団体本部へ戻るつもりだ。

ライルはうなずいて、お礼を言った。

部屋のドアが閉まるやいなや、マルヤムはすぐに柔らかい布団の上にジャンプした。

「こんないい部屋に今まで泊ったことがないよ、ライル」マルヤムはゴロゴロ転がり、枕が続けざまに落ちた。

ライルはにっこり笑い、棚の近くにリュックを置いた。ボランティアのテントと比べると、このホテルの部屋は想像の域をはるかに超えていた。

団体のスタッフがすべての用件の手続きを終えてくれた。ライルに新たに出てきた問題は、エソックにどうやって連絡するかということだ。首都にいることを、どうやってエソックに伝えようかしら？ エソックはあたしに会いたいかしら？

ホテルの部屋に設置してある最新世代の電話の前に、ライルはもう四度座った。それどころか、エソックの母親からもらった電話番号まで打ち込んだ。でも、その四度とも電話をキャンセルした。汗が首に滴り落ち、手が震える。彼女はとてもどきどきしていた。

「あぁ、神様《トゥハン》！ 簡単なことだわ。電話して言うだけよ。『もしもし、エソック、今、首都に来ているけど会わない？』もしくは『もしもし、エソック、首都に来ているけど、今晩一緒に夕飯を食べない？』それで終わりよ」マルヤムはキレているようだった。電話をしてエソックの反応がネガティブであったら、とそこまで心配している親友の姿を、なぜ目の当たりにしなければならないのか。

ライルはしょんぼりした。それは口で言うほど簡単ではない。もしマルヤム自身が経験したら、いかに難しいかがわかるはずだ。しかも研究室で忙しくしているエソックに、ライルは迷惑をかけたくなかった。エソックには、やるべき仕事がたくさんあり、それは彼らが会うのと比べるとはるかに重要だ。

マルヤムは縮れ毛をひっかきまわし、さらに興奮した。すでに夕方五時になったが、相変わらずライルに進展はない。「それとも私が彼と話そうか、いいでしょ？」

ライルは首を横に振り、マルヤムの手から電話を取り上げた。

「それともショートメッセージを送ることもできるよ、そうすればホログラム画面で顔を見つめる必要もないし。つまり、あとであなたがメドゥーサ（注5）に石にされる心配もないよ」

ライルはそれも受け入れなかった。相変わらずショートメッセージを送る勇気さえもない。マルヤムは思いついたように額をぽんとたたき、諦め、マンディする、と叫んだ。この感情の問題は、いつの時代もそのパターンは同じだ。

六時、彼女たちは準備万端整え、さっきの電話の件は忘れ、皇太后から贈られたドレスを着てみた。マルヤムは鏡の前で長い間眺め、首を横に振り、それからそのドレスを脱いだ。

「ドレスを着たくないよ、ライル。ボランティアの制服を着る方がましね。私たちはその自慢の制服で嵐の中を駆け抜けた。だから今夜は、数百人の招待客が一張羅の服やドレスを着ていようとも知ったこっちゃないわ、私はボランティアの制服を着るからね」

「だけどもうドレスを着るって約束しちゃったわ、マルヤム」ライルがため息をついた。彼女も鏡の中の自分を見るのがいやだった。またまた、おとぎ話の中のお姫様役のクラウディアを思い出した。

「わかったよ。私はさっきもうドレスを着た。十五分間、それで十分でしょ。もう約束を果たしたの」

マルヤムは屈託なく答え、制服に着替えた。

ライルは苦笑いをした。わかったわ、彼女も衣服を着替えることにした。

ボランティア団体創立五周年記念行事は、首都の多くの主要な高官が出席する大イベントだ。ライルとマルヤムは晩餐会に出席したことがなかったが、うまくこなせた。ホテルのチェックイン・カウンターで渡された銀製のイヤリングが、イベント開催中、彼女たちを誘導してくれたからだ。二人が入場してきて、レッドカーペットを通過すると、大宴会場は割れんばかりの拍手に包まれた。「手を振ってください。にここにするのを忘れないで」その銀のイヤリングが指示した。ライルとマルヤムは手を振って微笑んだ。大宴会場の巨大テレビ画面に、彼女たちの顔が現れる。「お見事。ちょっと立ち止まって、ゆっくりと振り返って、全員に向かって手を振ってください」そのイヤリングからの優しい声は、ライルとマルヤムがなすべきことを教えてくれた。

彼女たちは全国ボランティア団体長と同じテーブルに座った。彼は背が高くてがっしりした体格だが、他人に十分寄りそえるような優しい顔立ちで、それが陽気な性格と一体化している。そのテーブルには知事と表彰選考委員会のメンバー数人が座っている。その銀のイヤリングは、ずっとライルとマルヤムをガイドした。いつ食べるべきか、どのスプーンとフォークを使用するべきか、どのように会話に参加するべきか。質問には礼儀正しく答え、会話には耳を傾ける、など。あっという間に二人は、話し方から態度まで上流階級の人たちとそっくりな姿を見せた。

記念行事のクライマックスである授賞のときが来た。十二のカテゴリーがあり、ライルとマルヤムの賞は最後に発表される。あの晩のシミュレーション動画が流れた。暴風雨、気温摂氏五度、まだ十八歳にさえならない二人は、一つの町の住民にダム決壊の危険を警告するため、全速力で五十キロの距離を駆け抜けた。その結果、住民一万四千人は、洪水が町に襲いかからないうちにうまく救出された。

その動画を流している巨大画面を、ライルとマルヤムは見つめた。互いに見つめ合って、唾をのみ込んだ。彼女たちが行った犠牲的精神がいかに尊いものだったかを、今晩初めて認識した。それはただ喜んで行ったからとか、いつも親友と一緒だったからとかいうことではない。生きるか死ぬかのことだ。ライルとマルヤムの顔が画面に現れると、静まり返っていた大宴会場が、割れんばかりの拍手に包まれた。彼女たちはステージ上に呼ばれた。

今までいつも臆することなく、我が道を行くタイプであったマルヤムが、受賞時に濡《ぬ》れた目のふちを拭った。知事が握手をし、祝いの言葉を述べた。彼女たちの功績に対して、政府は「健康保険A級資格」を授与した。それはライルとマルヤムが、健康保険制度で高レベルな利用権を持つということだ。保持者はそのカードを見せるだけで、どこの病院でも、無料で一流の治療を受けられる。保険料を支払える大金持ち、政府高官、あるいは功績が大きい人だけが、その利用権を持つ。大部分の国民は、B級からD級を保持するだけだ。貧しい家庭出身で、赤ん坊のころから親がなく、火山噴火災害以前でさえ児童養護施設にいたマルヤムは、手にしたカードを見て信じられなかった。彼女はすすり泣いた。

ライルは親友の肩を抱き寄せ、歩いて階段を降り、舞台裏に向かった。

「泣くのはやめてよ、マルヤム」ライルはささやいた。

マルヤムはまだ泣いている。

「あなたの涙で、大宴会場が洪水になっちゃうかもしれないわ」ライルはにっこり笑った。

マルヤムは頬を拭った。「今夜の私の幸福を壊さないでよ、ライル」

彼女たちは舞台裏につき、多くの人々から祝辞を受けた。頭上の小さいドローンが重要な瞬間をとらえ、何度もシャッターを押す。マルヤムの泣き声は少しずつおさまった。その瞬間だ。ライルがまだ多くの人々から祝辞を受けているとき、ある人物がライルに近づいてきた。

その人は、「The Smart One」という白いロゴが入った紺の帽子をかぶっていた。

「こんにちは、ライル。君が持っているカードを見てもいい？」

ライルは茫然《ぼうぜん》と立ち尽くし、誰が目の前に立っているのか信じられずに見つめた。

エソック。ここ一年中で一番会いたかった人だ。エソック、考えるたびに時間を費やされる、その人がすぐそこに立っている。エソックはにっこり笑った。それは彼女がいつも眠りに入る前に思い浮かべる微笑みだ。

彼らはひとしきり見つめ合い、やがて一緒に笑った。

ライルは嬉しくて叫んだ。これは本当にサプライズだ。わぁ、考えもしなかった。

マルヤムがまだ隣に立っているのを忘れるほどだった。マルヤムは目を大きく見開いた顔で、ライルの腕をがっしりつかんで、うろたえてささやいた。「あぁ、神様《トゥハン》、ライル。あ、あな……あなたは、今まで私に……言ったことがなかった、つま、つまり……そ、その、その赤い自転車に乗った男の子がソケ・バーテラだったなんて」

## 18

一辺が四メートルの白い立方体の部屋にも、ゆっくりとした叫びがあふれた。

エリジャーは緑のソファに座っている女性を、信じられないまなざしで見つめた。

「ソケ・バーテラ？」

女性はゆっくりうなずき、うなだれ、大理石の床を見つめた。

「まだ大学一年生のころから著名な若い科学者で、おまけに当時年齢は十七歳になったばかりの？」

女性はまたうなずいた。

エリジャーは、はたと黙り込んで口を閉じた。エリジャーがつかんでいるタブレット画面の四次元神経マップに、濃い青い糸が現れた。それは非常に有効な楽しい記憶だ。

エリジャーは、ライルがそれまで話した赤い糸のことをわかり始めてきたようだ。目の前の患者の話が、なぜまさに世界の問題の渦に集中していたのか。彼女が話す個人的な記憶が、なぜ大きな政治問題と重なり合っていたのか。ソケ・バーテラの名前が最適な説明となった。ここ数年、ソケ・バーテラは、多くの最新テクノロジー、特に航空用エンジンの発明者として知られている。

この話のすべてが現実のことだ。頭上のヘアバンドはいつも正確だ。

「その後何が起こったの？」エリジャーは問いかけ、話の続きを待った。

＊＊＊

ライルはマルヤムに断ってから出かけた。今回は、以前のように断らずに、マルヤムを置いていくことはなかった。

エソックはライルを誘い、記念行事の場所であるホテルの近くを散歩した。首都で最も有名な名所、ゴールデンリングに向かった。彼らの町の噴水のある池に似ているが、ここには巨大観覧車がある。学校休暇の数週間、その巨大観覧車がある場所は、来園者や観光客で賑わう。照明の光がまばゆいほど輝き、町は華やかさを増している。

そこから、首都のすべてを見ることができた。高層ビル、スカイトレインのネットワーク、行き交う空飛ぶ車、その上飛ぶ自転車まで。

ライルは自転車が横切るのを眺めた。「でも私はあなたが持っている古い自転車の方が好きだわ」

エソックは笑ってうなずいた。「残念ながらここには持ってこなかったよ、ライル。僕はあの自転車で君を連れて回れないね」

彼らは公園のベンチに座り、上を見上げ、来園者を乗せて回転する巨大観覧車を見つめた。周辺では、五、六歳の子供たちが追いかけっこをしている。夜八時、首都はまだ賑わっている。

「なぜ僕に電話しなかったの、ライル？　首都に来るって知らせるために」

ライルは少し不器用に、下を向いた。「忙しいところを迷惑かけたくなかったの」

それは本当だ。実は先に連絡する勇気がなかったのだが、それは別として、この事態はもっと複雑だった。昨年休暇中に会ったエソックは、もう昔避難所のテントで一緒だったエソックではなかったからだ。その最高の大学で、エソックは大きなチャンスを手に入れ、いろいろなことを行っていた。彼は自分自身を成長させるため、最も恵まれた場所を見つけたのだ。エソックはすごい才能を持ち合わせており、変身して蝶になる幼虫のようだった。

大学での一年目、エソックは十数個の新技術の特許を申請した。発見についての取材が様々な場所で行われ、その中には一番面白い取材、つまり最も有能なロケットエンジンについての取材もあった。エソックのニュースが、テレビやデジタル雑誌「cover」でも扱われ、ビルの壁、市バス、停留所にも彼の顔が出現した。ライルはエソックに電話する勇気がなかった。その忙しい青年の迷惑になるからだ。今、エソックにとって彼女は何者なのか？　数年前に助けてもらった少女に過ぎない。

「ところで、母さんから僕宛てに何か預からなかった、ライル？」

「ああ」ライルは辛うじてそのことを思い出し、慌ててボランティアの制服のポケットから、小さい箱を取り出した。

「今朝母さんが電話してきて、ボランティア団体のイベントに出席するために、君が首都に来る、と言っていたんだ。君が受賞する話はしていなかったよ。さっきはとても素敵だったよ、ライル。大宴会場の巨大テレビ画面を見て、僕は信じられなかったんだ。あれは五年前、シラミだらけな髪にさえおびえていた、僕が知っているライルじゃないか？　さあ、見てよ、町中の人たちに危険を伝えようと、泥だらけになって嵐の中を走り抜けた」エソックは笑った。

「そのシラミの件は大声で言わないでよ、エソック」ライルはどぎまぎして首を横に振った。

「からかっているだけだよ、ライル。隣の列にいる縮れ毛の膨らんだ男の子を、疑心たっぷりに見つめていた君を思い出すと、僕はいつも笑いをこらえることができないんだ」

「ねえ、やめて。そうしないと、お母さんから預かったケーキを渡さないわよ」ライルは脅した。

エソックはにやりとして、うなずいた。

エソックと会っておしゃべりをすること。それはいつもながら、ライルにとって一番楽しい瞬間だった。

その晩、ゴールデンリング公園の照明の広がりの中、彼らはおしゃべりをしながらケーキを食べ尽くした。

ケーキはいつものようにおいしかった。

「学校はどう？」

「看護学校に合格したの」

「うわあ、それは素晴らしい。ついに君も真剣に学校に通うことになるんだね」

ライルが笑った。

「学校の寮に引っ越すの？」

ライルがうなずいた。「長期休暇が終わってからね」

彼らはありとあらゆるおしゃべりをした。過去の思い出から、未成年避難者施設、ボランティア団体、ライルの配属、エソックの大学の授業、世界気候変動サミットの近況にいたるまで。

「僕たちの国では、まだ気候はコントロールされている。雪は確かに降っているが、気温は今まで摂氏五度のラインを下回ったことがないんだ。ほかの熱帯諸国は、ここ三か月で極寒の冬に見舞われている。彼らの状況は非常に危険だ。彼らがまたスペースシャトルを打ち上げ、成層圏に抗二酸化硫黄ガスを散布するのは時間の問題だと確言できる。加えてそのサミットは、二度目の膠着《こうちゃく》状態を経験することになるよ」

エソックはライルの質問に対して説明した。

「このあとどうなるの？」ライルが心配そうに尋ねた。

「遅かれ早かれ、すべての国が自分の国民のことだけを気にかけるようになる。つまりすべての国が、最終的にスペースシャトルを打ち上げることになるんだ。その成層圏介入政策は全世界で行われるに違いないよ。そうなってから初めてその影響を知るだろう。地球が火山爆発以前のように再び回復するのか、あるいは悪影響のせいで世界の気候がコントロールできなくなるのか」

ライルはただと黙り込み、空を見上げ、回転している巨大な観覧車を見つめた。所有者の手の動きでコントロールされたドローンが、頭上を飛び回っている。

「でも、心配する必要はないよ、ライル。テクノロジーはいつも、どんな問題でも解決できる。世界の第一線の科学者たちは、多くの代替案を準備している。君が一つの町のために行った献身のように、僕たちが本気で働き続ける限り、差し迫ったすべての問題も必ず克服できるよ。君たちの貢献はとてもインスピレーションを与えてくれた」

ライルがうなずいた。テクノロジーはきっとなんでも克服できると、いつもエソックは思っている。でもテクノロジーがどのようにして人間の貪欲な願いに勝てるのだろう？　最終的に譲りたがらず破壊し合っているときに。そのスペースシャトルの打ち上げが、破壊し合う行為であることは言うまでもない。

彼らのおしゃべりが終わった瞬間、雪の結晶が舞い降りた。ケーキはもうない。

柔らかい雪の結晶が一つ、二つ、公園のベンチにとどまった。

「一年に一度しか会えなくてごめん、ライル。マシン製造プロジェクトを予定どおりに片づけなければならなくて、さもないとすべてが遅れてしまうんだ」

ライルはうなずいた。何の問題もない。

「ホテルに帰らなければならないね、ライル。明日、君のイベントには別のボランティアも一緒に詰めかけて混雑するんだろうな」

ライルはうなずいた。

「さぁ、ホテルのロビーまで送るよ」エソックは立ち上がり、いつもかぶっている紺色の帽子をかぶり直した。

ライルも一緒に立ち上がった。彼らは一年会わなかったあとに、一時間一緒に座っていただけだ。三百六十五日と比べるとほんの束の間だ。でもライルにとって、それは十分過ぎた。彼女はとても楽しかった。あと一年、辛抱して待つことができるほどの楽しさだった。

# 19

ライルが再び部屋に戻ると、マルヤムは荒れていた。

「例の赤い自転車に乗った男の子がソケ・バーテラだって、私に一度も言ったことがなかったよね、あり得ないよ」

ライルは首を横に振った。「今まで聞かれたことがなかったから、知らせる必要がないと思ったの。しかも私は、前から彼をエソックって呼んでるし」

「彼はいつからエソックって呼ばれていたの？」マルヤムは、ライルの背中を追い続けた。

「彼の家族がそう呼んでいたの、『エソック[注6]』、ソケ[Sok-e]の名前から取って」

「あなたは家族じゃないのに、なぜエソックって呼んでるの？」マルヤムは聞いた。

ライルは驚いて目を見開いた。彼女はもちろん彼をエソックと呼んでいる。初めて会って自己紹介したときにもうそう呼んでいた。

「ソケ・バーテラは市長に養子縁組されたんでしょう？」

ライルがうなずいた。

「そして彼こそが、地下鉄の非常階段のマンホールであなたを救ってくれた人なのよね」

ライルが再びうなずいた。

「あなたはなぜ、彼がごく平凡なエソックじゃないって言わなかったの？　男の子はイラッとさせられる男の子ばかりじゃないってことを？」

ライルは振り向き、今度は目を丸くした。「私はマンディするわ、マルヤム。私についてこないでね」

ライルは浴室に歩み入り、マルヤムが知りたがって矢継ぎ早に質問してくる前に、急いでそのドアを閉めた。

＊＊＊

その後二日間、ライルとマルヤムはボランティア団体が準備した、首都での一連の行事に参加した。いくつかの行事で演者になり、学校の児童たちの前で経験を語ったり、ボランティア間の会合に参加したり、そして役所の招待行事に参加したりした。銀製のイヤリングのおかげで、彼女たちは行事をうまくこなすことができた。

帰りのスケジュールまでライルは、マシン製造プロジェクトに専心するエソックに再び会うことはなかった。多くの第一線の科学者が人類の問題解決のために働いている、とエソックが言うとき、彼はその科学者の一員なのだ。ここ二年間、一握りの人だけが知っているように、エソックは巨大マシン製造プロジェクトに参加している。彼はプロジェクトの最前線にいて、時間を追いかけ、時間に追いかけられ、捨て身で取り組んでいる。すべてが手遅れになり、地球上の生命が絶滅の危機に瀕する前に。エソックは二十歳で、キャンパスでは最終学年だ。実はエソックは大学で学び始めて六か月で、全教育課程を終えた。ライルは、その事実、つまりエソックの授業はカモフラージュに過ぎないこと、プロジェクトのため最も才気あふれる青年十人が集められたことをまだ知らない。

一連の全行事が終わってから、ライルとマルヤムは町に帰った。銀製のイヤリングをチェックイン・カウンターに返却し、荷造りをした。首都のボランティア団体本部のスタッフが、彼女たちを高速列車の駅まで送った。列車のカプセルが矢のように走った。ライルは列車の後ろに残されていく高層ビル、スカイトレインのルート、空飛ぶ車、そして二千万人が住む町での活気のある様子を見つめた。

六時間の帰路だ。お昼の一時に到着した。サプライズだ。クラウディアとその母親が町の駅のプラットホームで待っていた。初めライルは、市長夫人とクラウディアがいる方向を見るのをためらった。彼女たちは誰を出迎えているのか？

「なぜ首都に行くって教えてくれなかったの、ライル？」市長夫人は彼女たちを歓迎して、抱きしめた。彼女たちはライルとマルヤムを迎えにきていた。

「エソックのお母さんが知らせてくれたの」クラウディアもライルに話しかけた。「あなたがボランティア団体の賞を受賞すると知って、パパはとても驚いていたわ。言ってくれれば、パパが知事経由で首都で必要なものを全部そろえられたのに」

「あら、あなたは確かマルヤムじゃなかった？　ねぇ、マルヤム」市長夫人はマルヤムの方を振り返り、優しく手を差し伸べた。

マルヤムは少しどきどきして握手を交わした。もう耳に銀製のイヤリングはなく、最適なふるまいをガイドしてくれるものもないからだ。

ライルとマルヤムは、その出迎えを断れなかった。彼女たちはリュックを車のトランクに積んで、車に乗った。市長夫人がハンドルを握る。ライルは前に座った。彼女は首都での経験から場慣れするようになり、以前より快適におしゃべりができた。おまけに誰とでもすぐに打ち解け、ジョークを飛ばすのが得意なルームメイトのマルヤムが一緒で、雰囲気はリラックスしたものとなった。

車は、未成年避難者施設に向かっていないことがわかった。

「これはクラウディアの考えなのよ、ライル。あなたは断れないわよ。あなた方を我が家のランチに招待するの」市長夫人が説明する。

ライルは、後ろに座っているマルヤムの方を振り返った。そのまなざしは、あたかも返事を求めているようだ。

「さあ、ライル、あなたはここ二年間、私の家に来たいと思ったことはなかったわね。こんなサプライズじゃないなら、覚悟ができなかったでしょ？　エソックのお母さんもケーキ屋をちょっと閉めて、一緒にランチをいただくのよ。ねえ、お願い」クラウディアはにっこり微笑んで誘った。

ライルははたと黙り込み、振り向いた。後ろのシートにいるマルヤムは、異存がないようだ。わかったわ。エソックの母親が一緒ならずいぶん居心地がよい。

ライルがこっくりうなずくと、クラウディアは歓声を上げて喜んだ。

電気自動車は、市長宅に向かって走った。高速列車の駅からは遠くない。十五分の道のりだ。青々とした街路樹、フラワーガーデンを通り過ぎた。それは町中で最もよい立地だ。

市長が、玄関先で彼女たちを出迎えた。

「本来だったら、私が一緒に駅に迎えにいくところだったんだがね。なんてこった、この町のボランティア団体は、市民二人が最高の賞を受賞することさえ知らせてこなかったんだよ。知事からお祝いの電話をいただき、私は事情がわからず、聞くのが恥ずかしかったよ。早速この町のボランティア団長に電話すると、ボランティアの本質はそういうものなので、わざと誰にも知らせなかった、と言っていたんだ。静かに行動していたわけさ。でも私はいつものように市長として、その市民二人が誰なのか、その英雄が誰なのかを知る義務があってね。運よく、エソックの母親が知らせてきて、それが君たち、ライルとマルヤムだと教えてくれたわけさ。こんにちは、マルヤム、お会いできて嬉しいです」

市長は彼女たちと握手をした。

ライルが市長と会うのはこれで二度目だ。市長の顔は、疲れているようだ。

「私は午前中ずっと、ビデオ会議があり、出迎えができなかった。世界気候変動サミットの審議で、たくさんの時間を費やし、長い論争で、みんな頭が固くて……あー、君たちはこちらへ来て、ランチを食べなさい、あのむしゃくしゃするサミットのことは忘れよう」

彼女たちは食卓に向かった。エソックの母親が車いすに座って待っていた。

ランチは滞りなく進み、料理はおいしかった。彼女たちはいろいろ意見を交わした。ボランティア団体、首都でのライルとマルヤムの経験、そしてセクター四での役割についても。市長はランチの場に最後までいることができなかった。残っている仕事があり、急いで市役所に戻らなければならなかった。

夕方四時、市長夫人とクラウディアは、ライルとマルヤムを未成年避難者施設に送ってくれた。リュックが降ろされ、彼女たちは最後の握手を交わし、電気自動車は施設の庭をあとにした。

「クラウディアはとてもかわいいね」マルヤムは車の方に手を振りながら、ささやいた。

ライルはうなずいて、開いた窓から手を振り返しているクラウディアを見つめた。

「あなたは不安じゃないの、ライル？」

ライルは振り返った。「何の不安？」

「もし実際に、エソックがクラウディアを気に入っているとしたら、どうするの？」

「どういう意味？」

「彼らはただの義理の兄妹だけど、ライル、互いに恋に落ちることもあり得るわ。もしそうなったら、クラウディアとは美貌でも、愛嬌《あいきょう》でも、彼女が持つすべてにおいて、あなたはライバルにはなれないよ。

一緒に座っていると、くすんで見える。もし私があなただったら、とても不安になるに違いないわ」マルヤムはクスッと笑った。

ライルは怒りで目を見開いた。そこがマルヤムのどうしても好きになれないところだ。このルームメイトは頭に浮かんだことをいつも正直に伝える。

マルヤムはリュックを持ち、ライルが怒鳴る前に走り去った。

＊＊＊

一週間後、ライルとマルヤムは引っ越した。

施設中の人々が見送ってくれた。皇太后が、施設の電気自動車で彼女たちを送った。ライルとマルヤムの荷物が、トランクに入れられる。荷物は多くない。避難所のテントのときから、無駄がない習慣が身についていた。洋服、本類、段ボール二箱の小物類だけだ。

「暇を見て施設に寄ってね」皇太后は看護学校の寮のロビーで、ライルとマルヤムの指をつかんだ（注7）。

ライルとマルヤムはうなずいた。

「施設にお渡ししたいものがあります」マルヤムがポケットから封筒を取り出した。

「これは何？」皇太后は封筒を開けた。それはデジタル小切手だった。普通のカード型の証明証で中に残高が入っている。銀行、ATMやEDC（注8）マシンに持っていくだけで、送金や支払い時に利用できる。

「首都でもらった賞金です」ライルが答えた。「未成年避難者施設のために」

皇太后は信じられずに、ライルを見つめた。「これは多すぎよ、ライル。むしろあなたが家を建てるのに使えるわ」

「家は建てたくないんです。昔のことを思い出すだけですから」ライルは首を横に振った。「このお金は社会施設のためなら数倍役立ちます。この先一、二年は何が起こるかわかりません。町が極寒の冬に見舞われるかもしれません。このお金は毛布や食料の購入、施設の子供たちが必要などんなものにも使えます」

「私も、そのお金は必要ないです」マルヤムも首を横に振った。

皇太后は黙り込んだ。

「あなた方、素晴らしいわ……」皇太后は目を潤ませ、ライルとマルヤムを強く抱きしめた。「私は震災時に二人の娘を亡くしたの。あなた方と同い年よ。まだ彼女たちが生きていたなら、二人のご厚意を、とても誇らしく話したことでしょう。ありがとう《トゥリマカシ》、ライル、マルヤム」

五分後、皇太后は立ち上がり、施設の電気自動車に向かった。ライルとマルヤムに手を振り、最も扱いづらかった二階の生徒二人とそこでお別れをした。

その日、ライルとマルヤムは、正式に看護学校の寮に入寮した。

先輩がロビーで彼女たちを出迎え、講義科目や部屋番号のリスト、そして献立表を渡してくれた。

## 20

ライルとマルヤムは新しい学校に慣れていった。看護学校の制服を着た。白色ではなく、ボランティアの制服のようにオレンジ色だ。マルヤムはその制服が気に入った。きびきびと動ける。衣服の技術は急速に進み、防水で、防風、それどころか防火型にデザインされているものもあり、しかもカジュアルな服を着るように着心地がよい。

衣服は体型、色、そしてアクセサリーのデータを入力し、オンラインでも注文可能だ。今どきの裁縫機械は、プリンターが書類を印刷するのと同じぐらい簡単に、衣服を作り出す。まだ洋服店やブティックはあり、最新トレンドを展示しているが、それは単に古い習慣に合わせるためだ。人々は、試着も含め、サイズを確認してから服を買う方が好きなので、そのときのためだ。その場合を除き、衣服は一瞬にしてその場で作られる。

ライルとマルヤムは学校の寮も気に入った。彼女たちはまた同室で、その部屋は未成年避難者施設と比べると広い。壁や床に埋め込まれた別々の二台のベッド、棚、そして勉強机がある。それらを取り出すには、タブレット画面のボタンをタップするだけで十分だ。家具、家電のテクノロジーも当世風だ。空っぽに見える部屋も機能をオンにすれば、究極に完備された家具類を持っているのかもしれない。

寮のすべての必需品は学校が負担する。それどころか最低レベル、教育制度D級保持者には、政府が全教育費を負担する。二人の選抜合格は間違いない。年齢幅が六歳から十八歳までの未成年避難者施設の子供たちと比べると、ほぼ同年齢の寮生が学習過程のサポートもする。ライルとマルヤムは、三年間の看護教育を真摯《しんし》に終えようと誓い合った。彼女たちは、一つの教室から別の教室へと走り回った。スケジュールに追われて、実験室の廊下を駆けめぐった。レポートのために奔走することもあった。いつも前方に座り、授業を集中して聞き、メモを取った。勉強よりも、むしろ施設の子供たちへのいたずらに夢中だった時代よ、さようなら。

その日は、人間の神経について学んだ。

教える講師は、神経療法センターから直接来ている。医療業界では第一線の教授だ。年齢はほぼ八十に近かったが、まだ教える意欲に満ちているようだ。その声は教室の隅々まで聞こえた。

「三年前、世界の研究者の協同研究団体が、最も詳細なレベルまでの、人間の全神経マップの作製に成功しました。そのマップは、神経に関する病気治療の進歩において驚嘆すべき契機となり、診断、セラピー、回復後にいたるまで、すべてに変化をもたらしました」

ライルとマルヤムは、教室の前にある大きいホログラムに注目した。人間の神経マップを示している。いろいろな色の糸が、次々に綾《あや》を成しているように見える。

「しっかりメモすることをお勧めします。人間の最大のトラブルは、癌《がん》、災害を含む事故、めまい、または平凡な頭痛などの肉体的な病気に限りません。肉体的でない病気もあります。精神的トラブルです。火山噴火災害三十二年前の二〇一〇年に、地球上の七十億人の住民のうち、四億五千万人が鬱《うつ》病を患いました。その数字は驚異的に伸び、二〇三〇年には頂点に達しました。脳卒中、もしくは心筋梗塞《こうそく》ではなく、全世界で最も重大で、深刻な病気はむしろ鬱病です。十人に四人が鬱病を患う時代です」

「そして一般的に短い治療で済む肉体的病気とは異なり、何年もの治療を要し、再発する可能性もあります。国の健康保険制度が、どれだけ多くの費用を負担するべきか、想像してみてください。患者の生産性や経済能力が失われることも、軽視できません。その数字はさらに大きくなります。二〇三〇年以来、研究者の協同研究団体は、人間の脳の神経マップの作製に努力を続けてきました。そのプロセスは火山噴火災害時に突然打ち切られました。でもその二年後、正式に最初の神経マップ作製を成し遂げたのです」

教授はしばらく黙り、水の入ったコップを手に取った。一人の学生が、待ちきれずに手を挙げた。

「はい、質問がありますか?」

「今後、何が起きますか?」

教授は緩やかに笑った。「それはコップの水を飲み終わってから、説明しましょう」

教室中がざわざわした笑い声でどよめいた。

「やがて何が起きるのか？　記憶の修正です。砂の宮殿を作って遊んだことがある人はいますか？　もしくは今、気候の変動が起こっていますが、雪だるまを作ったことがある人はいますか？」

教室の半数がうなずいた。

「雪だるまを作ることに成功すると……一つの宮殿を例に挙げます。次の段階として、その美しい宮殿をもっと美しくするには、どう修正するかというアイデアに興味を惹《ひ》かれるでしょう。まして、その宮殿が実際には美しくなくて多くの問題があるなら、修正を切望するでしょう。それが起きようとしていることです。神経マップの作製に成功すると、科学者たちは記憶修正マシンを作り始めるでしょう」

教授は教室の前にあるホログラムを指さした。「前を見てください。鬱病の視点から見ると、人間の記憶は基本的に単純化されて三つの部分になり得ます。最初が楽しい記憶、二番目がニュートラルな記憶、そして最後がつらい記憶です。いったんその全種類の記憶のマップが作られると、理論的に想像することは簡単です。つまりつらい記憶を削除することができるのです。喪失、失敗などはつらい記憶です。いったん記憶から削除できれば、鬱病の原因を取り除くことができます」

「もうそのツールを作ることに成功したのですか？」学生の一人が尋ねた。

「そのツールが発明されれば、みなさんの前にお持ちします」教授は手を振った。「でもあとは時間の問題です。あと一、二年です。医療の進歩でさらに一歩近づくでしょう。記憶の修正は最も有望なセラピーです。医薬品、心理学的アプローチ、そのすべてが必要ありません。患者の神経マップを作製し、それから「削除」のボタンを押すだけで十分です。そのつらい記憶が削除されます。アブラ・カタブラ、魔法の呪文で、鬱病患者は昔と同じぐらい通常の生活を取り戻せます。どんなに深い悲しみを味わっても、忘れるでしょう。すごい、でしょう？　そして鬱病患者のみならず、何かを忘れたいだけの人も、記憶の修正を利用できます。生活の質を改善できる人もいます」

教授の腕にある小さい画面からゆっくりとした通知音が聞こえた。教授は腕にちらっと目をやった。

「はい、残念ながら時間です。レポートはやってくださいね。明後日、全レポートをこの教室で受け取らなくてはなりません。提出しなければ、私のクラスを卒業できませんよ」教授は自分のタブレットを持ち教室を去った。

教室の全生徒がうなずき、それぞれのタブレットを片づけた。

＊＊＊

看護学校の食堂で、ライルとマルヤムは昼ご飯をペロリと平らげた。二椀のブイヨンスープだ。

先ほどの神経についての授業のあと、休憩しながら、あと四十五分で開始する生物医学の授業を待っていた。

「さっきの授業のおかげで、思い出したことがあるよ」マルヤムは食卓を指でタップした。それは食卓兼タッチ画面で、タブレット画面のようにオンにすることが可能だ。ほぼすべてのレストラン、食堂には、客が食事の際にオンラインを活用できる技術がある。

「何？」

「私は面白い話を読んだことがあるのよ、ライル。聞きたい？」マルヤムは机のタッチ画面を指で自由に操作できるよう、スープのお椀を移動させた。

「何の話？」ライルはスープをすする。

「ちょっと待って。その話がどこにあるのか忘れたわ」マルヤムは手の指で何かを入力した。食卓のタッチ画面を、寮の部屋にある個人所有のハードディスクにつなげた。

「はーい、見つけた」マルヤムはゆっくりと言って、読む段取りをした。

ライルも手の動きを止めて、耳を傾けた。

「もう一度聞くのにぴったりの一話の伝説があるの」

「さて、失恋した一人の鬼がいました。一つの悲劇が彼の心を傷つけました。その鬼は海の沖へ走って行きましたが、あまりにも身体が大きいので、その深さは腰の高さまでにしかなりませんでした。彼はそこでしゃくりあげながら泣き、つらくて海面を乱打しました。号泣しました。声を上げて泣き叫びました」

「幾日《いく》も、その悲しみは濃い煙のように、空に向かって立ち上りました。悲しんだ鬼のせいで、高波が押し寄せました。黒い雲も次々と押し寄せました。彼の悲しみの号泣の合間に、稲妻が光り遠吠えのような雷鳴がとどろきました。嵐が海岸を襲い、あちこちで混乱が起きました。その鬼の運命は本当に不運で、その悲しみは、周辺の人々にとって悪い知らせのようでした。鬼がどれだけ苦しんでいるのか、住民にはわかりました。しかし、彼らは何一つできませんでした」

「十九日後、その鬼は海の沖でまだ泣いていました。このままでは深海での住まいも邪魔されると思い、海の妖精はあることをする決意をしました。鬼に会って、今まで考えつかなかった解決策を勧めました。『鬼様』の悲しみを取り除く方法を」

「私は、その苦痛がいかに胸を締めつけるのかを知っています。ため息をつくたびに。毎秒ごとに。心にのしかかる重荷があるかのようです。泣くともっとずきずき痛みます。その記憶はよみがえって、よみがえって、よみがえり続けます。あなたはそれを撃退するパワーがないのですよね？」

「答えとして、鬼はもっとしゃくりあげながら泣きました」

「『私はそのすべての悲しみを、永遠に追放できます。でも代償はとても高いですよ。本当にそのつらい思い出を取り除きたいですか？』妖精は最良の薬を勧めました」

「鬼はもう我慢できませんでした。すべての記憶と悲しみを消し去りたかったので、あまり考えずにうなずきました」

「その晩満月が雲で覆われたとき、妖精はその鬼を石に変えるという方法で、鬼が持つすべての悲しみを取り除きました。鬼の身体が大きかったので、その石は一つの島になりました。一瞬で、その身体は石のようになりました。嵐がおさまって、黒い雲が消えました。すべての悲しみが消えてしまいました」

マルヤムは話し終わるとライルを見つめた。「面白いでしょ？　この物語は児童養護施設にいたときに読破したのよ。その本は分厚くて、神話でもあり、伝説でもあるの。教授がさっき記憶の修正について熱弁を振るっていたから、また思い出しちゃった。私はそれについてレポートを書くつもりよ。私たちはすべてのつらい出来事を忘れるのを選ぶのか、もしくは懐かしく思い出すのを選ぶのか」

ライルは息をふっと吹き出した。「さっきの授業はあまり好きじゃないわ」

「なぜ？」

「それを話すのは何か不快なことだわ。私たちは記憶を削除することについて話した。むしろ、聞いていてつらかったわ。それは足のけがや癌の薬物療法のように、治ったときに消えるものではないわ。さっきのテクノロジーは、心の傷の治療についてだった。思い出。治ったときに、まさにその思い出が消えてしまう」

「さっきのテクノロジー療法は悪くないよ。たくさんの人々を助けられる。さっきの物語で、もし仮に、鬼が海の妖精に会う以外に別の解決策があると知っていたら、おそらく彼は石になる必要がなかった。そう、でしょ?」マルヤムはお椀のスープを飲み干しながら話した。

ライルは、はたと黙り込んだ。

「もしあなたがその鬼の立場だったら、石になることを選ぶ、ライル?」

ライルは首を横に振った。「その話はしたくないわ、マルヤム」

休憩時間が終わって、次の授業に向かうべき時間になった。

## 21

毎日が早く過ぎた。看護学校の寮に住んでからほぼ一年たつとは思えなかった。

学校の忙しさに加え、医療ボランティアスペシャリストの継続トレーニングに対処するのにも忙しかった。週三日はボランティア団体に通った。トレーニングは夕方四時に始まり、夜九時にようやく終わる。いったん、看護師免許とシニアボランティアのピンバッジを取得すれば、それらは相互に補完し合う組み合わせとなるに違いない。学期毎の休暇に、ライルとマルヤムは、一週間の集中トレーニングに参加した。彼女たちは川の流域付近にある二つの姉妹都市から帰ってきて以来、まだ配属先がない。

一方、気候変動に関する世界の布陣は、急速な動きを見せていた。

ここ一年、熱帯諸国の半数以上が同時にスペースシャトルを打ち上げ、数百万トンの抗二酸化硫黄ガスを散布してきた。世界の指導者間で行われた、サミットの全交渉が無駄だった。もはや交渉は行われない。各国が自国民の状況だけを考え、気温がまた元どおりに回復するよう、近道を取った。

「本来ならば、私たちの国も、一緒にスペースシャトルを打ち上げるべきだよ」マルヤムが視線を上に上げた。その手はスコップをつかんでいる。学校の寮生と一緒に、彼女たちは道や寮の庭の雪かきをしている。昨晩雪が降り、約二十センチも積もった。

ライルは首を横に振った。スペースシャトルを打ち上げるのは、よいアイデアではない。

「今日雪がこんなに深く積もった。一年後はどうなると思う、ライル？　私たちの町は三番目の氷の極になるよ。道を行き交うペンギンや白熊がいる。私は結果がどうでも構わないけど。今朝スペースシャトルが打ち上げられていたら、たぶん明日はもう夏だったね」マルヤムはにやりとした。

ここ一年の世界情勢は大混乱だった。ある国が成層圏介入政策を行うたびに、別の国に影響が及ぶ。世界の指導者たちはお互いを非難し、お互いを悪者にした。ライルの町の気温はまだ安定しており、問題となるのは雪だけだ。現在、ほとんど毎晩雪が降っている。それはかつては美しい光景だったが、今では腹立たしいものに変わった。住民の移動は妨げられ、公共輸送機関は制限された。雪が深く積もると、仕事や学校に出かけるのも簡単ではない。その上、農地に作物が植えられず、家畜も死ぬ。市長は解決策を求めて、ますます全力を挙げて行動した。これはかつての震災と比べると、もっと複雑で新しい危機だ。

「じゃあ、ケーキ屋に行くのね、ライル？」マルヤムは雪をすくいながら問いかけた。

ライルはうなずいた。

「私も一緒に行っていい？」

「道中ずっと、エソックのことで私をからかわないと誓うなら、行ってもいいわ」

マルヤムは笑った。「誓います」

ここ一年間、ライルは定期的にケーキ屋を訪れた。休暇時は毎月エソックの母親のそばにいて、オーダーケーキ作りの手伝いをし、ケーキを買いにくる客をもてなした。マルヤムがいつも一緒だ。彼女もそこで過ごすのが楽しかった。

ここ一年間マルヤムも定期的に、どのタイミングでも、どんな雰囲気の中でも、エソックのことでライルをからかった。

小雨が降る中、バス停で市バスを待っていたときのことだ。

「雨が好き、ライル?」町の一か所が雪で覆われ、ほかの箇所では逆に雨が降っていた。ダイヤが乱れてバスが来るのが遅れたため、マルヤムは退屈な気分を晴らすように、いきなり問いかけた。

ライルはうなずいた。彼女はいつも雨が好きだ。

「あなたの人生で重要な出来事が起きたのは、いつも雨のときだった?」

ライルはうなずいた。話の方向性はまだ理解できない。

「それじゃあ、それはあなたにとって悪いニュースよ、ライル」

悪いニュース? イライラが表情に出始めているニキビだらけのマルヤムの顔を、ライルは見つめた。

「そう、悪いニュースよ。雨のときには絶対に恋に落ちてはだめよ、ライル。いつか失恋すると、雨が降るたびにそのつらい出来事を思い出すだろうから。納得できるでしょ?」

ライルは固唾をのんで見守った。マルヤムは皮肉っている。

「さて、あなたは小雨のとき、ソケ・バーテラに恋に落ちたでしょ? 彼と一緒で、あなたにとって最良の思い出のときも、いつも雨だったよね? もし、ソケ・バーテラがクラウディアを愛していることがわかったら、あなたにとって悪いニュースね。雨が降るたびに、すべてを思い出すのがどんなにつらいか、私には想像できないよ」マルヤムはにやりと笑い、罪の意識をまったく感じていない。マルヤムから皮肉を聞いたイライラ感を発散させようと、ライルはバス停の屋根から落ちてくる水しぶきを、マルヤムに向かってかけた。

「あれ、ライル。からかっているだけよ」マルヤムはジャンプしてよけ、笑った。

ライルはその後もマルヤムを追いかけ、バス停のほかの乗客の見世物になった。

その一度だけでなく、マルヤムはライルを困らせた。寮の部屋で、講義科目のレポートをこつこつと片づけようとしていたときでさえ。

「ライル、雨が降るとなぜたくさんのことを思い出すのか、知ってる?」いきなり脇から言葉をはさみ、マルヤムは問いかけた。

ライルは振り返り、首を横に振った。

「思い出は雨と似ているからよ。雨が降ってきたとき、それを止めることはできないの。どうやったら、空から降ってくる水滴を止められるわけ? いつしかやむまで待つことしかできないわ」マルヤムは真剣を装って言った。

「納得できるでしょ?」

ライルはうなずいた。筋が通っている。

「ほら、だから今まであなたは、いつも雨が好きだったのよ。今、わかったわ。雨を見つめるたびに、あなたは、ソケ・バーテラと一緒だったたくさんの美しい出来事を思い出せる。あなた方の連帯感。赤い自転車に乗って。もっと納得できるでしょ?」

ライルは怒鳴り、マルヤムに枕を投げつけた。

マルヤムは急いで、手を盾のようにして構えた。

＊＊＊

早朝、ライルとマルヤムはケーキ屋に到着した。

ライルが店のドアを押すと、小さい鐘の音が優しく響いた。

「おはよう、ライル、マルヤム」エソックの母親があいさつする。

「おはようございます、おばさん」ライルは微笑んだ。マルヤムも一緒にあいさつを返した。「元気でしたか、おばさん？」ライルは尋ねた。

「元気よ。でもこの店は元気じゃないの、ライル」エソックの母親は車いすを操作し、音もなく進んだ。車いすは棚の間の通路をスムーズに動いた。

一か月前に比べると、店の中の品物は半分に減った。クッキー類はもう、あまり多くは棚に陳列されていない。店は薄暗く見えた。

「小麦粉、小麦、砂糖はますます手に入れるのが難しくなったのよ。卵はなおさらよ。数個手に入れるだけでもとても難しいの」エソックの母親はため息をついた。寂しさを隠せないようだ。

ライルはうなずいた。食材の危機は、ますます深刻に町を襲った。このケーキ屋はエソックの母親のすべてだ。その沈んだ表情を見てライルは、昔避難所のテントで初めて出会ったときのことを思い出した。

「でも少なくともまだ、今日のケーキを作る材料はあるのよ、ライル、マルヤム」エソックの母親はにっこりした。「気に入ると思うの。メルヘンチックなケーキの作り方を教えましょう」

それが客からのオーダーケーキではないことを、ライルは知っていた。惣菜《そうざい》を買う人々はますます少なくなった。食材をストックしておくことの方が好まれ、みんなが最も困難な状況に向き合う準備を整えていた。エソックの母親は、一緒に時を過ごせるよう、その最後の食材を犠牲にした。

彼女たちはクエ ラピス（注9）を作った。マルヤムはケーキの一つ一つの層を仕上げるのに、夢中になった。二十層あり、そのすべてに、根気強い作業が必要だ。それは手間がかかるケーキで、長い時間が必要だ。エソックの母親は車いすであちこち敏速に動き、ライルが準備した次の生地のサイズがぴったりなのかを確認し、また移動して、マルヤムが作る次の層がきちんと重なるかどうかをチェックした。

そのケーキは夕方にやっとできあがり、おいしそうな香りがケーキを引き立たせていた。エソックの母親は、それを見て幸せそうに微笑んだ。

「とてもきれいね」

ライルとマルヤムがうなずいた。

マルヤムは洗面所に手を洗いにいった。

「首都でエソックは元気にしてますか、おばさん？」ライルはゆっくりとした口調で尋ねた。

「元気よ」

「エソックは来月の長期休暇に帰ってきますか、おばさん？」

エソックの母親は首を横に振った。「エソックは帰らないのよ、ライル。あるマシン・プロジェクトを片づけようとしているの。どうかしらね、私はプロジェクトの名前は知らないけど。とても忙しくて、あの人たちは締め切りに追われているみたいよ」

ライルは、発言せずにうなずいた。

「ごめんなさい、ライル。あなたはその知らせを聞いているはずね」

ライルは首を横に振って、微笑もうとした。それは誰のせいでもない。ましてやエソックとは何の関係もない。本来エソックが帰らないと、最も悲しむべきなのは母親だ。

マルヤムが洗面所から戻るまで、ライルはもう質問しなかった。

二人はクエ ラピスを半分ずつ持って、帰途についた。

「来月はもうここに来る必要がないのよ、ライル、マルヤム」エソックの母親はドアまで見送り、鐘の音が優しく響いた。

「えっ、なぜですか、おばさん?」マルヤムは理解できなかった。

「明日、この店を閉めるの。ケーキを作る食材がもうないのよ」エソックの母親の表情は意気消沈しているようだ。今日一日の楽しい時間が、一瞬にして消え去った。

ライルとマルヤムは見つめ合った。悲しいニュースだ。そのフードセンター街の半分以上の店も食材に困って、すでに閉店していた。

エソックの母親は視線を上げ、曇った空を見つめた。「食材が足りない時期が長く続きませんように。この年寄りに一日中つき合ってくれるあなた方の心遣いが、とても嬉しいのよ」

ライルとマルヤムはうなずき、立ち上がって店を出た。

＊＊＊

「私が決めてもいいなら、今晩にでもそのスペースシャトルを打ち上げるよ、ライル!」マルヤムはむしゃくしゃして叫んだ。甲高い声がバスの前方まで聞こえた。幸運にもルート十二の市バスはがらがらだった。

ライルは取り合わなかった。まだエソックのことを考えていた。エソックが休暇に帰省しないということは、彼らが会うチャンスがないという意味だ。突然首都に招待された昨年のような奇跡は二度と起きないだろう。

「ライル、私の話を聞いているよね？」無視されたのに腹を立てて、マルヤムはライルの腕を指先でついた。

「聞いているわ、マルヤム」

マルヤムはにやりとし、ライルをからかいたい気がまた持ち上がった。「ソケ・バーテラがこの休暇に帰省しないから悲しい、と思ってるみたいじゃない？」

ライルはすぐに振り向いた。「そのことはもう話題にしない約束だったよね」

「わかったよ、確かに約束したけど、ケーキ屋の中でだけよ。今はもうバスの中だよね？」マルヤムは肩をすくめた。

ライルは目を丸くした。

「ソケ・バーテラを愛しているんでしょ？」マルヤムは性懲りもなく続けた。

ライルはますます驚いて目を丸くした。

「えーっと、ライル、恋に落ちている人の特徴は、幸福と苦痛を同時に感じる。一回のため息の中に確信と疑念を感じる。明日を待つ楽しみと同時に不安も感じる。もしそれを味わっているなら、案の定、あなたは恋に落ちているのよ……」

「えっ、ライル、ジョークを言っているだけよ」マルヤムは笑って、口をふさごうとするライルの手から逃れようとした。

ライルは気にしなかった。でもイライラして、からかうのをやめさせるために、マルヤムの口をふさごうとした。

運転手が市バスを止めた。

「バスの中で騒ぎ続けるなら、降りてもらいますよ」運転手がきっぱりと言った。

＊＊＊

ライルはエソックに恋に落ちてしまったのか？

そのころ彼女の年齢は十九歳で、エソックは二十一歳だった。

ライルはもはや思春期の少女ではなく、子供時代はとうに過ぎていた。ライルは成長して自立した大人の女性になっており、看護師とボランティアを両立させる夢を真剣に追いかけていた。マルヤムが向かい側のベッドでぐっすり寝ていて、深夜一人で起きているとき、四六時中その疑問が頭から離れない。ライルは、心の中で起きていることを理解できるようになり始めていた。

エソックを愛しているのかしら？

エソックにいつも会いたいのに、同時に、なぜ電話するのが怖いのかしら？　手元のタブレットを使って、いつでも電話できる。あるいは、電話やビデオ会議に変えられる食卓を使っても、食卓にエソックの顔が出せるだろう。でも彼女はいつもそれをする勇気がない。

エソックのことを考えるといつも幸せに感じるけど、なぜあとで悲しくなるのかしら？　この心配な考えをすべて追い払いたいと思うけど、同時に、なぜそれを思い出し、微笑むのかしら？　エソックに何を期待できるのかしら？　エソックにとってあたしは、取るに足らない人だし、昔救ってくれた少女にすぎないでしょう？　ごらんなさい、今やエソックは昔のエソックではない。町中の人々が知っているソケ・

バーテラという名前でお呼びなさい。地球からとても遠いところにある満月みたいな存在の人に、期待なんかできないわ。

ライルは息を吐き出し、部屋の天井を見つめた。外はまた雪が降っている。ましてライルは今、クラウディアに関するマルヤムの言葉についても考えていた。彼女はその好ましくない考えを追い払いたかった。エソックはクラウディアを好きなのかしら？　もし実際に好きだとしたら、何の権利があって不服に感じるのだろう？　しかも、どの面から見てもクラウディアの方がずっとお似合いだ。ライルは、その思いが頭をよぎるたびにイライラした。とてもよくしてくれる市長の家族に悪い思いは持ちたくない。

その心配な考えを追い払えるよう、休暇中ずっと気が紛れる仕事が必要だった。そして今はもう夜が更け、彼女は目を閉じて無理やり寝る方がよかった。

＊＊＊

いいニュースがあった。二日後、ライルとマルヤムはボランティア団体本部から、三番目の配属について電話をもらった。セクター一で、最も深刻な現場だ。最良のボランティアしかそこには派遣されない。

彼女たちは荷造りをし、厚い衣服、手袋、ショール、帽子類、ブーツを持った。リュックはぎゅうぎゅう詰めだ。五十人のボランティアが、町の駅の二番線に集まり、高速列車に乗った。九時間の行程だ。列車から降り、海兵隊のトラックで移動し、その後三時間の行程だ。トラックが止まったとき、ライルはもう到着したのかと思ったが、そこはまだセクター一に向かう通過センターだった。ボランティアのメンバーに休憩、夕ご飯の時間が与えられ、その後また六時間の行程が続けられた。深夜二時に、やっと最終現場に到着した。夜が更けてしまって、打ち合わせは明朝に延期された。彼らは各々のテントに向かった。

ライルは薄い布団に一瞬横になったばかりの気がしたが、マルヤムが彼女を起こし、指令テントに誘った。最初の打ち合わせが待っていた。

テントから出ていくとき、嘆かわしい光景が目に入った。その町は草原の真ん中にある。六年前の地震以前には、国内最大の畜産センターだった。数万頭の牛が草原に放牧されていて、その町から数十万トンの新鮮な肉と数百万リットルの牛乳が、全国に送られていた。地震によって町中が崩壊し、気候の変動のせいで、草原は再起不能に追い込まれた。

残っているものはない。

町のインフラは崩壊し、道路は壊れ、コミュニケーションネットワークは制限され、所々信号機はあるものの、どれも故障している。加えて、ここ一年雪が降ってから、本当に残っているものが何もなかった。草原は雪の原にとって代わった。そこに生えているものはなく、まして家畜もいない。市民の状態はよくなく、飢餓、疫病に対して、もう何年もありあわせの資源で生き延びてきた。食料を配給する軍のトラック周辺では、住民が走り回り、奪い合っていた。食材は非常に品薄で、それはセクター六の町においても同じだった。

打ち合わせのあと、ライルとマルヤムは救急病院に向かい、配属の初日が始まった。栄養失調でがりがりに痩せた子供たちや、老人ホームの痩せ衰えた老人を目にした。彼女たちはすでに二度避難現場を訪れていたが、ここでの状況は非常に痛ましい。

初日の夕方、ライルは病院の廊下の端に向かう途中、よろけて、そこで泣き崩れた。

マルヤムがあとを追った。

「大丈夫、ライル?」

ライルは首を横に振り、すすり泣いた。どうやったら平静でいられるのだろう。彼女が看ていた患者で、六歳の男の子が目の前で亡くなった。ライルは助けようとできるだけ努力し、すべての救急措置を行った。その子供は肺炎を患っていた。体はがりがりに痩せていた。その子は永遠の眠りにつく前、最後にライルを見つめた。

マルヤムはルームメイトの肩を抱き寄せた。

「あなたは私の知る限り、一番強い女の子なのよ、ライル」マルヤムはささやき、慰めた。

ライルは頬を拭き、感情を抑えようと努めた。雪が降っていなくても、セクター一はすでに悲惨だったのに、ここ一年の雪で状況は一層ひどくなった。その町の人口は六千人しか残っておらず、噴火災害以前に頂点だった百万人から劇的に減った。

一週間かかって、やっとライルは慣れた。マルヤムはテントに戻るたびに彼女を支え、慰めた。彼女たちは精一杯努力したけれども、すべての人は救うことができなかった、と説得した。

一週間、いつものように毎日が過ぎた。彼女たちは早起きをし、救急病院で一日中働く。夜の八時にテントに戻り、すぐに布団に横になる。何も考える余裕がなく、ぐっすり眠り込む。それはライルに必要な忙しさだった。

十四日目、ライルは嬉々としてテントに戻った。彼女が看た十一歳の女の子の患者が回復した。その子が微笑むのを見届けてテントに戻ることができ、ライルはこの上なく幸せだった。ここにいる間に、病院ですでに二人の子供が亡くなったのを忘れるほどだった。

「ライル、なぜあなたはずっと微笑んでいるの?」マルヤムはテントで問いかけた。

今日マルヤムは、救急病院での仕事がない。町の隅々をめぐり、木造の家で生き延びている住民を巡回した。

「なんでもないわ」ライルは首を横に振り、厚いジャンパーを脱いだ。テントには暖房が完備されている。

でもその晩、もっと幸せなことがあった。テントに戻ってから三十分後、もう布団に横になり、寝ようとしていたときのことだ。彼女が所有するタブレットがゆっくりと揺れた。

電話の着信音だ。ライルはタブレットを引き寄せるのが面倒だった。おそらく看護学校の友人がかけてきているか、施設の生徒がまだしきりに連絡してきているかだ。ライルはネットワークがとても悪いセクター一にいる間、電話は取りたくなかった。電話が度々途切れるからだ。もう友人たちに何度も、メッセージの送信で十分だと伝えてきた。

ライルは、タブレット画面をタップするのを渋った。それから彼女は黙り込み、じっとしていた。

「ハロー、ライル」

エソックだった。タブレット画面に、彼の微笑んだ顔が映る。

ライルは唾をのみ込み、慌てて座る姿勢を正した。

「ハロー、エソック」

本を読んでいたマルヤムは、エソックの名前が聞こえるとすぐにびっくり仰天した。彼女は本を投げ捨て、急いで会話に聞き耳を立てようとした。

「ハロー、マルヤム」エソックがあいさつをした。マルヤムの縮れ毛が画面の端に映り込んだ。マルヤムが立って、後ろからこっそり聞き耳を立てていたからだ。

ライルは振り返ってあっけに取られた。「何しているの、マルヤム?」

「あら、ごめんなさい」マルヤムはにやりと笑った。「わかった。今、指令テントに行くわよ」

マルヤムはぶつぶつ言いながら、外へ踏み出した。「運が悪いわ。二人が電話で話したいからって、私が温かい布団の上でのんびり読書もできずに、追い出されるなんて」

「元気、ライル？」エソックは、マルヤムが出ていってから聞いた。

「ええ、あなたは元気？」

「見てのとおりだよ」エソックは微笑んだ。

とても疲れたエソックの顔が映っている。寝不足なのかまぶたが黒ずんでいる。髪の毛は肩まで伸び、ぼさぼさだ。最後に髪をとかしたのがいつなのかわからない。エソックの後ろには数台の巨大マシンが見える。ロボットの長く伸びた鼻も作業をしていて、行ったり来たりし、何かを積み上げている。

「この休暇に帰ることができなくて本当にごめん、ライル……僕は地下鉄の非常階段のマンホールに行くのにつき合うことができないよ」

ライルはうなずいた。問題ない、エソックが忙しいのはわかっている。

「そこの避難所の状況はどう？」エソックは問いかけた。彼はタブレット画面を通じて、ライルがいる場所がセクター一だとわかった。

「悪いわ」ライルは髪を整えながら首を横に振った。

セクター一や、ライルが看ている子供たちの状況について話して五分が過ぎた。その後看護学校のことを話し、エソックの母親やケーキ屋のこと、話題はいろいろな話にも及んだ。それは楽しい会話で、知らず知らずのうちに三十分が過ぎた。二人は一緒になって笑い、ふざけていたが、突然電波が途切れた。

ライルのタブレット画面のエソックの画像、笑い声も消えた。

ライルはパニックになって叫び、タブレットをテントの外へ持っていき、電波を求めようとして駆けめぐった。

相変わらず電波はない。

ライルはさらに高い場所へ走ったが、そこにもない。その後、指令テントに向かって走った。そこには電波を増幅させるブースターの柱がある。最後の望みだ。

「どうしたの、ライル？　なぜ逆にこっちへ来たの？」マルヤムが見つめた。

「電波が途切れたの。わぁ。これはどういうこと？」ライルはパニック状態に陥った。やっとエソックと少し話せた。まだ伝えたいことはたくさんあったのに。ここ一年首都で何をしていたのか、まだエソックの話も聞いていないのに。わぁ。

マルヤムは、本当はイライラする感情に任せて行動したかった。ライルをからかい、さっきテントから私を追い出すから電波が途切れたのよ、と言いたかった。でもライルの悲しそうな表情を見て、すぐにそれをするのをやめた。ほら、ごらん。ライルはまたエソックとオンラインでつながれるよう、机の上にまで登り、必死に電波を探し続けている。

マルヤムが本で読んだことのある言葉は本当だ。恋心を胸に秘めている人々が、実際にパニックになり、つらくなり得るのは、明日にでもこの世の終わりが来るという問題ではない。コミュニケーションネットワークが途切れるなどの小さいことでも、彼らはすっかり悲嘆にくれてしまうのだ。

＊＊＊

でも、その晩ライルは、いつもどおりぐっすり眠れた。電波が戻って一時間後、エソックからメッセージを受け取り、それを急いで読んだ。

「ハーイ、ライル、僕はセクター一の電波が途切れたことがわかったよ。システムからそれを見られるんだ。僕は仕事に戻らなければならない。教授は、来月実験が行えるように、今週、我々が最後のモジュールを終わらせることを強制した。学校休暇に帰省できないことをもう一度謝るね。帰る許可がおりたら、僕はいつでも町に走って帰り、君が地下鉄の非常階段のマンホールに行くのにつき合うよ。元気でね。会いたいね」

ライルはそのメッセージに短く返信した。「うん、大丈夫よ。あなたもそっちで元気ね」

ライルは最初「あたしも会いたいわ」という文をつけ加えたかった。でも何度も読み返してから、最終的にその文を削除した。

ライルはタブレットを置き、毛布を引っ張り上げて眠りについた。

先ほどの三十分の会話は、会う代わりとして十二分だった。ライルは電話をもらってとても嬉しかった。彼女は我慢して来年を待つことができる。

そして、エソックとライルのつきあいの中で、しかもこれほどコミュニケーション技術が発達しているというのに、二人はたった三度しか電話で話していない。一度目が今回、二度目が一年後、エソックが大学の課程を修了したとき、三度目がこの物語の最後のときだ。三度ともエソックが電話をした。なぜならライルはどんなに会いたくても、いつも連絡する勇気がなかったからだ。何年間もライルとルームメイトであるマルヤムにも、それはどうしても理解できないことだった。

## 22

セクター一の配属は三十日目に終了する。ちょうど長期休暇の最終日だ。全ボランティアが軍用トラックに乗り、町に戻る。車での移動は九時間だ。通過センターで一度止まり、それから高速列車に乗り換える。ライルとマルヤムは早朝二時に町に着き、ルート十二の市バスに乗り、学校の寮についた。リュックを辺り構わず放り投げ、靴も脱がずにベッドに横たわり、眠り込んだ。

看護学校での二年目が待っていた。

町の食材も切れかかっていた。ますます深刻だ。

店には長蛇の列ができ、食材の価格は高騰し、在庫は極めて限られた。食材倉庫は海兵隊が間に入って警備をしなければならなかった。ほとんどの市民が必需品をそろえるのに困っていた。避難場所はまだ公表されていなかったが、不運な住民のための食料配布所がすでに政府によって建てられた。

学校に戻って数週間後、ライルとマルヤムは未成年避難者施設を訪れる時間をつくった。

「今、施設の子供たちは一日に二回しか、ご飯を食べていないのよ」皇太后はそう言った。いつもは威圧的で冷たい表情が、今日は疲れて見える。皇太后は、施設の子供たちのために十分な食料支援を求めて徹底的に努力をしてきた。

「この状況が続くと、あと一か月で一日に一回になるかもしれないわ。みんなが食べられるよう、一皿に盛りつける量をなるべく少なくしているの」

ライルとマルヤムは、食堂の子供たちを悲しそうに見つめた。お椀の中身はとても少なく、ブイヨンスープとジャガイモの小さい切れはしかトウモロコシだ。野菜はなく、ましてや肉もない。看護学校の寮の方が状況はまだましで、ライルとマルヤムは十分な食事にありついている。

「学校はどう?」皇太后は微笑んで、話題を変えようとした。

「楽しいですよ、先生」マルヤムはゆっくり答えた。

「成績もいいの？」

ライルとマルヤムはうなずいた。

「それはよいことね。本当は想像しにくいけれども、以前よく規則違反をした二人が、実際に真面目に学校に通えるなんて」皇太后はジョークを言おうとして、視線を上げた。ライルとマルヤムはほぼ二十歳で、もう皇太后より背が高い。

雪はますます深くなった。五十センチもあった。毎日道路整備のため、町中に数百台のマシンが行きわたっている。

もうケーキ屋に行く予定はない。フードセンター街の全店が閉店した。

エソックのお母さんは元気かしら。元気でいてほしい。ライルとマルヤムは、しばしば寮で過ごしていた。あらゆるところに雪があり、外の道路に興味を惹《ひ》かれるものがない。ボランティア団体で仕事や訓練がある場合を除いては。団体は今、人々をたくさん必要としている。以前にセクター六（自立）の範疇《はんちゅう》だったいくつかの場所は、現在レベルが下がり、セクター三から五（要支援）になった。ましてや以前にセクター一から二だった町々はとっくに荒廃していた。ライルとマルヤムは学校があって配属されなかったが、本部の仕事だけは手伝い、そこでできることはなんでもした。

「状況がもう回復した亜熱帯諸国が、食材を積んだ数十隻の船を送ってくれる覚悟があれば、我々の状況ははるかによくなるに違いありません」本部の打ち合わせで、シニアボランティアの一人がそうコメントした。

「そのとおりです。彼らが極寒の冬に見舞われた三年間、この町は数千隻の支援船を送り込みました。今はどうでしょう？　彼らは黙って静観を決め込んでいるだけです」別の人が応じた。

「彼らは無関心でしょう」別のシニアボランティアが議論に参加した。「一年前、亜熱帯諸国が成層圏介入政策の同意を求めたとき、熱帯諸国はそれを拒否しました。そして状況はますます複雑になりました。なぜなら、極端な気候が赤道方向へシフトしていることに関して、自分たちのせいにされるのを、そのまま亜熱帯諸国は甘受しなかったからです。会談のたびに彼らの主張はいつも同じでした。極端な気候から解放されたいなら、彼らのやり方に従うまでだと」

「もし私が決断するなら、今すぐにでもスペースシャトルを送り込みます」マルヤムもコメントした。ここ数か月間、マルヤムは同じコメントだ。打ち合わせの出席者の大部分が同意してうなずいた。打ち合わせ室のわずかのボランティアだけが、首を横に振った。

ライルはただ黙って関心だけを寄せていた。以前にも増して無惨な食料不足の中、抗二酸化硫黄ガスを搭載したスペースシャトルを、宇宙へ送り込むよう要求する国民の数は、ますます増えた。介入政策の長期的な結末について、彼らはもはや考慮しておらず、明日何を食べるのかだけに興味があった。

ボランティア団体から帰るとすぐに、ライルとマルヤムは時間を作ってセントラルパークの噴水に立ち寄った。誰もいなかった。その噴水は作動しておらず、深い雪に覆われており、いつもは広場にたくさんいる鳩《ハト》もいない。周辺の木々や周囲の花も白く見えた。

ライルは大きなひと塊の雪を移動させてから、公園のベンチに座った。

エソックは元気かしら？　首都の状況はどうなのかしら？　公園の大きな観覧車も深い雪に覆われているのかな？　マルヤムは隣に座ってため息をついた。二人で何もせずにじっとしていた。このような食料不足の中で、町はいつまで耐え忍ぶことができるのか、わからない。

さらに一か月が過ぎ、ついに大きな暴動が町を襲った。

食料配布所で住民が狂ったように暴れた。海兵隊もコントロールすることができなかった。町の各地から煙が立ち上った。住民は店を攻撃し、市バスを横転させ、路面電車を止め、道路でいろいろなものを燃やした。労働者たちが集団ストライキを布告し、ほぼすべての市民がそれに参加した。人々の要求は同じで、直ちに成層圏介入政策を取ることだ。町は完全に麻痺《まひ》した。大きな暴動が起こると、残された事務所はすぐに閉められた。常にあいている病院などの重要不可欠な建物だけは、海兵隊に完全警備されていた。

その暴動は、ライルとマルヤムがボランティア団体本部から帰ったばかりのときのことだった。運転手が運行の継続を拒否したため、彼女たちはルート十二の市バスから仕方なく降りた。

二人は寮に向かって、八キロ歩いた。その距離は二人にとって大したことではなく、近いうちに入ったが、道すがら町を眺めるのがとても悲しかった。暴れ狂っている人混みに出くわさないよう、一、二度曲がり、ぐるりと回り道をせざるを得なかった。デモ隊は、まだ台所に残っている食べ物を探し求めて住宅まで攻撃し始め、小さい子供たちがそのために恐怖におびえて、泣きわめいた。

二人は寮につくと、学校も閉鎖されていることにようやく気がついた。学校の職員も一緒にストライキをした。寮生たちは共同スペースに集まり、デジタル掲示板の通知を見ていた。すべての職員がストライキをしたら、その後、彼らの必需品はどうなるのだろう？　ライルとマルヤムは互いに見つめ合った。共同スペースのテレビ画面は全国津々浦々のニュースを流している。暴動は、ほぼすべての町のあらゆるところで勃発した。事務所、公共サービス、工場の職員や労働者は、政府がスペースシャトルを打ち上げるまで、全面ストライキをすることに合意した。

「この町はもう二日と持たないよ」マルヤムはベッドに横になった。

ライルは黙っていた。

「成層圏介入政策に同意するのは超簡単よ。町中を市民に焼かれないうちに。やっぱり、指導者たちは頭が固いわ」マルヤムはやけにイライラしているように見えた。

ライルは黙って、いつものようにマルヤムに同意しなかった。エソックがかつて成層圏介入政策はとても危険な行為だ、と言っていた。彼女は誰よりもエソックを信頼している。中央政府がまだ決定を下す勇気がないのは、おそらく大学側が強硬に介入政策を否定しているからだろう。でもこの悲惨な状況の中で、政府に何ができるのだろう？　飢えに苦しむ市民にとっても、明朝ますます狂ったように暴れる口実として十分だ。最後通牒《つうちょう》はすでに出された。もし国の指導者たちが今までどおり黙っていたら、彼らは行政機関を攻撃するだろう。

ボランティア団体本部で活動した翌日の疲れで、ライルとマルヤムは数時間眠りに落ち、その後外からの大きい歓声に驚かされた。

「どうしたの？」マルヤムは、まだ薄目を開けたままあくびをした。

ライルは首を横に振り、動きたくなくてベッドに座ったままだ。

その歓声はますます賑やかになった。暴動が彼女たちの学校まで広がってきたのか？　それとも寮の庭でパーティーをしている人でもいるのか？

ライルとマルヤムは分厚い服を着て、部屋から出た。

ニュース速報！

国の指導者が、成層圏へ十二機のスペースシャトルを打ち上げる決断を下した。全市民がその発表を聞いて、喜んで踊り回った。その晩全国の人々が歓喜した。一年後にまさに自分たちがウイルスみたいな存在になるなんて思いもよらずに、お祝いをした。彼ら人間は自らにダメージを与え、互いに破壊し合い、そして絶滅へと向かっていた。

＊＊＊

午前中、テレビはニュースを放送していた。首都の宇宙センターからの実況中継で、十二機のスペースシャトルが滑走路に整列している。

「昨晩の我が国の指導者の発表で、十数か国の熱帯諸国がそれに続き、すべての国が正式に介入政策を行うことになりました。あなたのコメントは？」ライルにとってお馴染みのキャスターがテレビに映っている。

「ノーコメントです」またまたライルにとってお馴染みの専門家のゲストが、簡潔に答える。

「でもあなたはかつて、この行為は極めてばかげているとおっしゃっていましたね。だから、あなたの解釈に従えば、すべての国が極めてばかげていることになりますね」

「ノーコメントです」

「もしくは逆にここ一年、その介入政策を通じて、実際に亜熱帯諸国が気候の回復を成し遂げたとき、あなたの以前の意見はとんでもない勘違いだったのかもしれませんね」

「ノーコメントです」そのゲストは今までどおり、無視するように答えた。

ライルはテレビ画面をぼんやりと見つめた。実のところ極めておかしな会話が行われていた。ゲストはとてもいらだっているようで、キャスターからの質問に、ノーコメント以外何一つ答えない。

数分後、テレビ画面はエソックの養父である市長を映し出し、彼の周囲には報道陣が群がっていた。

「個人的には、私は介入政策に賛成ではありません。私は最先端技術がわかりませんし、政治家にすぎません。でも私たち家族には、誰よりも賢いと思われる科学者がいます。彼はおそらく介入政策の措置は短期的にはいいが、長期的にはよくないと考えています。それがその専門家の意見です。私はそれを信じます」

ライルは、市長が誰のことを言っているのかわかった。

「でも介入政策は私の決定ではなく、国の指導者の決定です。政治的理由であることから、ある特定の基準において、その決定は優先されます。暴動、全面ストライキを中止すること。もし放置されると、それらは雪より先に我々を破壊するでしょう。一度決定がなされてしまうと、それをくつがえすすべはありません。そのスペースシャトルがよいニュースをもたらすように、市民に今までどおり秩序正しく、各自の家で待つよう、呼びかけます。騒いでも何も改善しないでしょう」

テレビ画面がリアルタイム中継に切り替えられ、スペースシャトルが目にもとまらぬ速さで滑走路を走り、宇宙に向けて飛び立つ瞬間が放送されると、寮の共同スペースは拍手で包まれた。

スペースシャトルが一機ずつ、抗二酸化硫黄ガスを運んで高く飛び上がった。

ライルは立ち上がり、共同スペースをあとにし、部屋に続く廊下に足を踏み入れた。その厳かなパレードを続けて見る興味が持てなかった。

エソックは今元気かしら？　ライルはクリーム色の寮の廊下の壁を見つめた。マシンの研究室で忙しい中、エソックはスペースシャトルがすでに打ち上げられたことを、知っているのかな？

そしてもっと重要なことには、ライルがいつも彼のことを考えていることを、エソックは知っているのかしら？

いつでも。どこでも。

# 23

傷一つない四メートル四方の大理石の部屋は、また静まり返っていた。

二十一歳の女性の頭上の金属製ヘアバンドは、ゆっくりとヒューヒュー、音を立て続けた。エリジャーのタブレット画面では、脳の神経マップのほぼ丸々三分の二に一束の赤い糸が現れた。明らかに、それは悪い思い出を意味する。

「私もその成層圏介入政策に賛成できないわ、ライル」エリジャーは長いため息をついた。「でも当時私は、首都の病院で看護師として働いていたの。おそらくセクター一でのあなたの経験には匹敵しないでしょうけど。でも冬が町を襲って以来、病院には毎日飢えて亡くなる子供たちや、救うことができない病気の老人がいつもいたわ。きっとあなたは、栄養摂取が治療過程に必要不可欠なことを知っているでしょう。病院の食料はとても限られていて、ときにはブイヨンスープだけを配っていたわよね。彼らは水を『食べて』いただけだったのよ」

緑のソファに座っている女性はぼんやりとうなずいた。

「すごく難しい判断だったわよね、八方塞《ふさ》がりで。一度も介入政策が行われなかったら、極寒の冬の中で、長期間生き延びられる人はいなかったでしょうし」

エリジャーはタブレット画面のコーナーの時刻を、ちらりと横目でうかがった。早朝三時だ。彼女たちはもう、部屋にほぼ七時間いる。正確な神経マップが作成されるためには、この段階は完了していなければならない。あちこちで中断されて遅れたとしても、話は最後まで語られていなければならない。ヘアバンドを装着したまま緑のソファで飲んだり食べたりもし、深夜を過ぎても話して過ごす患者を、エリジャーはずっと扱っている。

タブレット画面のあと三分の一の神経マップが、まだそのままになってしまう。

「あのあと何があったの、ライル？」エリジャーは目の前の女性を見つめ、続きを話すように求めた。

＊＊＊

スペースシャトルが宇宙から戻った。抗二酸化硫黄ガスを、天空にザーッと注ぎ込む責務は達成された。パイロットは英雄のように迎えられた。住民はテレビを見て歓声を上げた。

その成層圏介入政策は当初とても有望だった。抗二酸化硫黄ガスが上空に注がれて二十四時間後の翌朝、ライルが起きると、学校の寮の芝生の庭が目に入った。もう雪が溶け、あちらこちらに白い塊が残っているだけだった。ライルは部屋の窓を開けた。暖かい空気が顔に押し寄せ、彼女は立ち尽くした。今まで空気がそれほど暖かく感じられたことはなかった。何年も前に母と一緒に学校へ走って出かけたときの感じさえ、彼女は忘れてしまっていた。

マルヤムはライルの後ろに一緒に立ち、にっこり微笑んだ。

「春さん、ようこそ」マルヤムは手を広げて、顔に朝日を浴びた。大きく膨らんだ縮れ毛が、部屋の床にユーモラスな影を作った。

ライルは笑った。マルヤムが言うとおり、まるで春のようだ。雪がすでに溶け、青い空に太陽が現れると、もはや空を覆っていたガスはなく、樹木に鳥たちがとまり、賑やかにさえずっていた。

冬は確かに終わった。

その朝、集団ストライキは、自主的に中止された。住民は再び働いた。まだ食材を探し出すのは難しいが、太陽が明るく照り、気温も再び正常になったことで、飢餓も数週間後には大した問題にはならないだろう。市民は道で、にっこり微笑み、互いに話しかけ合い、あいさつを交わし合った。数時間前に、彼らが集団暴動で町の半分を破壊してしまったことを忘れていた。

看護学校も再開し、ライルとマルヤムはまた勉強に忙しくなった。

いいニュースが次々と増え、食材の在庫が思ったより早く準備され、通常の農産物の生育を待つ必要がなかった。世界の政治体制が変化を見せ、ついに亜熱帯諸国は、まだ回復に時間がかかる国々に数百隻の船を送り込んだ。海兵隊とボランティアは何袋もの小麦、トウモロコシや米を全国に配布する手助けをした。今まで自分自身の利害のために食材を保存してきた商人たちも、商品を手放した。食材の店やデリカショップも再開した。

農地が最終的に生産できるようになるまで三か月を要し、畜産がそれに続いた。気候の回復に伴い、最初の三か月間のテクノロジーの進歩や農産物の生育の早さは、驚くばかりのものだった。生産センターからの分配ルートも再開し、以前はとてつもなく高かった食材の価格も急激に下がり、再び通常になった。

ちょうど三か月目、ライルとマルヤムはまたケーキ屋に行くため、ルート十二の市バスに乗り、最寄りのバス停で降りた。途中、また活性化したフードセンターを通り過ぎた。デリカショップは完全に再開した。厨房からは煙が吐き出され、途端においしそうな香りが立ち込める。客が行き交い、店のテラスのベンチに座っておいしい朝食をいただく人もいた。太陽は輝き、空は見渡す限り青く見えた。

ライルが店のドアを押すと、鐘の音が優しく響いた。

エソックの母親が振り向いた。「ライル、マルヤム！」車いすは、ケーキでいっぱいの棚の間を軽快に動く。

「おはようございます、おばさん。お元気でしたか？」ライルはあいさつをした。

「一週間前からあなた方のことを考え、お店が再開してからは、あなた方がいつ来るのかと考えていたの。とても嬉しい。そうね、さっき元気か聞いてくれたのね、この年寄りは元気よ、健康よ。あなた方は？」

「今朝と同じくらい晴れやかで、すっきりしています、おばさん」マルヤムが笑って答えた。

食材のストックがあふれ、また彼女たちはケーキ作りをスケジュールどおりに続けることができた。六歳のころからすでにタルト作りが十八番であるエソックの母親から学んだ。

「学校はいかが、あなた方？」エソックの母親が問いかけた。彼女はライルの生地をチェックしている。ケーキ屋で一時間、彼女たち三人は、二つのケーキを同時に作ることに夢中になっていた。

「順調ですよ、おばさん」

「それはよかった。学校はほぼ卒業よね？」

「やっと第二学年ですよ。まだあと一年あります」

「もういいニュースは聞いた、ライル？」エソックの母親はあることを思い出した。

「どんないいニュースですか？」

「エソックがあと三か月で卒業するの」

エソックの名前を聞くと、マルヤムはすぐにもっと接近してきた。

ライルは首を横に振った。そのニュースはまだ聞いていなかった。

「私も昨晩知ったばかりなの。エソックが電話してきて。あなたに電話はこなかったの、ライル？」

ライルは唾をのみ込んだ。知らされていない。

マルヤムは口の中でもぐもぐ言った。「どうしたらお互いに電話するようになるのかね……」ライルはすぐに肘でつついた。

「あの子は、毎回私に電話して、いつもあなたのことを聞いてくるのよ、ライル。だけどなぜ電話して直接聞かないのか、私にはわからないのよ。とても簡単なことなのにね」エソックの母親は理解できずに肩をすくめた。車いすが動いた。「あなたの生地はもうできた、マルヤム？」

マルヤムは慌てて生地の方へ戻った。

「これはまだ生ね、マルヤム」エソックの母親は生地の味を見ようとした。

彼女たちはまたケーキ作りに専念した。

夕方四時、ライルとマルヤムはケーキ屋をあとにした。

マルヤムがバスの中でとやかく言うだろうと、ライルは予想していた。

「えーっと、あの、ライル？　便りがないのは、よい便りと言うわ。確かと思えなくとも、信じることが大切よね」隣に座ったマルヤムが笑った。

ライルはイライラして見つめ、立ち上がって座席を移動した。マルヤムは皮肉っている。

「この人生も本当に待つことね、ライル。私たちが悟るのを待っている。つまり私たちがいつ待つのをやめるのか」マルヤムは止まらず、ライルの隣の席に移動した。

「黙っていただけません？」ライルはカッとなって目を見開いた。

マルヤムは肩をすくめた。彼女はかつて読んだことがある本から、美しい文章を引用しただけだ。しかも彼女はソケ・バーテラの名前を口にしていない。なぜライルは迷惑なのだろう？

「強い人というのは本当に強いからではなく、喜んで手放すことができるから……」

ライルは跳び上がり、手でマルヤムの口をふさいで黙らせようとした。マルヤムは笑ってそれを退け、二人のルームメイトはバスの中で口論となり、座席で格闘した。

「おい、ちょっと！」運転手がバスを止め、イライラして叫んだ。

「二人が誰だか知っているよ。このバスに乗るたびに騒ぎを起こすんだから、まったくもう。降りなさい！降りてもらうからね！」

その夕方、ライルとマルヤムは、仕方なく歩いて学校の寮に帰った。

＊＊＊

ケーキ作りのときにエソックの母親と話したせいで、一週間後、ライルはあれこれと考えるようになった。三か月後に卒業することを、なぜエソックは知らせてこなかったのかな？　なぜエソックは今まで電話してこなかったのかな？　そして最も重大な疑問といえば、彼女がエソックを好きなように、エソックは彼女を好きなのかしら？　それとも昔助け出した子供と見なしているだけなのかしら？　それだけ？　もしかしたら彼女は多くを期待しすぎているのかも。エソックはただそのように考えているだけだわ。今まで彼らが一緒にいたのも地下鉄の通路でたまたま出会ったからで、普通の友だちにすぎないのかもしれないし。

「エソックは明らかにあなたが好きよ、ライル」部屋でライルが物思いにふけってばかりいるのを見て、マルヤムは言った。

ライルは振り返った。

「だって、ここ一週間あなたはとても無口になって、いつも物思いにふけっているわ。この部屋にあるただのオブジェみたいにね」

ライルはマルヤムをぼんやり見つめた。

「あなたの考えていることはわかるよ、ライル。エソックはあなたが好きよ。それは間違いない」

ライルはうつむいて、布団を見つめた。

「そして彼がなぜ電話しないかということを、ねえ、それこそあなたは、なぜあなた自身に問いかけないの、あなたも電話したことがない、よね？　電話するのは超簡単よ、『もしもし、ソケ・バーテラ、あなたが卒業するって聞いたけど、なぜ私に知らせてこないの？』簡単でしょ？」マルヤムはいらだって、縮れ毛をこねくり回した。「しかもその卒業式はまだ三か月先で、おそらくまだ確かじゃないだろうし、スケジュールが変更される可能性もあるのよ。はっきりしたら知らせてくるに違いないわ。あなたが学校で忙しいのを彼も知っている。私たちはもう少しで期末試験よ。その知らせであなたが勉強へ集中するのを邪魔したくないのよ。たぶん彼は知らせるのに最良のときをうかがっている」

ライルはまだうつむいている。

「食堂で食べ物を見つけてくるわ。お腹が空いちゃって。一緒に行く？」マルヤムにはお手上げだ。

ライルは断った。

マルヤムは部屋にライル一人を置いて、イライラしながらつぶやいた。「彼らは互いに恋に落ちているのに、なんで私が頭を痛めなきゃならないの？」

＊＊＊

看護学校の期末試験が迫っていた。

数週間後も、ライルはまだ度々エソックとその卒業式の知らせについて考えていたが、彼女にはもっと切羽詰まって考えるべき試験があった。

看護学校は一つの講義科目も失敗が許されず、すべてに合格しなければならない。一科目落とすことは、留年という意味だ。さらに悪いシナリオでは、二科目落とすと退学だ。全学生は国が費用を負担する教育制度を利用している。その資金は勉強を怠ける生徒のために消費されることはない。

試験準備の期間、ボランティア団体でのライルとマルヤムの仕事量は著しく減少した。ボランティア団体全体の活動がまさしく減少したからだ。気温の回復でセクター一からセクター五の状況はすぐに向上した。夏の復活から三か月、もはやセクター一から三までに入る地域はない。

期末試験は順調に進んだ。テスト室を出るたびに、マルヤムの縮れ毛がさらに大きくボールのように膨らんで見える。ニキビも赤らんで見えた。

「私の髪を見ないでよ、ライル」マルヤムは睨んだ。

ライルはしばらくの間笑っていた。マルヤムとはよく口論になったり、からかわれたりしたが、ライルもマルヤムの髪の毛を見ただけで、ちょくちょく笑っていた。マルヤム以外にそんなことができる友だちはいない。お互いに黙って一緒に座っているだけで十分に、もう長い会話を終えたように感じた。見るだけで十分に、心の中に楽しい感情が生まれた。

一週間が過ぎ、試験が終了した。そして休暇期間に入った。

「これから一か月間は活動がないよ」マルヤムは寮の部屋で布団の上に横になった。「団体のスタッフは配属がないと言っていたよ。彼らは各セクターにすでにいるボランティアを、最大限に利用しているわ」

ライルはうなずいた。その情報はもう知っていた。

「長期休暇はどうしようか、ライル？」

「どこに行く？」

「あなたが行きたいところ、どこにでも。例えばビーチとか。今は春だから、ビーチはきれいに見えるだろうね。砂は白く、海は広がり、旅人が行き交っているよ。外国から来たハンサムな若者と知り合えるかもしれないよ」マルヤムはそのアイデアに気持ちが舞い上がった。

ライルは首を横に振った。

「さあ、ライル。あなたはソケ・バーテラを忘れるときがきたの。世の中にはあの子以外にもたくさん男の子がいる。ソケ・バーテラは世界に唯一無二の男の子じゃないわ。うん、そうよ、彼はとても賢いよ。だけど天才と一緒にときを過ごすの？　うーん、きっとがっかりするよ。彼らは最新のマシンを作ることの方が忙しいの。おまけに一緒にいるときでさえいつも仕事に忙しいのよ」

ライルは首を横に振った。エソックはそのような人ではない。一緒にいるときはいつも百パーセント気遣いをしてくれた。ライルがエソックの母親と一緒にケーキ作りに大忙しだったときでさえ、エソックはいつもどおり配慮しながら座り、にっこり微笑んでいた。ライルはそのときのことをよく覚えていて、それは最良の思い出の一つだ。

でもエソックはなぜ電話をしてこないのかしら？　まるでわずかな時間もないかのように。そして休暇は一年にたったの一日なのかしら？　そんな授業ってどんな類いの授業なのだろう？　数千人もいるほかの大学生は長期休暇を取っている。わかったわ。エソックは教授と一緒に、重要なプロジェクトに追われているんだわ、でも一年三百六十五日、一日二十四時間、働かせる類いの仕事って何なのかな？　ライルは彼らの関係で理解不可能なことがたくさんあった。エソックはあたしを好きなのかしら？　彼は確かに会うたびにいつも紺色の帽子をかぶり、いつも朗らかに見え、十分に気遣いをしてくれる。でも多くの場合、ライルはむしろ逆なことを感じていた。エソックは距離を置いていて、何かを隠しているようだ。

便りはない。ニュースはない。確信はない。

ライルは休暇を過ごすことに興味がなかった。エソックがここ数日の間に、きっと卒業式のことを知らせてくると期待していたため、彼女はいつもどおりこの町にいたかった。ライルはわずかながらも貯金がある。ボランティア団体は、ボランティアのために少額の報酬を与えてくれていた。エソックが望むならライルは首都に行き、卒業式に出席できる。

エソックからまだ便りがなければ、ライルにとって最良の選択肢の一つは、未成年避難者施設で皇太后を手助けすることだ。あそこでできることはたくさんあった。

＊＊＊

深夜一時、ライルはまだ眠れなかった。

悶々として何度もため息をついていたとき、ついにその待ちに待った便りが届いた。

ライルのタブレットが振動している。電話の着信だ。

ライルはにじり寄り、タブレットをたぐり寄せた。こんな遅い時間に誰が電話してきたのか？　マルヤムは向かいのベッドでもうぐっすり熟睡して、いびきをかいていた。

ぐずぐずしたまま、ライルはタブレット画面をタップした。

「ハロー、ライル」エソックの顔が画面に現れた。

ライルは驚いてもう少しで息が止まりそうになった。

「エ、ソック？」

「うん、僕だよ。それとも僕であることを確かめるのに、君は僕をテストする必要があるの？」エソックは笑ってジョークを飛ばした。

ベッドのマルヤムが伸びをしたように見えた。ライルは振り向いた。

「マルヤムはもう寝たの？」エソックは邪魔しないように、さらに緩やかな声で問いかけた。

ライルはうなずいた。マルヤムはもう一度枕を抱いた。

「おめでとう、ライル。第二学年の全講義科目に合格したんだね」エソックは微笑んだ。

「どうしてわかったの？」ライルは問い詰めた。

「もちろん知ってるよ。教育システムの情報は、誰だってアクセスできるんだ。元気？」

「そうでもないわ」ライルは正直に答えた。

エソックは黙り込み、タブレットのカメラをぼんやりと見つめた。彼はライルの言葉の「そうでもない」という意味がわかった。

「今ごろになってようやく電話して、本当に悪かったね」エソックの声がしばらく止まった。

「君が試験に集中するのを邪魔したくなかったんだ。僕もたくさんのことを確認しなくちゃならなかったし」

ライルはかすかなため息をついた。エソックが電話する最良のときをうかがっていたなんて、やっぱりマルヤムは正しかったのだろう。そのとき「たくさんのことを確認する」という意味が、彼女の考えている意味とは違っていることを、ライルは知らなかったが。

「僕が卒業するのをもう知っていたみたいだね？」

ライルはうなずいた。「あなたのお母さんから」

「首都に来ない、ライル？　もし君が出席してくれたなら、僕は嬉しいよ」エソックはにっこり微笑んだ。

それは三か月前からライルが待ち望んでいた提案だった。マルヤムが向かいのベッドで寝てさえいなければ、ライルは大きな歓声を上げていたところだ。同時にその提案は、待つというプロセスのすべての憂うつなことを拭い去った。眠れない夜、気がかりな考え、すべてがガラガラと音を立てて崩れ去った。

「君は来たいの、ライル？」

ライルは大きくうなずいた。見てごらん、それどころか涙ぐんでいた。

「君は泣いているの、ライル？　どうしたの？」エソックは問いかけた。

ライルはうなずいた。その後、緩やかに笑った。

「あなたが卒業するって聞いて嬉しいの、エソック。それだけよ」

エソックの顔に笑みがこぼれた。「君は僕からの便りを聞くといつも喜ぶね。むしろ僕が町を去らなければならなかったときでも、いつも君は一緒に喜んでくれたね」

しばらく沈黙があった。ライルは涙を拭き、別の方向に向き直った。エソックはますます伸びた髪をなでた。エソックの顔は疲れ果てているようだ。洋服はしわくちゃだ。その後ろには、さらにたくさんの、ロボットの長く伸びた鼻が行ったり来たりし、巨大な物体の作業をしているようだ。

二人はその後三十分間話をし、春になり、美しさを取り戻した噴水がある池について話した。ライルはタブレット画面をタップし、その噴水がある池の写真を数枚送った。エソックは電話をしながら、それを見ることができた。ライルはケーキ屋と、エソックの母親が作ったケーキのことを話した。最後に彼らは、地下鉄の非常階段のマンホールについて話した。エソックはここ二年間、その場所を訪れるのにつき合えなかったことを謝った。

「僕は仕事に戻らなくちゃいけない、ライル。僕が電話できる許可はもうこれまでだよ」エソックが伝えた。「僕たちは船のすべてをほとんど作り終えたんだ」

船？　ライルはその件について聞きたかったが、やめておいた。

「もし君が来てくれるのなら、僕のお義母さんが、君が首都へ来れるよう、手続きをしてくれるよ」

ライルは慌てて断った。「迷惑をかけたくないわ」

「でも、君が一人で来ると知ったら、お義母さんたちはがっかりするに違いない。彼らは……」

「私は一人では出かけないわ。マルヤムがたぶん一緒よ。私たちは首都で同時に休暇も過ごせるし。マルヤムはいつも、首都で休暇を過ごしたいと言っているの」

エソックが相づちを打った。いいアイデアだ。

「バーイ、ライル。おやすみ」

「バーイ、エソック」ライルがこっくりとうなずいた。彼女は「会いたいわ」という言葉をつけ加えたかった。でもその言葉は喉のところで止まった。

エソックは手を振った。ライルがゆっくりタブレット画面をタップすると、エソックの画像が消えた。

## 24

当時ライルは二十歳で、看護学校の第三学年になった。

エソックの年齢は二十二歳で、やっと大学を終えたところだ。

マルヤムはもちろん、休暇を首都で過ごすアイデアを、すぐに承知した。首都にいる間、エソックの件でライルをからかわない約束にも、すぐに同意した。マルヤムは手を挙げた。「誓います……でも実は、そのことであなたをからかったことはないのよぉ、ライル。それこそ、あなたを助けているつもりよ。あなたがそう感じているだけじゃん……」

ライルは目を大きく見開いて、マルヤムに黙るように言った。

マルヤムは肩をすくめた。わかったよ、首都に一緒に行けるのなら、と彼女は黙ることにした。

卒業式のスケジュールの一日前、ライルとマルヤムは高速列車に乗って出発した。彼らはすでに首都にホテルを予約してあった。以前に受賞したときのようなよいホテルではなかったが、このホテルで十二分であり、快適で、そして最も重要なことには、エソックの卒業式の場所である大学に近かった。

高速列車の行程は順調だった。窓の陰からライルは、スペースシャトル打ち上げから六か月、冬から回復した景色を見ることができた。青々とした田園の広がり、土地を耕している何台かのロボット、雑草を除去している別のロボット、流水量を調整するマシンも見られた。高速列車は牧場の広がり、数千匹の牛の間も通り抜けた。数台のドローンが牛を監視していた。養鶏所が数え切れないほどあり、卵の供給もあふれんばかりだ。以前ひっそりとしていた集落に、また住民が住んでいる。新しい住宅も建てられた。かつてゴーストタウンだった小さい町々も、再び賑わっていた。

六時間の行程で首都の列車の駅につき、タクシーに乗ってホテルに向かった。そのタクシーには運転手がいなかった。彼女たちは列に並び、センサーに許可証をかざすだけで十分だった。一台の黄色いタクシーが近づき、ドアを開けた。ライルとマルヤムはリュックをトランクに入れ、それからタクシーに乗り込み、きちんと座った。タクシーの中のスマートマシンが親しげに話しかけ、行き先を尋ねた。

ライルがホテルの名前を言った。

「ありがとうございます《トゥリマカシ》。安全ベルトの着用を忘れないでください。すぐに出発します」

そのタクシーは、町の道路へと順調に走り出した。

ライルとマルヤムは高層ビルを見つめた。空が見渡す限り青く見える。パーフェクトブルーだった。とても美しかった。

「飛べる?」マルヤムは面白半分に尋ねた。

「すみません、お客様? 質問をもう一度言ってもらえますか?」タクシーの中のスマートマシンが答えた。

「飛べる?」

「もちろんです。すべての最新型の車にはその新機能があります」

「素敵ね。この車でホテルに向けて飛んでほしいのよ」マルヤムは喜んで顔をほころばせた。

「すみません、お客様。乗客の安全規約では、タクシーが飛ぶのは禁じられています。緊急の場合を除いては。例えば出産予定の乗客とか」

「緊急と見なして! さあ、今すぐ飛んで」

「申し訳ありません。お客様。緊急な状況があると検知しません」

「これは緊急よ、タクシー! 見て、私は輸送制度A級資格を持っているの。あなたに飛べと命令できるのよ」マルヤムは強要した。

「申し訳ありません、お客様。あなた様は出産予定なのですか?」

ライルは腹をよじって笑った。

十五分後、そのタクシーは目的地のホテルに到着した。マルヤムはぶつぶつ言いながら、リュックを持って降りた。この自動タクシーは、むしろ市バスのルート十二の運転手と同じぐらい腹立たしかった。

彼女たちはチェックインもした。予約したホテルは以前のホテルより小さいが、同じぐらいハイテクだった。マルヤムは部屋でそのイライラを発散させた。彼女は壁の色の設定や窓の照度の段階を変えた。その上、マットレスの硬さの調整をしたり、壁と床に埋め込まれた家具を呼び出したあとに、元に戻るように命じたりした。声の指図だけで十分にすべてをコントロールできるのだった。

夜までの一日中、ライルとマルヤムは首都をめぐって過ごした。ホテルから貸し出された金属製イヤリングが勧める場所を訪れた。

レストランで昼食を食べ、川縁《かわべり》を散歩し、災害博物館、首都最大のショッピングセンターも訪れた。マルヤムは休暇を心底楽しんだ。ライルもその散歩が気に入っていたが、時々エソックのことを考えていた。市長の家族はもうついたのかしら？　エソックの母親は、旅行の間元気でいるのかな？　大学の講堂で会うとき、エソックの反応はどうかしら？　ライルは時々どきどきし、ため息をついた。彼女はエソックが恋しくて会いたかったが、同時に怖くてどうすればよいのか迷っていた。

二人は時間を都合して数店のブティックを訪れ、明日着るドレスを探した。ライルは首を横に振った。価格がとても高い。

「私のお金を貸してあげるよ、ライル。半分出すわ」マルヤムは提案した。「私はドレスはいらないよ。あなたはソケ・バーテラの前でかわいく見えなくちゃいけないじゃん。私はただの縮れ毛の侍女だもん」

ライルは目を丸くした。マルヤムがからかったからではない。彼女はそれには慣れ始めていた。数時間着る一着のドレスのために、そんなに多額のお金を費やそうと言うからだ。

二人は散歩を終え、今回は川に面したレストランで夕食を食べた。首都を二つに割る澄みきった川を眺め、そこで食事をする興奮をマルヤムは味わいたかった。満天の星空で、満月が明るく見え、空に視界を妨げる雲はない。

彼女たちは青いタクシーに乗ってホテルに戻った。

「飛べる?」マルヤムはもう一度尋ねた。もしかしたら、このタクシーは命令されて飛べるかもしれないわ。彼女は飛ぶ車をめちゃくちゃ体験してみたかった。彼女たちの町ではこのテクノロジーはまだあまり提供されてなく、ある特定の家族だけが飛ぶ車を所有している。

「もちろんです、お客様。すべての最新型の車はその新機能を持っています」同じ答えだ。

「素敵ね。さあ飛んで、私はあなたに命令します」

「お客様、警告しなければなりません、タクシーに飛べと強要するのは、乗客の安全規約の違反行為です。お客様はここ八時間に、それを二回も行っています」

「ちょっと! ねえ、どうやってわかったの? あなたは私が前に乗った車じゃないでしょ?」

「すべてのタクシーは、同じシステムでつながっています。私たちは乗客一人一人を見分けます。もう一度お客様がタクシーに飛べと強要したら、お客様を連れて、町のセキュリティ事務所に向かいます」

マルヤムはすぐに静かになった。

ライルは笑った。

「この車たちは、まったくユーモアのセンスがないわ」マルヤムはイライラしてささやいた。

＊＊＊

卒業式の日が来た。ライルとマルヤムは早起きし、準備万端整えた。

ドレスの件は解決策があることがわかった。昨晩タクシーと口論してから、ストレス発散のために部屋の設定をいじくり回していたマルヤムが、偶然に発見した。部屋の中のスマートマシンが、情報を知らせてくれた。レンタル料を支払い、衣服を借りることができるルームサービスがある。

優れたシステムだ。マルヤムの顔に笑みがこぼれた。すぐに二人に似合う様々な種類のドレスをタッチ画面から選び、色を選び、それぞれの身体のサイズのデータを入力した。そのデータは首都のブティックのネットワークシステムに送られ、次の日の昼にレンタルできるドレスを探してくれた。二時間後、そのドレスはすでにホテルのスタッフ宛てに送られた。

「クラウディアに比べると、私たちはいつも華がないね、ライル」マルヤムは鏡の自分を眺めた。「でも大丈夫。このドレスなら、少なくとも私たちは恥をかくこともないし、そこでは別人に見えるよ」

ライルはうなずいた。

彼女たちはタクシーに乗ってキャンパスに出かけた。今回、マルヤムはあえて飛べと言い争いをしなかった。彼女は、雲一つない青空に注目することに決めていた。

ライルは道中ずっと嬉しそうだった。昨年セクター一に配属されたときには、タブレット画面を通じての対面だけだったため、今回エソックと会うのは二年ぶりだ。この瞬間を待ちわびていた。彼女はエソックに会うのが待ちきれなかったが、同時にエソックが彼女を目にしたときの反応を思い浮かべ、不安でどきどきした。

＊＊＊

床が大理石の四メートル四方の部屋はひっそりとしていた。

エリジャーは理解できないまなざしで、タブレット画面に注目した。目の前の患者の神経マップの中で、一本の赤い糸が合体している。結束が固い。まさに明らかだ。とてもつらい思い出だ。

エリジャーは緑のソファに座っている女性を見つめた。彼女は今黙り込んでいる。話がいきなり止まった。その女性は目の縁を拭いながら、うなだれ、大理石の床を見つめている。

「それはソケ・バーテラの卒業式ですよね、ライル？　本来なら楽しい思い出になるはずだったんでしょ?」エリジャーは問いかけた。

緑のソファに座っている女性は首を横に振った。

「あなたは何か月も前からその卒業式に出席したかったんですよね? 首を長くして待っていたんでしょ? ソケ・バーテラが帰省しなくなってから、二年ぶりに会うチャンスだったんですよね」

緑のソファに座った女性はまた首を横に振った。

エリジャーはため息をついた。それがつらい思い出になるなんてあり得ない。彼女は緑のソファにいる女性が話を続けるのを待った。

## 25

首都の大学につくと、市長、市長夫人、クラウディアとエソックの母親が、卒業式が行われる講堂の庭で先に待っていた。

「ライル、こっち!」ライルとマルヤムが近づいてくるのを見ると、市長夫人が最初に手を振った。

彼女はライルを強く抱きしめた。

「こんにちは、マルヤム」市長が後ろにいるマルヤムにもあいさつした。

「そのドレスを着るととてもかわいいわね」市長夫人が褒めた。

ライルは微笑んで、もじもじしていた。

「ハーイ、ライル」クラウディアも一緒に抱きしめた。

ライルは市長やエソックの母親と握手をした。

「休暇はどう、マルヤム？　昨日、もうどこかに行ったの？」エソックの母親が尋ねる。

「テンションが上がりますね」マルヤムは満面の笑みを見せた。

「すぐに講堂に入らなければならないよ。卒業式が始まるぞ」

市長が呼びかけた。

彼らはみんなでわいわい賑やかに中に入った。エソックの母親の車いすは、講堂に向かうステップを簡単に上ることができた。ライルは車いすの後ろを歩き、エソックの母親に付き添った。この講堂はホテルの大宴会場よりも大きかった。数千人の大学生が前方の椅子に座っていた。招待客は来賓席か後方の椅子に座っていた。

卒業式は順調に行われた。エソックが前方でトーガ（注10）を着て、卒業証書入れの筒を受け取り、大学側からの祝辞を受けているのが見えた。

エソックは式が終わると彼女たちと合流した。周辺は招待客でまだ賑わっていた。

「おめでとう、エソック。あなたは四人の兄たちの誇りよ」

エソックの母親がエソックの額にキスをした。

「そうだね、いつ何時でも誰にとっても、君は誇りだよ」市長は笑い、エソックの肩をぽんとたたいた。

そのときこそ、ライルは心の中に新たな何かを感じた。

今まで感じたことがない、異なる感情だ。

嫉妬だった。

見てごらん、エソックは養親家族と一緒に、より多くの時間を過ごしている。同じキャンパスの友人たちにも話しかけている。そしてライルをもっと嫉妬させたのは、エソックがクラウディアとより頻繁に話していることだった。クラウディアと一緒に写真を撮り、クラウディアとふざけている。笑っている。彼らはとても親しそうだ。一方ライルは、エソックの母親の車いすを押すことに多くの時間を費やし、みんなが活気にあふれているのをただずんで見ている。

「ランチの時間だ、さあ、ライル、マルヤム、エソックの卒業祝いのためにレストランに行こう」市長は手首のところにある小さい画面を見た。

ランチは本来ならば楽しい時間になるはずだった。高名なシェフがいる、首都で最高のレストランだった。市長の家族が大きいテーブルを予約してくれた。料理はおいしく、景色は感嘆すべきもので、ゴールデンリング公園の広がり、巨大な観覧車、澄みきった川、そして青い空が見えた。でもライルは、そのご馳走をまったく楽しめなかった。

ダイニングテーブルで、クラウディアはエソックの隣の席に座り、一方ライルは向かい側の遠い席だ。ランチの間ずっと、たくさんしゃべり、エソックと親しそうに笑うクラウディアを、ライルは見つめるだけだった。これはライルが赤い自転車に乗り、エソックと一緒に町をめぐったときとは異なっていた。エソックの気遣いのすべてがライルのものだった。今ライルはそのテーブルで、浮いている人のように感じた。彼女に話しかけてくる人はいない。

嫉妬心。実際にそれはとてもつらい言葉だ。

「大丈夫、ライル?」隣に座っているマルヤムがささやいた。

ライルは黙って、親友の質問を無視した。

「顔色が悪いようね」

ライルは顔をふいた。さっきから皿の上の食べ物を、ごちゃごちゃかき混ぜているだけだった。ランチはほぼ終わりだったが、ライルはもう我慢できなかった。彼女は市長夫人にゆっくり話しかけ、レストランを出る許可を願い出た。

「どうしたの、ライル？」市長夫人はすぐに椅子から立ち上がった。

「頭が痛くて」ライルはゆっくり話した。

「あらまぁ、顔色が悪いみたいね」市長夫人は腕にある画面をオンにして、助けを呼ぶ手はずを整えた。

「大丈夫です、奥様。たぶん疲れが出ただけでしょう。休憩すればよくなります」ライルは先に立ち上がった。

「だめよ、ライル。私が医者か医療オートマシンを呼びます。すぐにあなたの検査ができるわよ」

「必要ありません、奥様。ホテルに帰りたいんです」

マルヤムはため息をついた。彼女は何が起きているのかわかり、すぐに一緒に立ち上がった。「はい、奥様。ライルがホテルに戻るのに付き添わせてください。たぶんライルは、夜遅くまで私と一緒に町をめぐって散歩したので、疲れ果てたのでしょう」

その大テーブルにいた人が一人残らずライルを見つめた。市長夫人は心配でおろおろしているように見えた。

「どうやってホテルに戻るの？」

「タクシーに乗ります、奥様」マルヤムが言った。

「だめだよ、マルヤム。私たちの車を使いなさい。その方がずっと楽だろう」市長は首を横に振り、許可証をマルヤムに差し出した。「ホテル到着後、車は自分でこのレストランに戻ってこられるんだから」

マルヤムはうなずき、すぐにライルをそのレストランから連れ出した。

＊＊＊

「本当にどうしたの、ライル？」車の中に座ってホテルの名前を伝え、そして市長所有の車が走り出すと、マルヤムが聞いた。

ライルはだんまりを決め込んでいた。

「クラウディアがエソックとあんなに親しそうなのを見て、嫉妬したんでしょ？」マルヤムは社交辞令なしに、彼女が考えていることをストレートに言った。

ライルは依然として口をつぐんでいた。

「なんてこと、ライル！　クラウディアが義理の兄と親しいのを見て、嫉妬するなんてあり得ないよ」

「嫉妬していないわ」今度はライルも答えた。

「あなたはうそがうまい人じゃないよ、ライル。口では反論しているけど、顔が反対のことを言っている。目がすべてを表しているわ。あなたは嫉妬している」

ライルはマルヤムを鋭く見つめた。「はい、確かに嫉妬している、じゃあ、なぜでしょう？　私はダイニングテーブルでマネキン人形のようだったわ」

マルヤムは否定した。「誤解よ、ライル。卒業式のあとに会ってからずっと、ランチの間もずっと、エソックは間違いなく、あなたの出席を喜んでいたわ。あなたこそ一番大切な人よ」

「でも彼は、っていうか、私にあいさつしなかった！」ライルはぶっきらぼうに叫んだ。「しかも一度も私に話しかけなかったわ」

いきなり怒鳴ったライルを見て、マルヤムは信じられず、何かを思いついたように額をぽんとたたいた。

「彼は確かに話しかけなかったよ、ライル。でも、ただ互いに話しかけ合うよりも、いろいろな意味で一緒にいた。もしあなたを目で追い、ちらっと横目でうかがったときのエソックの顔に一度でも配慮する思いがあったなら、エソックがあなたとすごくたくさん話したかったことが、きっとわかる……」

「でも、なぜ彼は話さなかったの？」ライルは話を遮った。

「それができなかったからよ」マルヤムはぶちギレして答えた。「卒業式が終わって、友人たちが一緒に写真を撮ろうと騒いでいるときに、どうやってあなたと話せる？　ランチのときは、それは家族の行事よ、ライル。そこには、エソックの義理の家族がいた。市長、市長夫人、そしてクラウディア。エソックのお母さんもいた。エソックは注目の的になっていて、みんなが話しかけた。エソックがいきなりほかの人に黙るように言いつけ、『ちょっと待ってください、市長、僕はライルと話したいです』って言うなんてあり得ない。もしくは、お母さんとの会話を遮るなんてこともあり得ない。しかも彼があなたにあいさつしなかったとき、なぜあなたは先にあいさつしなかったの？　彼が話しかけなかったとき、なぜあなたは先に話しかけなかったの？」　なぜクラウディアにそれを許したままでいたの？」

でもなぜエソックは、あたしの隣に座ろうとしなかったのかしら？　ライルはうつむき、自問した。

しばらく沈黙があった。車は走り続けた。マルヤムは息をふっと吐き出した。

「それはクラウディアが先に、エソックに隣に座るようにお願いしたからよ。彼女は義理のお兄さんと話したかった。二年ぶりにエソックと会うのはあなただけじゃなかったの。これは……何度も言っているでしょ、クラウディアと比べると、あなたは何も持っていないのよ。あの娘さんはかわいくて、親切で、そしてとても社交的だわ。ソケ・バーテラの関心を引く競争をどうやってするつもり？　むしろ同じ土俵に立てないわ。嫉妬心。すねてその場を立ち去りたい。みんなを動揺させる」

ライルは、依然として黙っていた。

「エソックはあなたを気遣っていたわ、ライル。特にあなたが突然レストランを去ろうとしたときは。私はあえて賭けてもいい、エソックはあなたが休憩できるよう、たまらなく送っていきたかった。私は彼の気を揉んでいる表情を見た。でも彼はレストランを去れなかった。それは彼の卒業式の祝賀会よ。祝われている人が、すごく嫉妬深いライルという女の子と二人きりで出ていったら、ランチは続けられないでしょう」

市長から借りた車がホテルの前に到着した。ライルは心を痛めたままで、すぐに車を降りようとした。

マルヤムが説得しようとしたけれども、いまだ機嫌が悪かった。

「ちょっと待って、ライル」さっき一緒に降りようとしたマルヤムが、すぐにまた車の中に戻った。彼女はあることを思い出した。そのときまだ車のドアは開いていた。

「飛べる?」マルヤムは問いかけた。

「もちろん、お客様」

「飛ぶのを禁止する乗客安全規約があるんでしょ?」

「ありません、お客様。乗客が望むならいつでも」

「ついてない!」マルヤムは額をぽんとたたいて降り、それから車のドアを閉めた。「なぜこの車が飛んでもいいことが、やっと今わかったんだろう。なぜさっきレストランから出たときに、気がつかなかったんだろう?」

その車は運転手なしに走り、エソックの卒業式祝賀会場のレストランに帰っていった。

***

ライルはずっと機嫌が悪かった。その日のあとの時間はホテルにいるだけで、晩もそうだった。マルヤムはこのあとも首都をめぐって散歩をしたかったが、やめた。散歩をするよりも、ルームメイトと一緒にいてあげることの方がずっと大事だ。ルームサービスを利用して食事を注文し、部屋で一緒に夕飯をとった。

マルヤムは早々に寝ることにした。明日、列車のスケジュールはとても朝が早かった。ライルの頭の中はネガティブな思考であふれていたが、彼女は隣のベッドで無理に寝ようとした。

アラームが五時に二人を起こした。彼女たちは荷造りをし、洋服をリュックに詰め、ホテルをチェックアウトした。そしてタクシーに乗って、列車の駅へ向かった。高速列車が出発する五分前に駅に到着した。

ライルは突然足を止めた。プラットホームに、紺色の帽子をかぶったエソックが待っていた。

「おはよう、ライル」エソックは微笑んだ。

「ここで何をしているの？」ライルはまさにぶっきらぼうな口調で問い返し、周辺を横目でうかがった。

「もし君が探しているなら、僕の母と義理の家族は昨晩もう帰ったよ」

ライルは黙っていた。さっきまでエソックがここに来たのは義理の家族を見送るためで、自分のためではないと思っていた。マルヤムはすぐに遠ざかり、ライルとエソックが話せるようにスペースを譲った。

「気分はもうよくなった？」

ライルはゆっくりとうなずいた。表情は前より打ち解けていた。

「卒業式が終わってから君と話ができなくて、ごめん。ランチのときも。もう二年も会っていなかったし、本当なら君ともっとたくさんの時間を過ごせたのに。でもそれができなくて……市長やクラウディアとの会話を打ち切ることができなかったんだ」

ライルはうつむいた。マルヤムは正しかった。

「まだ怒っている?」

ライルは首を横に振った。

「僕は別の機会に埋め合わせすることを約束するよ。今じゃないけれど……」エソックは少しの間黙り込んだ。「僕はやりたいことがたくさんあるけど、それは簡単にはいかない。今朝、列車の駅で君とたった五分会うために、三段階の許可をパスしなければならなかったんだ」

許可? ライルは、今しがたエソックが言った言葉の意味を聞きたかった。でもそれより先に、ホイッスルが甲高く鳴り響いた。カプセルの中にすべての乗客が乗り込むべき合図だ。

「じゃあ、ライル、道中気をつけてね」

「じゃあね、エソック」ライルはうなずいた。

マルヤムも一緒に乗り込み、エソックの方を振り向いた。

「かっこいい帽子ね、ソケ」

エソックは笑って、手を振った。

三十秒で、高速列車のカプセルは矢のように走り、列車の駅をあとにした。

ライルははるかに機嫌がよくなり、首都をあとにした。

# 26

床が大理石の四メートル四方の部屋はしんとしていた。

「船？　ソケ・バーテラは実は何を作っていたの？」エリジャーが尋ねた。

緑のソファにいる女性は、しばらく黙り込む。

「そのときはまだ知らなかったんです。エソックはそのことを話したことがなかったんです」

「そして許可についてですけど、なぜエソックはあなたに会うために、許可を求める必要があったの？」

その緑のソファに座った女性は首を横に振った。

「私もそのときは知らなかったんです。一年後……六か月前にやっと知りました」

エリジャーは手にあるタブレットを少しの間置き、姿勢を正した。彼女は、ここ二十四時間、テレビを賑わしているニュースを思い出した。「これは全部、明朝七時に政府が行う予定の重要な発表と、関連があるの？　『プロジェクト・カテゴリー二』についての？」

緑のソファの女性は約二分間黙っていた。エリジャーは息をのんで答えを待った。

その女性はついにゆっくりとうなずいた。

なんてこと！　エリジャーは口をつぐんだ。

彼女はすべての話の赤い糸について理解したと考えていた。でも、ソファにいる女性に今しがた確認したことで、この話がどのような結末にいたるのかまったく推測できなくなった。

「その卒業式のあとに何が起きたのですか、ライル？」

エリジャーは我慢できずに問いかけた。彼女の任務は単なる進行役、金属製ヘアバンドの仲介者にすぎないことを、自分でも忘れていた。話の続きを待った。

＊＊＊

ライルとマルヤムの看護学校での最終学年が始まった。エソックの卒業式が終わって町につくとすぐに、彼女たちは看護師免許取得のため勉強に没頭した。

彼女たちの講義時間はさらに長くなり、レポートは山積みで、病院の休みない実習スケジュールも含めて授業に追われ、講師を追いかけて質問した。彼女たちがよく乗るルート十二と七の市バス運転手は、オレンジ色の制服を着て、バスでよく口喧嘩をして騒ぐ乗客二人を覚えていた。ライルとマルヤムもその口喧嘩の悪い癖をやめられなかった。

彼女たちの学校の成績はよい。すべてが順調に進んでいた。

首都から帰ると、ボランティア団体の活動は事実上ストップした。気候回復から六か月、支援を必要とする区分の地域はほんのわずかしか残っていない。ボランティアは、本部でより多くの時間を過ごし、打ち合わせや研修に休みなく参加した。

「ただ研修に参加するのには飽きました」以前に採用してくれたスタッフに対して、マルヤムが初めて不平を漏らした。

「実際にあなたがよければ、現場で仕事につくチャンスはまだたくさんあるよ、マルヤム」

「そうですか？　どんな役割ですか？」マルヤムはやる気十分だ。

「例えば、噴水のある池での仕事だよ。観光客に接客するボランティアになれるし、道に迷った観光客のサポートもできる。バス停で、お年寄りが市バスに乗る手助けもできるよ。もしくは子供たちの学校では、道を横断するときに見守りのボランティアが必要だから、それをしてもいいよ」

それはスタッフのジョークにすぎない。なぜならいつもミッションについて聞かれてうんざりしていたから。

部屋にいた研修参加者が、マルヤムのしかめ面を見て笑った。

「明日、ケーキ屋に行くことにする、ライル?」ボランティア団体本部から戻ると、マルヤムはライルの行動にペースを合わせた。

「うん」ライルはうなずいた。

マルヤムはライルの返事を聞いて喜んだ。彼女たちはバス停でルート十二の市バスを待って、立っていた。

「すごく変ね……」ライルが口ごもった。

「何が変なの?」

「覚えている? あなたがケーキの飾りつけに飽きたと言って、私たちはボランティア団体に登録したわ。今、現場でまったくミッションがないことにうんざりして、あなたはケーキ屋に行く気十分だわ。だとすると、実際あなたはどっちが好きなの? ケーキの飾りつけ、それともボランティアになること?」

マルヤムは、返事のかわりにクスッと笑った。

ルート十二の市バスがバス停に近づいた。車内の半分は埋まっている。ライルとマルヤムが乗り込み、真ん中の列に座った。マルヤムはすぐにタブレットのスイッチを入れ、読書の続きに没頭する。

ライルが窓の外を眺めると、照明の光でまばゆく輝いている町が目に入った。観光センターを人々が行き交っている。六か月前は三十センチの深さの雪に覆われ、そこで時間を過ごそうと思う人もいなかった。今はどこも賑わっている。カフェ、レストラン、または屋外のベンチに座るだけで、暖かい夜を楽しんでいた。

「何を読んでいるの、マルヤム？」外を見るのに飽きて、ライルが親友の腕を肘でつついた。

マルヤムはにやりと笑った。「あなたはきっと好きじゃないわ」

「好きじゃない？」

「そう、これは愛についての引用集よ」マルヤムの顔に笑みがこぼれた。

「いくつか読んでよ」

「ちょっと待った、きっと好きじゃないよ、ライル」

「あれこれ言わずに読んで」

「わかったわ、あなたが頼んだのよ。どうなってもあなた自身の責任よ」

マルヤムの指が画面をスクロールする。「ちょっと待ってね、いくつか面白いのを探してあげる……ほら、ここにあるこれ……」

マルヤムは指の動きを止めた。

「心の中にとどまるだけでよい人もいるだろう。でもその人は一緒に暮らすわけでもない。あるがままに受け入れなさい。喜んで受け入れ、心の中にとどまらせなさい。いずれにせよ、この世の中はなんでも説明できるわけではない。心のままに受け入れたら、穏やかな心になれるかもしれない」

「美しいでしょ？」マルヤムは微笑んだ。それから笑って、急変したライルの表情を見つめた。

「それともここにあるこれ、よく聞いてね」マルヤムは、もう一度タブレット画面を見た。

「恋愛の最良の部分はその感情自体だ。あなたが感じたことがある『好き』という感情は画伯が筆で描写するのが難しく、詩人が脚色して詩にするのも難しく、最新のマシンであっても説明ができない。恋愛の最良な部分は所有ではない。だとしたら、そのあとなぜつらいのか？　落胆するのか？　腹が立つのか？　憎悪するのか？　嫉妬するのか？　もしかしたらそれは、いかに恋に落ちるのが美しいかを、あなたが理解したことがないからかもしれない」

「皮肉っているの、マルヤム？」ライルはカッとなって目を見開いた。

マルヤムは額をぽんとたたいた。「あなたを皮肉る人はいないよ、ライル」

「わざと私を皮肉る引用を探したんでしょ？」

「さっき、もう忠告したよね。好きじゃないはずだって」

マルヤムは笑って、慌てて座席を移動し、騒ぎを起こして市バスの運転手から降りろと言われる前に、距離を保った。

実際にエソックの卒業式に出席して帰ってきてから、マルヤムはもうストレートにからかうことはなかった。ここ六か月間、からかわれなくても、ライルは部屋で、教室で、市バスの中で、より頻繁に物思いにふけっており、そのことをマルヤムは知っていた。本当はルームメイトを助け、勇気づけたかったが、ライルはエソックのことで再びふさぎ込んでしまう。少しもそのことを話したがらない。

ルート十二の市バスは道路を走り続ける。ライルは再び窓の外を眺めた。

エソックは元気かしら？　実際に首都で何が行われているのかしら？　秘密にしたいことがあるのをライルはわかっていた。それは仕事についてのこと？　それとも感情のこと？　義理の家族にもそれを秘密にしているのかな？　お母さんにも？　昔避難所のテントでは、毎晩スタジアムの客席に座り、一日の出来事を、いつも何についても包み隠さず話していたのでしょ？　エソックは、今や変わってしまったのかも。あちらでは別に好きな人がいるのかしら？　クラウディアが気に入っているのかしら？

もしかしたら彼女は、エソックを忘れることを学び始める時期なのかもしれない。

六か月過ぎてもライルは、より頻繁にそのことで物思いにふけっていた。

＊＊＊

サプライズだった。看護学校の寮につくとすぐに、共同スペースで彼女たちを待っている人がいる。マルヤムは叫んで、走って近づいた。

「こんばんは、マルヤム、ライル」皇太后が先にあいさつをした。

「長くお待ちになりましたか?」マルヤムが尋ねた。

彼女たちは和やかに抱き合った。

「つい五分前よ。長居はしないわ」皇太后はポケットから封筒を取り出した。「来週、未成年避難者施設は寄付をしてくださった方のための晩餐会《ばんさん》を開くのよ。あなた方二人が招かれるの」

「寄付をした人?」ライルとマルヤムは理解できなかった。彼女たちは今まで、正式な寄付提供者になったことがない。

「一年前、二人は、ボランティア団体からのすべての賞金を提供してくれたわ。それは少なくなかったの、ライル、マルヤム。正直なところ、だからこそ、この招待状を個別に渡すために来ざるを得なかったのよ」

「え? そんな必要はありませんよ。電話で十分ですよ、必ず行きます」マルヤムは恐縮した。

「すべての高額寄付提供者は、招待状を直接受け取らなければならないのよ、マルヤム。それが未成年避難者施設の手続きの基準なの。正直なところ、あなた方のせいでこの年寄りは厄介だったわ」

「わぁ」ライルとマルヤムはどうしたらいいのかわからなかった。

「本当に申し訳ありません、先生」ライルは恐る恐る言った。

「はい、本来なら私たちが、施設に行ってその招待状を受け取るべきでした」マルヤムは縮れ毛をなでた。

彼女たちはいつもながら、施設総監督者の冷たい表情を怖気づいて見つめた。

皇太后は突然からからと笑い、大きな体を揺さぶらせた。「私はいつも二人の表情を見ると、笑いをこらえることができないの。それどころか、施設を去って二年以上もたち、こんなふうに背も高くなり大きくなったのに、あなた方はまだ昔のままね。決して変わることのない施設の子供たちね」

皇太后はしばらく黙り込み、それからまた話し始めた。

「冗談を言っているだけよ。個人的に招待状を届けなければならないのは、もちろん本当よ。でも私は同時にこの学校の寮も見られたわ。ぶらぶらするのにつき合ってくれる？」

ライルとマルヤムは安堵《あんど》して、ふっと息を吹き出した。

皇太后も相変わらずだ。

＊＊＊

翌日、彼女たちはケーキ屋に向けて出発した。

注文がたくさん来ている。そこにつくとすぐに、彼女たちは同時に六個のタルトを作った。エソックの母親は車いすでスムーズに移動し、厨房の中央のテーブルをめぐっている。生地、オーブンの温度、ケーキの飾りつけをチェックし、まるで車いすを使用していないかのように、あちこち動いている。ライルとマルヤムも忙しく、額の汗を拭いた。厨房の気温が暑く感じられる。

エソックの母親がオーナーのケーキ屋は、たぶんマニュアルを使って、ケーキを手作りしている町で唯一のケーキ屋だろう。オーブンや調理器具も含め、まだ手動だ。別の店や家庭では、ケーキ作りは一枚の書類を印刷するのと同じぐらい簡単だ。レシピをタブレット画面にインプットし、好みに合わせて分量を増減する。もっと甘くしたいなら、タブレット画面の数字を変換して、砂糖を加える。または「自動」を選ぶだけだ。その後「オーケー」ボタンを押す。ワイヤレス方式で、そのレシピがケーキメーカーの中に入っていく。マシンはレシピに書かれているとおりに、自動的に冷蔵庫から材料を取り出し、生地を作り、オーブンの温度などを調整する。しばらく待ち、ちゃりん、という音がゆっくり聞こえると、所望したケーキの完成だ。

「そのマシンはよりすばやくケーキが焼けて、実用的かもしれない。でも、これよりもっとおいしいケーキは絶対に焼けないはずよ」マルヤムがひところそのテクノロジーのことを伝えると、エソックの母親は首を横に振った。

ライルとマルヤムはうなずいた。ましてや、もし書類を印刷するように正確なら、ケーキ作りのどこが楽しいのだろう？　たぶん手動式のイライラする部分は、調理終了後に洗うべき調理器具がたくさんあることだろう。でもそれは大した問題ではない。ライルとマルヤムは鍋の底を磨くことについては何度も経験してきた。

夕方近く、その六つのタルトが完成した。マルヤムはエプロンを外し、手を洗いに洗面所へ足を運んだ。

「エソックは元気ですか、おばさん」ライルはゆっくり尋ねた。

「ええ、一週間前に電話してきたけど、元気だったわよ」エソックの母親は微笑んだ。

「エソックは、本当はそこで何の仕事をしているのか、知らせてきたことはありますか？」

「何の仕事、ライル？」エソックの母親は理解できなかった。

「『何か』です。どんなものなのか、私も正確には知らないんです。エソックが電話で言ってきたことはないですか？」

エソックの母親は首を横に振った。

「大学の研究室で手伝いをしていると話していただけよ。ただそれだけ」

「それともたぶん、市長、市長夫人、あるいはクラウディアには今まで話したことがあるのでしょう。家であの方たちは、それについて話していたことがあるのでは？」ライルはまた問いかけた。今度は慎重な語調で。エソックの母親の誤解にならないように。

エソックの母親は考え、思い出したようだったが、それから首を横に振った。

「ないのよ、ライル。今まで仕事について何も言ったことがないのよ。それはただの調査、研究、またはそのような類いのものだと思う。彼はそういうことがとても好きなのよ。何時間でもすべてを忘れるまで、時間を費やすの」

ライルはうなずいた。だとすると、エソックの母親も息子が何を隠しているのかわからない。たぶん市長は知っているのだろう、そして家でそれを議論したことはない。

マルヤムは洗面所からテーブルに戻った。

ライルはすぐに話題を変えた。

彼女たちはエソックの母親に店の玄関先まで送ってもらい、四時ちょうどに帰った。二人は、最寄りのバス停まで歩いた。

美しい黄昏《たそがれ》の空が目に映る。雲一つなかった。

＊＊＊

ここ六か月間ライルは、エソックに関する多くのことに疑念を抱き続けていた。いつも雲がない美しい空の状況も、みんなの大きな疑問となっていた。

気温が再び回復して六か月間、ほんの一片の雲も出現しなかった。朝、昼、夕方も。空は見渡す限り青く見えた。晩も同じで、空は雲一つなく、星や月がはっきりと見えた。天の川銀河の構造の壮麗さを阻むものもなかった。

当初、気温の回復の喜びに包まれていて、住民は気にかけなかった。再び、それぞれの活動に忙しかった。道路を通過し、視線を上げ、いかに青い空が魅力的なのかを褒めたたえた。噴水のある池のほとりに座り、視線を上げ、どんなに空が青いかについて大声で語り合った。でも六か月後、それは大きな疑問となった。

雲はどこに行ったのか？　雲がそのまま消えることはあり得ない。ここ六か月間、上空に雲がないということは、すなわち雨も降っていないということだ。

その現象は世界中で起こった。北から南、西から東まで、全住民が、空にもはや雲を見かけることがないと報告した。

ニュース速報！　雲は地球上から消えた！

ケーキ屋から寮に戻り、共同スペースを通りかかったとき、ライルとマルヤムの足取りが止まった。寮生たちが、心配そうにテレビ番組を見ていた。

「実際に何が起きているのか説明していただけますか、教授？」キャスターが尋ねた。

「視聴者はそれを聞いても嬉しくないでしょう」専門家であるゲストが淡々と答えた。

「そうですよね。でもここ二週間、十数人の専門家を招きましたが、彼らもうまく説明できませんでした。ただ推測しただけでした。たぶんあなたは、実際に何が起きているのか、私たちに伝えることができるでしょう」

「人類絶滅の始まりです」ゲストは冷たく答えた。

その生放送のスタジオが静まり返った。キャスターは唾をのみ込んだ。学校の寮の共同スペースにいる視聴者、お茶の間の視聴者もまた、すぐに黙り込んだ。

「人類絶滅の始まり？　聞き間違えていませんか？」

「いいえ、聞き間違えていません。世界中の国が競い合ってスペースシャトルを打ち上げたときから、人類絶滅のときが始まったのです。世界中の国の指導者たちが成層圏介入を決定しました。私たちが手に入れたのはなんでしょう？　気候は本当に短期間で回復しました。ジャガイモが再び生育され、リンゴが食卓に出され、鶏の卵、新鮮な牛乳、すべてがあふれるのを見てみんなが大喜びしました。ではなぜでしょう？　私たちはまさに暗い穴を掘っています。どの国も頭が固く、自国のことしか考えていません。数十億トンの抗二酸化硫黄ガスが、成層圏に流れ込んでいる『ガス』と同じ『ガス』であることを人々は忘れていました。『ガス』で『ガス』を克服する、それはとても滑稽なことです、だからこれが結果です。

六か月が過ぎ、大きな破壊がもう始まったのです」

ゲストはしばらく黙り込み、指で髪をとかした。

「でも政府はなぜこの件について、正式な説明をしないのですか？」

「もちろんまだです。気候研究センターは、まだそれを確認する勇気がありません。専門家は数々のデータ、観測の結果を見て不安に感じていますが、私はこの番組を通じて、全国民に対して発表することができます。ここ六か月の春の気候に対して、我々は高い代償を払う必要があります。成層圏の層は壊れ、その下の層の対流圏も壊れました。抗二酸化硫黄ガスのせいで、雲の形成プロセスが急にストップし、水のサイクルも途切れました。地球にもはや無期限に雨が降らない、と全世界の指導者が正式に発表するのも時間の問題でしょう」

テレビ画面の会話を聞いて、マルヤムは立ちすくんだ。隣にいるライルの腕を、手でがっしりつかんだ。

雨がもう降らない？

## 27

一週間後、バスの中で、路面電車で、店で、事務所で、学校も含め、みんなが雲のない青空のことで意見を戦わせている。

「もし本当にもう雨が降らないなら、何が起こるんでしょうね」ある人が尋ねた。

「知らんけど、たぶん飲料水の危機を味わうんだろうね」別の人が答えた。

「もし水の危機が起きたら、私たちに必要な飲料水はどうしたらいいのでしょう？　農業の灌漑《かんがい》用水は？　家畜のための水は？　工業用水は？　すべての生活に水が必要ですよね」最初の人は不安そうに尋ねた。

「心配する必要はないよ。政府が解決策を考えるだろう。彼らは克服する技術を持っているはずだし。今年はもう二〇五〇年なんだから、科学をもってすればなんでも克服できる」

「どんな方法で？」

「少なくとも海にまだ水はたくさんあるよ。海の水だって全部水なんだから」

ライルとマルヤムはその会話にぼんやり聞き入っていた。彼女たちは寄付提供者のイベントに参加するため、未成年避難者施設に向かってルート十二の市バスに乗っている。

「私もこの件をさほど心配していないんです。なんだかんだ言っても、今までずっと通常どおりに日常生活ができていたので」さらに別の人が無関心そうに肩をすくめた。

「いたるところに深い雪が積もる冬より、雲がない春の方が私も好きだな」その友人も声をそろえた。

「はーい、そのとおり。雨がなくなる最悪な危険は、雨がどのようなものなのかを忘れてしまうことじゃないかな。問題ないって。いずれにせよ私も雨が好きじゃない」バスの中の数人の乗客が笑った。

ライルはゆっくりとため息をついた。ルート十二の市バスは未成年避難者施設の前に到着した。隣にいたマルヤムは立ち上がり、バスを降りた。

もし本当にもう絶対に雨が降らなかったら、どうなるのだろう？　ライルはとても雨が好きで、空を見上げ、顔に降りかかる雨粒を見つめるのも好きだ。

「ハーイ、ライル、こっちよ！」遠くないところから市長夫人の呼ぶ声が、ライルの物思いを遮った。

未成年避難者施設の庭が賑わっているのが目に入る。多くの寄付提供者が出席している。イルミネーションがぴかぴか点滅し、数台のドローンが頭上を飛び、夜の楽しい雰囲気を醸し出している。庭には大きなステージがあり、椅子で囲まれた数十台の丸いテーブルがある。その晩餐《ばんさん》会は屋外の庭で行われる、ガーデンパーティーだ。突然雨や雪が降る心配をする必要がない。空は雲がなく美しい。

ライルとマルヤムは歩み寄った。市長の家族は皇太后と話をしている。

「こんにちは、ライル、マルヤム」市長が低い声で話しかけた。

ライルとマルヤムは市長にあいさつをした。

これは首都でのエソックの卒業式以来の集まりだ。多かれ少なかれ、その出来事、理由なき嫉妬心について、ライルはうまく忘れていた。ライルはクラウディアを暖かく抱きしめることができた。

「あなたも一緒に出席するとは思わなかったわ、ライル。本当に楽しいサプライズね。施設からすでに引っ越した別の子供たちも、一緒に招かれたの？」市長夫人はライルの腕を優しくつかみ、皇太后の方を振り向いた。

皇太后は首を横に振った。「二人は施設の寄付提供者として招かれたのですよ」

「そうですか？」

「彼女たちはボランティア団体からの受賞金を、すべて寄付してくれたんです」

「本当に？　それは素晴らしいわ」市長夫人が叫んだ。

ライルとマルヤムは互いにちらりと目をやった。

「学校はどうなの、あなた方？」市長夫人は問いかけた。

皇太后が会釈をしてその場を去るまで、ちょっとの間、学校のことをおしゃべりした。「イベントはすぐに始まります。さあ、おかけください。私は舞台裏に行かなければなりません」

ライルとマルヤムは、市長家族と同じテーブルに座った。別の招待客数百人はもう各自周りのベンチに座っている。

「あなたが着ているドレス、素敵ね、ライル」クラウディアが褒めてささやいた。

「私も好きだわ。どこでお求めになったの？」市長夫人もささやいた。

ステージ上では、いくつかのスピーチですでにイベントが始められた。開会のあいさつの中で皇太后は、町が五十センチの雪に覆われた厳しい時期に、支援してくれた寄付提供者に対し、感謝の言葉を述べた。

「ええ、ホテルのサービスの一つを利用して、借りました」ライルは正直に答えた。首都のホテルの経験から学び、彼女たちはより安くドレスを探す方法を知った。

「そうなの？　選ぶのが上手ね、ライル。あなたの目の色に、ぴったり合っているようだわ」

隣に座っているマルヤムが、机の下のライルの足を蹴飛ばした。『そこまで正直である必要ないのに』マルヤムのまなざしはそのような意味に取れた。

晩餐会のイベントは順調に行われた。たくさんのスピーチや祝辞のあとに、料理が乗ったトレー、飲み物が乗った複数の小さいトレーも、すぐにテーブルに出された。ステージ上にいた招待客も未成年避難者施設の子供たちにエスコートされ、夕食を楽しみ始めた。

踊りを披露する子供、楽器を演奏する子供、唄をうたう子供もいる。パフォーマンスが終わるたびに、招待客は賑やかに拍手をした。前方にいる司会者が、ステージ、庭の飾りつけ、テーブルの花、テーブルに出される料理も、すべて施設の子供たちの手作りであることを説明した。招待客はもう一度拍手をした。

クライマックスに、施設にいた二人の実話からとった一話のドラマを、十数人の子供たちが演じる、と司会者が発表した。多くの人々にインスピレーションを与えるように、という願いが込められている。

ライルとマルヤムは息をひそめて、前方のステージを見つめた。

二人の娘が暴風雨の中、五十キロの距離を駆け抜けたドラマを、六歳から十五歳までの施設の子供たちが実際に演じた。

照明や音声の演出で、ステージ上に本当の暴風雨が起こったように見える。施設の子供たちは出来事を上手に表現し、その雰囲気を再現した。それはうまくできていた。ライルとマルヤム役の二人の子供が、ついに川下の町に到着し、危険を告げるのに成功したところで舞台は終わった。洪水がステージ上の小道具のセットを消し去った。

招待客が拍手をする。

ライルとマルヤムは互いに見つめ合った。

「もうあんなことはできないわ」ライルは、ぼそっとつぶやいた。

「なぜできないの?」マルヤムは隣で同意しなかった。そのドラマを見て、マルヤムのボランティア精神がまた復活したようだ。

「雨はもう地上に降らないのよ、マルヤム」

マルヤムは黙り込んだ。

＊＊＊

また六か月が過ぎ、ライルとマルヤムは看護師免許を取得するため、卒業最終試験の準備に忙しかった。空はまだずっと青々としている。気温は暑さを増した。

世界各地で、政府がついに正式な発表を行った。二酸化硫黄ガス放出に対する成層圏介入政策で、地球の対流圏と成層圏の層に変化が見られたことを、研究者たちが確認した。雲は自然に形成されず、二酸化硫黄ガス化合物と散布された抗二酸化硫黄ガス等の影響で、雲の形成プロセスが妨げられた。悪いニュースであることに、雨が降らないだけでなく、ここ数年先、かなりの気温上昇が予想され、亜熱帯諸国で酷暑の夏が始まり、干ばつは唯一の重大な問題ではなく、暑い気候も急速に熱帯諸国に広がるだろう。その状況がいつ終わるかまで、確信できる者はいないということだった。

特別番組「ブレイキングニュース」

「抗二酸化硫黄ガスの粒子が我々を裏切りました」テレビのゲストが冷淡に答えた。

「それだったら、その抗二酸化硫黄ガス介入政策に対する介入を行ってはいかがですか? 雲が再び形成されるように?」

キャスターが意見を投げかけた。

「ばかばかしい考えです。それは人類絶滅の過程を促進してしまうだけです」ゲストは机を見つめ、目の前のコップを引き寄せた。「単純な例を挙げてみます。このコップの水は澄んでいます。ここで色を赤くしたいと固執する人が出てきます。赤くするのは簡単です。赤い着色料を注げば、その水は赤くなります。でも、新たに黄色くしたいと固執する人が出てきたとき、どうすればいいのでしょうか？ 黄色い着色料をできるだけたくさん注いでも、決して黄色くならないでしょう」

「でも今、どのようにしてこの問題を乗り越えるのですか？」

「もう逃げ道はありません。空中に混ざり込んだ数十億トンのガスを吸い込み、それを火星に捨てることはできません。我々はそれぞれのエゴイズムに対する高い代償を払う必要があります。酷暑の気候は遅かれ早かれ、この町にも来るはずです。すべての生活を焼き尽くします」テレビ画面が静まり返った。キャスターは黙り込んだ。

ライルとマルヤムは立ち上がり、テレビを見ている寮生でいっぱいの共同スペースをあとにした。彼女たちにはまだ、部屋ですぐ片づけなければならない学校の最終レポートがある。世界の動向にも不安を感じていたが、学校でのことに集中した。

摂氏三十度に届く暑い気温の中で、最終試験は順調に行われた。一年前、町はまだ深い雪に覆われていたが、今日はすべてが正反対だ。テレビの報道番組は、亜熱帯諸国の平均気温が三十五度に達していることを伝えた。北極や南極の雪が溶け、海面の高さは五十センチ上がり、海岸の町は水に浸かった。

試験の一週間後、ライルとマルヤムは名前が合格リストに載っていることを見つけ、ホッとし、顔がほころんだ。正式な専門学校の修了と同時に、看護師免許を取得した。彼女たちは新しい計画について話し始めた。ボランティアを続けながら、ある病院で働く計画から、賃貸アパートに引っ越すことまで、ありとあらゆることについてだ。

ボランティア団体はここ六か月、数千人のメンバーを招集した。彼らの力が再び必要とされていた。長期化する夏のせいで、再び多くの地域がセクター四から五に戻った。飲料水を見つけるのが難しく、気温はますます高くなり、生活の質は落ち、セクター一から三の町が続々と現れるのは時間の問題だった。その悪状況の可能性に直面し、ボランティア団体はまた再訓練を繰り広げた。以前にボランティアが直面した状況は冬、雪、暴風雨だったが、今は状況が変わり、干ばつに直面した。ボランティアは、たくさんの知識を更新しなければならなかった。

「来週の卒業式についてもうエソックに知らせたの、ライル？」

彼女たちはボランティア団体本部からの帰り、ルート十二の市バスに乗っていた。

「まだよ」ライルは短く答えた。

「すぐに彼に知らせるべきだよ、ライル。彼がずっと前から、帰省の計画の準備ができるように。忙しくて、突然帰ることは難しいと思うよ」

ライルは首を横に振った。おそらく彼女はエソックに知らせないだろう。

先週の合格発表以来もう何回も電話で知らせようと思ったが、彼女はそうしなかった。ここ一年、エソックも電話してこなかったでしょ？　ましてや、その全容が明らかにされていない船を作るのに忙しいエソックを、邪魔することになるだけだ。ライルはそれが心配だった。ライルは現実に向き合い、気持ちの整理をしていた。一年前の首都での経験以来、感情のコントロールを誓っていた。その恋しい感情が現れるたびに追い払った。避難所での思い出がよみがえるたびに、しっかり蓋《ふた》をした。あたしは誰なの？　エソックにとっては取るに足らない人だわ。

マルヤムはその変化がわかった。二人はめったにエソックのことを話さなくても、近しい友人であり、真の親友である二人は、何も話さなくても互いに理解できることがたくさんある。ライルが期待と折り合おうとしていることを、マルヤムはわかっていた。

「もし私があなたなら、いつものようにエソックに知らせ、卒業式に強引に出席させるよ。少なくともほかの人たちにとってはサプライズだね。私は賭けてもいい、卒業式の出席者は、奪い合ってソケ・バーテラと一緒に写真を撮ろうとするよ」マルヤムは屈託なく話し、その考えに笑った。

ライルも一緒に笑った。

「でも運命よ。私はむしろ恋に落ちる感情がどんなものなのかを知らないの。あの地震が起こったときに、私のリュックをつかんでくれた人はいなかったわ。男の子はみんな、大きく膨らんだ私の縮れ毛を見て、先に逃げていった。だから私は何を期待するの？　例え、反射的にリュックをつかんでくれる人がいたとしても、私の髪の毛を見てまた慌ててそれを放り出したに違いないよ。『ううーん、ごめんなさい、人違いです』とか言いながら」

その二人の親友は、マルヤムの冗談に一緒になって笑った。

マルヤムの冗談で、ライルは気が楽になり始めた。その期待を忘れようと誓った。ここ一年、かなり慎重に気持ちを立て直してきた。エソックに会ってまた振り回される必要はないはずだ。

「じゃあ、本当にエソックに知らせないのね、ライル？」

ライルは首を横に振った。決意は固かった。

# 28

ライルはエソックの母親にも知らせないことにした。

ケーキ屋への定例の訪問でも、まったく卒業式のことについて話をしなかった。未成年避難者施設を訪れたときも、ライルは皇太后に知らせなかった。その合格祝いは、ここ七年間ルームメイトだったマルヤムとだけ一緒に祝えばよい。それでもう十二分だ。知っているのは、今後の長期休暇の役割に関与するボランティア団体本部のスタッフ数名だけだった。

ついに卒業式の日が来た。ライルとマルヤムは寮の部屋にいるときからトーガを着ていた。

「今日は卒業式なのかい？」彼女たちが乗車すると、ルート十二の市バスの運転手が、信じられない様子で見つめた。

ライルとマルヤムはうなずいた。

「おめでとう、お二人さん」バスの運転手はにっこりした。「あんたたち二人はバスで騒ぎを起こすのにせわしないだけかと思っていたら、実際、学校に真面目に通っていたんだねぇ」

ライルとマルヤムは笑った。

バスにいた数人が、一緒にお祝いの言葉を述べた。

看護学校の講堂は、卒業生の家族で賑わっていた。ライルとマルヤムは、黒いトーガを着ている友人たちにあいさつしながら、名前の書かれている椅子に向かって笑顔で歩み寄った。外は青い空が見渡す限り広がり、朝日が灼熱《しゃくねつ》の光を放っている。気温は高く感じられ、すぐに汗が出た。

卒業式は厳かに行われた。ライルとマルヤムは看護師免許を受け取った。卒業式が終わると、二人の娘は卒業証書の筒を手にして写真を撮るのに夢中だった。友人たちと写真を撮った。小さいドローンがあちこちを飛び、手のひらの動きにコントロールされ、カシャカシャとシャッターを押す。小さい騒ぎが起きた。卒業生が一人、二人と、講堂近くの小さい池に放り込まれ始めた。卒業祝いの一環だ。ライルは講堂の庭のほとりにある一本の木の方へ急いで走って遠ざかり、下級生から無理やり引きずられてもがくマルヤムを見て、笑った。

かつての泥の池のときと同様にライルは興味がなく、逃げると決めていた。

「こんにちは、ライル」聞いたことのある特別な声が話しかけてきた。

ライルは振り返り、そして驚きで転ぶところだった。

「エソック……?」

エソックがにっこり笑ってうなずいた。

「ここで何をしているの?」ライルは目をごしごしこすった。何が見えているのか信じられなかった。

ほら、ごらん。エソックが赤い自転車を携えて、目の前に立っている。長かったエソックの髪が今は切りそろえられ、紺色の帽子をかぶっている。嬉しそうな顔だ。

「君の卒業式のために来たよ」

ここ一年の苦労で、ライルは現実に向き合い、気持ちを立て直してきた。妥協しようとしたり、忘れようとしたりしたが、無駄だった。目の前に立っているエソックを見たとき、彼女が築いた心の中の砦《とりで》が、ガラガラと音を立てて崩れ落ちた。今回はいつものように、エソックを見て驚いて笑わなかった。今度こそ、ライルは泣いた。

「なぜ泣くの？」

ライルは首を横に振った。「なぜだかわからないわ」

講堂の庭はまだ賑わっていた。マルヤムはもうそこでびしょ濡《ぬ》れになっていた。

「僕が来たのを見て嬉しくないの？」

ライルは頬を拭った。「私はあなたを見てとても嬉しいわ、エソック。ごめんなさい、泣いてしまって」

しばらく静かになり、互いに見つめ合った。

「僕と一緒に自転車に乗りたい？　この一番ハイテクな乗り物に？」エソックはふふっと笑った。

ライルはうなずいた。

三十秒後、その赤い自転車はすっと走り出し、看護学校の講堂の庭をあとにした。数人の招待客が指をさし、ささやき声で話し始めた。ライルと一緒に木の下に立っていた若者は、ソケ・バーテラではないか？

十五分後、びしょ濡れの洋服で、マルヤムは怒り狂ってライルを探したが、学校のどこにも見つけられない。マルヤムはイライラして声を枯らして叫んだ。

＊＊＊

赤い自転車が長い上り坂を超えた。そこは昔エソックが、ライルが乗ったバスを追いかけた場所だ。

「僕はもう以前ほど速く自転車を漕げないよ」エソックは少し息を切らした。

「なぜ？」

「君はもう大きい、ライル。もう十三歳の女の子を後ろに乗せるのとはわけが違うよ。前より重くなったし」

「私が太っていると言いたいの？」後ろに座っているライルがカッとなって目を見開いた。彼女はまだ帽子とトーガを着ていた。

「そんなふうには言ってないよ」エソックは笑った。「太っていると言ってよ。皮肉る必要はないわ」

彼らは町を横断し、昔の思い出の多くの場所を訪れた。巨大スタジアムを訪れ、一番上の観客席に座り、芝のフィールドを眺めた。数人の子供たちがサッカーの練習をしているのを眺めた。噴水のある池を訪れ、公園のベンチに座った。今やそれぞれのベンチにオートマチック式パラソルが備わっている。太陽は灼熱の光を放ち、青空には雲一つない。ベンチのボタンを押すだけで、カラフルなパラソルが頭上に広がった。ライルとエソックは自動販売機から、一杯の冷たい飲み物を買った。彼らは水のない噴水の池を見つめた。市当局が水を止めたのだ。水の節約だ。少なくともまだ鳩《ハト》がいて、池の来訪者の癒しにはなっていた。

彼らは飲み物を飲み干すと、再び赤い自転車に乗った。

灼熱の光がなおも町に注いでいるが、夕方四時、太陽は西の空に沈み始めた。最終目的地は地下鉄の非常階段のマンホールだった。

エソックはいつかライルにつき合って、その場所を訪れることを約束していた。生命《いのち》に危険が及ぶ酸性雨から身を守るため、説得して雨宿りしたときにその約束をしていた。首都での卒業式にもその約束をしていたが、今日エソックはその約束を果たした。ライルの卒業式に、彼女のすっきりしない気持ちを償い、一緒にいてあげることで代償にするつもりだった。

十五分後、彼らは交差点で黙り込んだ。そこには、オートマチック式パラソルがついたベンチがある。ライルとエソックは座り、マンホールを覆っている花園を見つめた。赤い自転車をきちんととめた。その交差点は静かだった。

「この場所を訪れるのはこれが最後になるかもね」エソックはゆっくり話した。

ライルは振り返った。「最後？」

エソックはうなずいた。

「なぜ？」ライルは理解できない。

「君に説明したいことがあるんだ」エソックはポケットから物体を取り出した。ピンポン玉ほどの大きさの金属製ボールだ。

エソックがある面をやんわりタップする。その金属製のボールがはじけ割れ、一つのホログラムが現れた。それは最新のプレゼンテーション技術だ。小さい金属製ボールがあるだけで、ホログラムを通じてイメージを四次元的に映像化できる。

その金属製ボール上に大きい一隻の「船」が現れる。

「船？」ライルはゆっくり言った。

「うん、これこそが、僕が取り組んでいる船だよ。船のような形をしているから、我々はいつも船って呼んでいる。でも実はこれは、最新テクノロジーを持つ巨大な宇宙船なんだよ。長さは約六キロ、幅四キロで、高さは八百メートルある。この宇宙船は、長距離・長期間の航海用にデザインされていて、ちょうど海を渡っている船のようなので、我々も船と呼んでいるんだ」

ライルは視線を上げ、エソックの顔を見つめた。ホログラムが切り替わって、地球儀を示し、四地点がきらきらと輝いているように見えた。

「世界の秘密研究団体が製造した船四隻がある。その一隻が我々の国にあるんだ。大学の研究室で造られた部品が、所在地が秘密とされている造船所に次々に送られる。最後のピースはすでに一年前に完成した。整備士ロボットが、すでに家具や生活環境周辺も完成させた。あと四週間で四隻の船は正式に飛ぶ準備ができている」

「でも、何のために？」ライルは理解できなかった。

エソックがピンポン玉をやんわりタップすると、ホログラムが切り替わり、地球の大気圏を示した。

「火山噴火災害が起き、続いて数十億トンの二酸化硫黄が成層圏を満たしてから、有名な科学者数名が次のようなとても正確な結論を出した。つまり、百年後に地球の気候はコントロールできなくなるだろう。亜熱帯諸国が行った介入政策に続いて、国民の要求が高まり、熱帯諸国がパニック状態に陥り、状況はますます複雑になった。気温は劇的に上がり、地球は危機的な時期に向かうだろう」

「危険なのは長期化する冬じゃなくて、夏だ。気温が摂氏六十度から八十度に達すると、生命に危険が及ぶ。そうなると人類は絶滅に向かう。今すぐではなく、まだ二年から三年先だ。でもそれを防ぐのはとても難しく、ほぼ不可能なんだ。きっと君もその問題を討議する報道番組を、見たことがあるよね？」

ライルはうなずいた。

「だから、世界の気候変動サミットの最初の膠着《こうちゃく》状態以来、世界の指導者は、政治的欲望や短期的な利益よりも科学者の方を信頼し、密かに集まり、数年前に秘密研究団体を結成した。彼らは、宇宙船製造プロジェクトの資金提供を決定し、その最悪なシナリオに対して準備を整えているんだ」

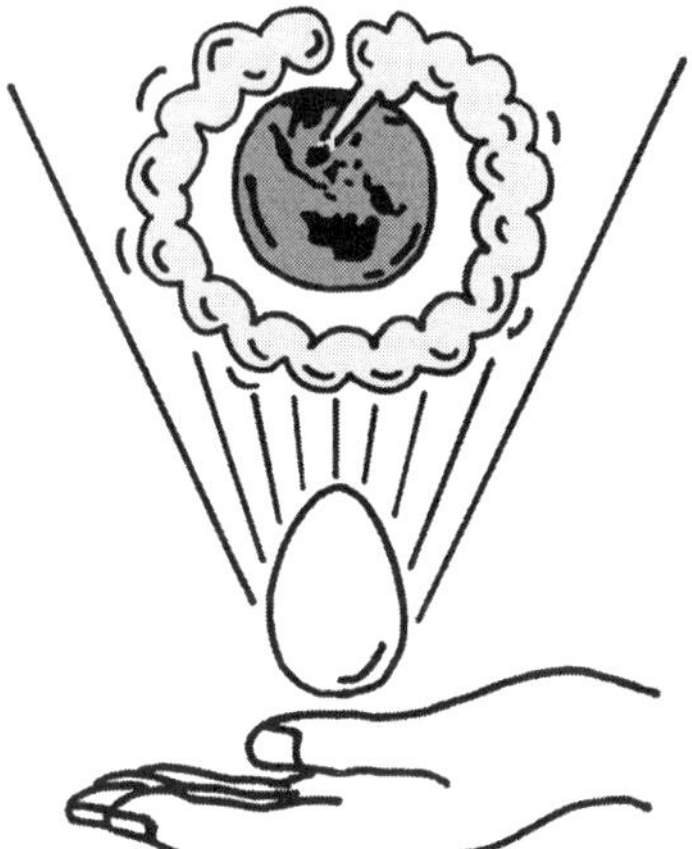

「人類を絶滅の危機から救わなければならない。準備されている唯一の方法は、地球から離れ、宇宙に送り込むことだ。それぞれの宇宙船は一万人の住民を収容し、成層圏のはるか上空で、地球から百から二百キロある軌道まで、彼らを連れていくことができる。彼らはそこで生き延びるだろう。船は理想的な地上のような外観にデザインされた居住空間を提供してくれるはずだ。船は百年経過するまで航海し、そして地球の気候が本当に自然に回復したらまた上陸できるんだ」

ライルは叫び、口をつぐんだ。「人類が絶滅に瀕している?」

エソックはうなずいた。「前回気温が下がったとき、冬をそのまま耐えることができていたら、おそらく人類はまだ地上で生き残れるチャンスがあったのだろう。でも成層圏介入政策で、ますますその可能性が低くなったんだ。猛暑の夏の中で生き残れる人間はいないはずだ。人類を救う方法は、船に乗せ、地上を去ること、それしかない」

エソックはしばし黙っていた。ライルはまだ口を閉じていた。

「僕の授業はカモフラージュさ、ライル。実はそのプロジェクトに関与しているんだ。世界に四つの大きい大学があり、その一つが僕たちの国の首都にある。だからこそ僕は毎回君に連絡できず、この町にも自由に帰れなかったんだ。『秘密プロジェクト・カテゴリー一規約』は、オープンに誰とでも交流することを禁じている。僕が日常的に母に電話することさえ非常に制限されているんだ。説明もなく、君はその期間を過ごさなければならなかったね、本当にごめん。疑問に思わせたり、待たせたりして。例えば今日会うのにも、僕は三つの正式な許可をパスする必要があったんだよ。厳重に監視されていて」

ライルは黙り込み、エソックの説明をまだ頭の中で整理していたが、先ほどから危機的な夏のシミュレーションを示しているホログラムに注目した。ホログラムの空の色が変化して真っ赤になり、地球はカラカラに乾燥し、海は沸騰しているようだ。

「誰が……」ライルは唾をのみ込んだ。「誰がその船に乗るの？」

「研究団体は、それが公平に行われることに合意した。我々は現存の人口学的データから、人間の遺伝子分布に合わせてアトランダムに人選できるマシンを作製した。人類がこの先数世紀も確実に生き残れるためには、船上に多様性のある遺伝子を持ち込むことがとても重要なんだ。ここ数週間で、乗船する一万人の名前がはっきりするだろう。彼らはすでに承知しているはずだ。脱出のプロセスはすぐに始まるだろう。あと四週間で、その四隻の船は出発する。ちょうどその宇宙船が出発するとき、地上に残る誰もが今後直面する状況に備えることができるよう、政府はこのプロジェクトをオープンにするだろう」

「なぜ彼らは今、発表しないの？」

「できないんだよ、ライル。大々的な暴動に火をつけることになりかねない。人々は、その船がどこで作られているのか、探し求めるだろう。彼らも一緒に強引に乗り込もうとするだろう。出発の日が来るまで、この件を知っているのはごくわずかの人だ」

「あぁ、神様《トゥハン》……」ライルは心配そうに顔を拭った。「市長……市長は知っているの？」

「市長は知っている。でも僕からではないよ。市長は研究団体のメンバーの一人なんだ。僕たちの町は、密かにそのプロジェクトに多額の資金を提供している。だからこそ、もっと緊急なことのために地下鉄の修理が中止されたんだ」

「四週間後に、その船は出発するの？」

「早ければ早いほどいい」エソックはうなずいた。

ライルは黙り込んだ。二人の立っている道の交差点はしばらく静まり返った。

「どうすればいいの、エソック？」

「その船が出発するまでは僕からの便りを待っていてね。何を聞いても、どんな情報を受け取っても、何もしないでね。僕が連絡するのを待っていて。君はいつもどおり普通に行動していいんだよ、僕たちができるのはそれだけだから。僕はプロジェクトの現場に戻らなければならない、まだその船に関して片づけるべきことが一つあるんだ。僕の最後の仕事だよ」

ライルは唾をのみ込んだ。すべてが恐ろしいことのように聞こえた。

「僕が伝えたすべての情報は機密事項だ、ライル。君は誰にも知らせてはいけないよ。おそらくマルヤムは例外だろう。彼女は信頼できる」

エソックが金属のボールをタップすると、その上のホログラムは消え、ボールは元の形に戻った。エソックはそれをジャンパーのポケットに入れた。

「今回はたぶん、この非常階段のマンホールを訪れる最後の機会になるだろう、ライル。この先何が起こるか、僕たちにはわからないだろう」エソックは顔を上げ、空を見つめた。「もう夜だね。君を寮まで送っていくよ」

## 29

夜が町を包み込む。明かりが灯っている。その赤い自転車が、看護学校の寮の門についた。

「バーイ、ライル」

「バーイ、エソック」ライルはうなずいた。

エソックは自転車に乗り、ゆっくりと漕いだ。ライルはカーブの先に見えなくなるエソックの背中を見つめる。彼女は長いため息をついた。ライルがエソックと一緒に過ごしたこの日は、本来なら美しい日になるはずだった。でもエソックが話したことを考えると、その日の楽しさは半減した。

ライルが部屋のドアを押すと、マルヤムは大声を張り上げて叫んだ。ライルは部屋に足を踏み入れた。

「ライル！　どこに行っていたの、はー？　私は講堂中を探したけど、見つからなかった。そのまま消えちゃって」

ライルはマルヤムのイライラを受け入れかねて、首を横に振った。

「きっとソケ・バーテラに会ったんだよね？　さぁ、認めてよ」

ライルはうなずいた。

「それならわかるよ。このルームメイトを忘れさせるのはソケ・バーテラしかいない。言わずに行くから、私をパニックにさせたままで。これで三回目よ、ライル。三回目！」

マルヤムは目をまんまるにし、縮れ毛も大きく膨らんだ。

「あなたたちは何をしていたの？　小さい子供のように、自転車で町を遊び回っていたの？」

「マンディするわ」ライルはタオルを取った。

「ちょっと待ってよ、ライル。あなたは話すべきだよ」

「あとで話すわ、今はマンディする」ライルは部屋の外に踏み出した。彼女はずっとトーガを着たままだった。

＊＊＊

マンディが終わると、マルヤムが待っていた。

「あなたに伝えたい大切なことがあるの、マルヤム」ライルはベッドに座った。真剣な表情だ。

「どんな大切なこと？　エソックがついに求婚でもしたの？」マルヤムはにやにやして、ジョークを飛ばそうとした。彼女もベッドに座った。二人は向かい合っていた。

「今は冗談を言っている場合ではないの」ライルは相手にせずに言った。

「えっ、わかったよ、ごめん」マルヤムは座り直した。

「でもあなたは、誰にも言わないって、約束しなければならないわ」

「いやだ、勘弁してよ、ライル！　約束しなければならないの？」マルヤムは承服しかねて叫んだ。「私は、あなたの秘密をほんの少しも漏らしたことがないよ。未成年避難者施設や看護学校の生徒、ボランティア団体、この町の全市民に対しても、一度もない。夢で寝言を言うときでさえも」

「ええ、それは私もわかっているわ」ライルは気を悪くしたマルヤムを見つめた。

「ただ確認しただけよ。約束してね、マルヤム」

「わかったよ。約束する。気が済んだ？」

ライルはうなずいた。エソックの言うことは正しかった。この秘密はマルヤムに伝えても大丈夫だ。

三十分間、地下鉄の非常階段のマンホールの前で、エソックと会話したすべてのことを話した。その話を聞いて、マルヤムの体は凍りついた。

部屋は静まり返った。部屋のクーラーの音だけが耳に残った。もはや暖房は必要なかった。

「マジで恐怖だわ」マルヤムはついに声を上げ、その声は立ち消えた。

ライルはうなずいた。彼女たちは火山爆発指数カテゴリー八の火山噴火と、一度に二大陸を破壊するマグニチュード十の地震を経験したことがある。寒い気候や、五十センチの深さの雪も経験している。でも、摂氏六十から八十度の酷暑の夏により人類が絶滅するという情報を聞くのと比べれば、そのすべてが大したことではなかった。

「その四隻の船の乗船候補者はすでに選ばれた、ということ？」マルヤムが確かめた。

ライルはもう一度うなずいた。

「そして、私たち……私たちは連絡を受けていない。私たちは乗船者に入っていない、という意味？」

ライルは苦笑いした。「その船に乗りたい、マルヤム？」

「えー……」マルヤムは黙り込んだ。「聞きたかっただけ。あなたの話を聞いたら、誰でもきっとその質問をするはずよ。そのマシンは決して私を選ばないことはわかっているよ」

ライルはうなずいた。「乗船者はもう決まっているの。私たちは入っていないわ。でも、少なくともほかの住民よりも先に知っている。政府は四週間後、ちょうどそれらの船が出発するとき、初めてこのことを公表するはずよ」

マルヤムは息を吐き出した。「それじゃあ、私たちの大きな計画はどうするの？　病院で働くとか？　アパートを借りるとか？」

「どうかしらね」ライルは短く答えた。

部屋はまた静まり返った。

「まずは、私には睡眠が必要みたいよ、ライル。あなたの話は考えれば考えるほど、私の縮れ毛がめっちゃ膨らみそうだし」マルヤムがついに口を開いた。

ライルはニコッとした。マルヤムはどんな状況でも、ユーモアのセンスをなくしたことがなかった。

そのとき、このことを知っていたのはほんの一握りの人間だけだった。

困ったことに、他人よりも先に知っていても、彼女たちの運命は変わらない。だから、ライルとマルヤムは、いつものように日常の生活を送ろうと決めた。一週間後、新しいアパートに引っ越した。大きくないが、二人には十分だ。彼女たちは町の病院にも正式に採用された。でもボランティア団体のミッションがあり、すぐには働けなかった。

＊＊＊

その巨大宇宙船が打ち上げられる三週間前のその朝、ライルとマルヤムは数十人のボランティアと一緒に高速列車のカプセルに乗り、セクター三に向かった。

列車は水のない田園や、カラカラに乾いた広い草原を通り過ぎた。木々の葉が枯れ落ちている。気温はすでに摂氏五度上がった。干ばつがあらゆるところを襲い始めた。

彼女たちが向かうセクター三の状況は、悲惨だ。飲料水は非常に限られている。ボランティアや海兵隊は数百メートルの深さから水を引こうとしたが、出てきた水はほんのわずかだった。雨のサイクルがなくなり、地下水の蓄えは減り始めた。食材も再び制限され、価格はとてつもなく急騰した。

ライルとマルヤムは、避難現場の救急病院に配属された。もはや看護師を手助けするのではなく、彼女たちこそが看護師で、同時にボランティアだ。痩せた小さい子供たちや病気の高齢者に注意を払った。救急病院のテントは風通しが悪く、むっとした。制服は汗で濡《ぬ》れた。

「遅かれ早かれ、私たちの町も同じ状況になるだろうね」マルヤムは口のマスクを直した。彼女たちは少しの間休憩し、テントの外に立って辺りを眺めた。

埃が舞っていた。乾いた土地を襲う風のせいで埃が舞い上がり、環境の質はさらに悪化していた。この埃のせいで、トウモロコシ、小麦、そして稲が十分に成長できなくなり、家畜も死んだ。

「ライル、ソケ・バーテラはその船の乗船者の一人なの？」マルヤムは尋ねた。それはここ一週間、彼女がよくしている質問だ。

ライルは首を横に振った。「知らないわ、エソックは何も言っていなかった」

それは本来ライルの質問にもなるはずだ。エソックはその巨大な宇宙船の乗船者に入っているのかしら？　乗船者はアトランダムに選ばれるので、たぶんエソックは選ばれないはずだわ。全国に数千万人の国民がいて、選ばれる可能性はたったの五千人に一人で、ほとんどあり得ない確率だ。非常に低い。

卒業式にエソックと再会してから、ライルは考えることがたくさんあった。そのとき、彼女は心を穏やかに整え始めていた。もしエソックがその船に乗らないなら、船が出発したあと、あの人は何をするつもりかしら？　首都にそのまま残るのかしら？　もしくは私たちの町に戻るのかしら？　エソックは看護学校の卒業式から、ライルにまだ連絡してきていない。もう何度目にもなるが、ライルを待たせている。二人の関係において、待つことは諦めるしかないのか？

セクター三の避難所のテントで忙しかったことに助けられ、ライルは、エソックのことやその巨大な宇宙船のことも少しの間忘れられた。彼女たちは一日中救急病院で働き、夜八時にテントに戻り、疲労と暑さでゴミのように寝ころんだ。ボランティアの各々のテントに取りつけられたクーラーでは、暑気を追い払うことができない。

セクター三での十四日目、その四隻の船が出発する一週間前、ライルとマルヤムがテントに戻った夜遅く、誰かがプラスチックの椅子に座って待っていた。

市長だ。まったく予期せぬ客だった。

「こんばんは、ライル」市長が立ち上がる。

これはハプニングだ。ライルは唾をのみ込んだ。途切れ途切れの声であいさつを返す。マルヤムも、市長が彼女たちに会いにくる必要性がとても低いことを知っている。きっとライルにとても重要な用件があるに違いない。マルヤムはすぐに暇乞《いとまご》いをして、指令テントに行った。

「君の休憩スケジュールを邪魔してしまい、申し訳なかったね、ライル。話したいことがあるんだ」市長は額の汗を拭った。とても疲れている表情だった。彼は毎日、ほぼ十八時間働き、町を管理している。食材不足の解決策を探し求めている。今晩、市長が時間を割き、セクター三にいるライルに会いにくることは、重要で非常に差し迫った用件があることを意味しているはずだ。

「エソックはもう、きっと君に伝えたはずだがね」

ライルはすぐに、会話のトピックの見当がついた。

「巨大な船……」ライルはゆっくり言った。

市長はうなずいた。

「八年前、世界気候変動サミットの膠着《こうちゃく》状態のあと、世界の数人の指導者が非公開会議を実施したんだ。四か国の首脳、知事八名、そして世界の大都市の市長たちだった。私もその一人に入っていた。その会議には、十一名の有名な科学者が出席していたんだ。テレビによく出ていて、発言が視聴者から嫌われている教授も、その一人だったよ」

「でも彼は事実を伝えていた。地球の住民は、その古くからある教訓を忘れてしまっていたんだ。『とても楽しいうそを聞くよりも、甚《はなは》だつらい事実を聞く方がよい』という教訓を。人類絶滅という現実の脅威に直面し、宇宙船の製造プロジェクトを始めることに四か国が合意したんだ。最高峰の大学の科学者たちにリードされて。人類は絶滅してはいけない。我々は数千年先まで次世代がなお生き残る方法を、探し求めるべきだ。地球が再び回復するまで、地球上ではなく、宇宙に人類を送り込もうということになった」

「残念ながら残された時間は少ししかない。火山噴火災害後、在庫がある資源もごくわずかだ。我々は四隻の宇宙船を造ることしかできない。それはとても嘆かわしい事実だがね」市長はしばらく黙り込んだ。

「我々はすべての人を救うことはできないんだ、ライル。各船に一万人、各国に一万枚のチケットがあるだけだ。そしてそれらは公平に選ばれるべきだ。地球の住民が平等な機会を持つことに我々は合意した。赤ん坊、子供、若者、大人、むしろ高齢者であっても、金持ち、貧者、下級層、上流階級、すべての人々がアトランダムに選ばれることになった。チームのメンバーが、人間の遺伝子の統計調査マシンを作製した。そのマシンが、人間が持つ遺伝子の多様性に合わせ、最良の性質が次世代に継承されるように、乗船者になる権利がある人々を選ぶことになった。その船には、天才だけ、もしくは身体能力が高い者だけが乗れるわけではないんだよ。それはむしろ長期的には人間に不利益を及ぼすことになるからね」

ライルは市長を見つめた。

「選ばれた全乗船者は、先週すでに連絡を受けている。避難はもう行われた。彼らはもうその船の製造現場近くに集められ、あと一週間で出発することになっている。今晩、私たちはここにまだ二人で座っているのだから、その中に入っていないという意味だ、ライル」市長は苦笑いした。

ライルは黙り込み、もっと詳しい説明を待った。

「私は数十年を費やし、この町のために奉仕してきた。乗船者名簿に私の名前が入っていなくても問題ない。もし私がそのチケットを持っていたなら、むしろ喜んでほかの人に譲るだろう。私の妻を含めて。彼女は逆に、そのチケットを受け取らないと誓っているよ。彼女はほかの人を優先するだろう。でも残念ながら、彼女の名前もなかったんだ」市長はまた黙り込んだ。その声はしゃがれていた。

「でも……」市長はストレスを感じてこめかみをなでた。「エソックはチケットを二枚持っている」

ライルの目が大きくなった。エソックが？　二枚？

「一枚は彼がその船を造った功績で獲得したもので、そして彼はもちろん乗船するべきだ。もし船が宇宙で問題に遭遇したなら、対処できるのは彼だけだからね。もう一枚は彼が統計調査マシンから獲得したものだ。エソックの名前が出てきたんだよ。彼はその二枚のチケットのことを、まだ誰にも知らせていないんだ。私は名簿を見る権利があるので知っているんだが」

ライルは不安そうに指を揉んだ。彼女も市長から聞いて初めて知った。

「ライル、この年寄りは、君に頼みがある」市長はライルの手を握った。町の英雄の顔は年齢よりも老けて見え、目は潤んでいた。

「わかっているよ、エソックはもう一枚のチケットを、君のために使うだろう。彼は君をとても愛している、ライル。でも、この年寄りのお願いを許してくれないか、エソックに言って、私の一人っ子、クラウディアにそのチケットを譲るようにお願いしてもらえないだろうか？　夏がみなの生命を奪うのを待ち、地球上に残らざるを得ないクラウディアを、私と妻はとても見ていられないだろう。クラウディアは私たちの唯一無二の娘なんだ。最も貴重なかけがえのない宝物なんだよ」

テントは静まり返った。ショックを受けたままライルはじっと座っていた。

＊＊＊

床が大理石の四メートル四方の部屋も、静まり返った。

エリジャーは叫びかけたが、手のひらで口を押えた。

「そ、そ、その巨大な四隻の船はあと一時間で出発するの？」エリジャーは尋ね、タブレット画面上の片隅を見た。今は朝の六時だ。外は太陽が照り、見渡す限り青空が見える。

緑のソファに座っている女性がうなずいた。

「猛暑の夏は、本当に来るの？」

目の前の女性はもう一度うなずいた。「今すぐじゃないけれども、五年から十年先には」

エリジャーは不安そうに指を揉んだ。「これはとても嘆かわしいことね。極めて悪いニュースだわ。あぁ、神様《トゥハン》、一万人だけが助かり、つまりそこには私の名前もないというわけね……」その緑のソファにいる女性は、大理石の床を見つめた。

「ク、クラウディアは、今朝の宇宙船の乗船者の一人になったの？」エリジャーは待ちきれずに尋ねた。

## 30

市長は来訪の目的を伝えたあとに、別れを告げた。

ライルは何も答えられない。まだ戸惑い、そして気が動転していた。

市長がヘリコプターに乗って町に帰ると、マルヤムはテントに戻った。

「クラウディアにそのチケットを譲るつもりなの？」ライルが市長との会話を話すと、マルヤムが聞いた。

「わからないわ、マルヤム。そもそもエソックはまだ何も話していないし」ライルは否定して言った。

マルヤムは生気の失せたライルの顔を見つめた。今、友人はたくさんのことを考えている。まるで彼女の目の前に、重い荷物がぶらさがっているようだ。

「ましてや、エソックのお母さんもいるわ。そのチケットはお母さんに譲るかもしれない。あの方はもっと権利があるわ。エソックの唯一の家族だし」ライルは小声で言った。

マルヤムはうなずいた。それはもっと筋が通っている。

ライルはうつむいた。余すところ、あと一週間でその船は出発する。時間はますます差し迫っていた。

「町に帰らなければならないわ、マルヤム。私は町にいるべきだわ」

マルヤムが再びうなずいた。

その晩、彼女たちは避難現場の指揮官のところに出向き、予定より早く帰れるように許可を求めた。首都で解決するべき急用がある、とマルヤムが口実をつくった。

「その急用とは何なの、マルヤム？」指揮官が尋ねた。

マルヤムは唾をのみ込み、急いで考えた。「体型が私に似ていて、縮れ毛で、背が高くて痩せている女性たちが見つかりました。もしかしたら私の母親かもしれないです」

「それでは、なぜライルも一緒に町に帰る必要があるの？」指揮官はマルヤムを鋭く見つめた。

「あれ、体型がライルのような女性たちも見つかったんです」マルヤムはにやりとした。

小さい子供でさえ、マルヤムが言い逃れをしていると思えた。避難現場の指揮官がそれを聞いて笑った。

「いつでも帰っていいよ、ライル、マルヤム。これはボランティアの仕事で、強要するものではないんだよ。許可するので、理由をつくらなくてもいいよ」

その翌日、彼女たちは最寄りの列車の駅に向かうために、物流ルートを走る軍のトラックに乗った。道中、埃が舞い上がり、大地はますます乾いていた。セクター三の全員が厚いマスクをつける必要があった。

八時間後に最寄りの町につくと、すぐに駅に向かい、列車に乗った。

高速列車は焼けてしまった草原の広がりの中を通り過ぎた。煙が空に立ち上る。しばらくすると何が起こったのか、その煙はひとりでに消えてそのまま蒸発した。森林はカラカラに乾燥しているように見え、灰色の木だけが残っている。水田の地面は一面にひび割れている。列車の道中、町は消え、再び放置されたままの集落が視界に入ってきた。

「ライル、あなたはその船に乗りたいの？」マルヤムが尋ねた。

あと数時間で、高速列車は町に到着することになっていた。

ライルが否定した。エソックが二枚のチケットを持っていると知り、昨晩からそのことを考えていた。その船に乗りたいのかしら？　乗りたくないわ。エソックと一緒にいたいだけ。それほど単純だ。でも、宇宙船のテクノロジーは彼を大いに頼っており、だからエソックはその船に乗るべきだった。エソックと今までどおり一緒にいられる唯一の可能性は、一緒に船に乗ることだった。

ライルは窓の外を見つめた。

彼女が気持ちを立て直し、忘れようと心に決め始めたころ、なぜエソックは卒業式に来る必要があったのかしら？　断ち切ろうと思い始めたのに、なぜまたすべての希望を担う必要があるのかしら？　卒業式に短時間一緒にいたことで、ライルの心の中の砦《とりで》は音を立てて粉々に砕け散った。彼女はエソックを愛していた、以前も、今も、そしていつまでも。それはもう否定できない事実だった。

ライルは、あのとき彼女のリュックをつかんでくれた少年を愛していた。両親を亡くしたときに、ライルはエソックに出会った。

「その船に乗りたいの、ライル？」マルヤムがまた聞いた。

ライルは長いため息をつき、そのために列車の窓に結露ができた。

その質問にまだ彼女の答えはなかった。

マルヤムはその友だちの顔を、神妙なまなざしでぼんやりと見つめた。彼女は静寂の中で口ごもった。なぜ親友にとって恋に落ちることは、決して単純にいかないのだろう。

＊＊＊

ライルとマルヤムは夜の一時に町の駅につき、タクシーに乗ってアパートに向かった。長旅のあとの疲れで、彼女たちはすぐにベッドに横になり、眠り込んだ。

マルヤムは日光がアパートの窓に差し込むと、ふと目覚めた。

ライルは起きて、もう着替えていた。

「どこに行くの、ライル？」

「エソックのお母さんに会いたいの」

「今？」

ライルはうん、と答えた。その船の出発まであと六日しか残されていない。エソックがその状況を話したか聞きたいし、彼女はエソックの母親に会う必要があった。母親への電話はより頻繁に許されていると、エソックが言っていたことがある。

「一緒に行ってもいい？」マルヤムはベッドから跳び起きる。

「私こそ聞きたいわ、私につき合いたいかどうか。マルヤム？」

マルヤムに笑みがこぼれた。「ちょっと待って。準備するよ」

彼女たちはルート十二の市バスに乗った。シートは半分埋まり、バスの中は通気が悪くてむっとした。

ここ一週間でまた、町の気温は一度上がった。バスのクーラーはまるで機能していないようだった。フードセンターのつきあたりで降り、そのあと商店街の前まで歩いた。こんなに朝早くから、街頭は相変わらず賑わっている。まだ多くの住民が食料品の買い出しをしていた。小さい子供が一人二人、追いかけっこをしていた。六日後に悪いニュースが発表されることを、彼らはまったく知らなかった。

ケーキ屋のとびらが押されると、優しい鐘の音が聞こえた。

「ライル？　マルヤム？」接客に忙しくしているエソックの母親が振り向いた。「まだセクター三にいるはずじゃなかったの？」

ライルは首を横に振った。マルヤムはもう、ペーストリーを一個つまむのに夢中になっている。

「ちょっと厨房で待っていてね」エソックの母親は微笑み、車いすでケーキを運んであちこちを機敏に動き、客にサービスをした。

十五分後、エソックの母親は厨房に合流した。

「とても暑いね。クーラーを買い足したのに、相変わらず暑い」

マルヤムがうなずいた。さっきつまんだペーストリーを食べ尽くすのに忙しい。「こんなペーストリーは見たことがないです。めちゃくちゃおいしいです、おばさん」

「それは古いレシピのものよ。やっと私が数日前に試したの。作り方を習いたい？」

ライルは首を横に振った。彼女たちはケーキ作りを習いに来たのではない。

「どうしたの、ライル？　なぜあなたたちは突然来たの？　きっとセクター三のミッションを早々に放置してきたはずね。ねえ、そうでしょ？」

ライルはうなずいた。「お聞きしたいことがあります」

エソックの母親はエプロンを外した。「どうしたの、ライル？」

「エソックは大きい宇宙船について、もう知らせてきましたか？」

エソックの母親は黙り込み、年老いたまなざしでライルを見つめた。一瞬あとに、彼女はうなずいた。

「エソックは電話で私に知らせてきたのよ。昨晩」

ケーキ屋の厨房は一瞬静まり返った。

「この年寄りはね、もう十分にたくさんのことを見てきたの、ライル。地震、冬、雪……雪が私たちの町に降るなんて、想像もしなかった」エソックの母親は苦笑いをした。「まだ小さいころ、雪を見に遠い国々へ行くのをいつも夢見ていたのよ。私の家族は裕福ではなく、その夢が実現されることはなかったけど。でも運命なのか、あり得ないことが起こって、ずばり雪そのものがこっちにやってきたのよ」

「エソックはチケットが二枚あると言っていた、ライル。一枚は彼のもので、もう一枚は彼が選ぶ誰にでも使う権利があるの。昨晩の電話では、誰を誘うかは言っていなかった。でも私のような年寄りはね、その船に乗る必要がないの。重荷になり、迷惑なだけ。エソックがそのチケットをくれたとしても、断るわ」

「そ、そのチケットはクラウディアに渡されるのですか？」

今度はエソックの母親が、長い間黙り込んだ。

「彼は何も言わなかったわ。ただ伝えてきただけで、まだ決心していなかった。市長も話しにきたのよ、ライル。そのチケットが娘さんに譲られることを、とても期待していた。彼はあなたにも会ったの？」

ライルはうなずいた。

「この問題はとても複雑ね」エソックの母親は白い髪をなでた。「エソックはまだそのチケットの件を連絡してきていないみたいね？　だからこそ、あなたがここに来た。セクター三から急いで帰ってきて」

ライルはうつむいて、頬を拭った。エソックの母親の言うことは正しかった。彼女は直接知らされていない唯一の人だった。ちょうど以前のエソックの卒業時のように、その若者がライルに連絡する決心をするまで、どのくらいの時間が必要なんだろう？　今回どう決心したのかライルに知らせるまで、どのくらいの時間が必要なんだろう？

エソックの母親は、ライルの腕をつかんで見つめた。「ライル、エソックはあなたを愛している。彼はあなたのことを妹以上に見なしているの。一方、クラウディアは義理の妹よね。とてもお世話になった家族の子供よ。エソックが持つすべてのチャンスは、その家族のおかげよ。義理の両親なしには、進学して高い教育を受けられなかったに違いないの……このケーキ屋も含めて……この店はその家族の配慮なの。私はそのチケットが誰に譲られるか知らないし、そして一緒に決めることもできないのよ」

「この年寄りはね、ライル、時間はもうあまりないのよ……地震のときに、すでにエソックの兄弟である息子四人を失った。あの子たちを亡くしたことはとてもつらかった。回復するのに何年もかかったの。今回、エソックが何を決断しようとも、誰を誘おうとも、私はね、また最後の息子を失うことになるの。でも大丈夫よ。いずれにせよ、すべては時が解決する。たくさんのことを学んだの。実際には、強い人だけがつらい出来事と決別でき、己に勝つことができるの。つらいと感じたり、泣いたり、怒り散らしたりしても、最終的に潔く断ち切ることができれば、もう自分自身に勝てたことになるのよ」

「私はね、この店でずっとケーキを焼いて、残りの人生を過ごす。最後の日々も喜んで過ごす。夏を過ごす。それだけが私たちみんなに残されたことね。そしてそれはとても幸せなことよ。あなた方がこの店にずっと来てくれれば嬉しいと思う」

その話に結論はない。エソックが誰を誘うつもりなのか、ライルはいまだにわからない。

結局、彼女たちは暇乞《いとまご》いをしてアパートに帰った。エソックの母親はいつもどおり玄関先まで見送ってくれた。

「たぶん、エソックに電話した方がいいだろうね、ライル」マルヤムは市バスに乗ると、提案した。

ライルは首を横に振った。それをする勇気がないのだろう。

ルート十二の市バスは、暑い街頭を通り過ぎる。しおれた花壇の花が目に入った。

＊＊＊

三日過ぎた。なおもエソックからの便りはない。

それはライルをとても苦しめる三日間になった。彼女はアパートでしばしば物思いにふけっていた。髪の毛がぐしゃぐしゃだ。睡眠不足のせいだった。

「食べなきゃだめよ、ライル」マルヤムがなだめる。

「お腹が空いていないの」

「もちろん頭の中が心配なことでいっぱいで、お腹が空かないよね」マルヤムは薄笑いを浮かべた。「でも病気になる前に食べなきゃ」

ライルは首を横に振った。

「心配なの。もしかして考えてばかりで、猛暑の夏が来るより前に、あなたが死んじゃうんじゃないかと」マルヤムは、なおも食べたがらないライルを見て、イライラしてぶっきらぼうに叫んだ。

さらに一日が過ぎた。その宇宙船の出発まで、数えるほどの時間しか残っていなかった。四十八時間だけだ。

「エソックは私を愛している、マルヤム？」ライルはゆっくりと聞いた。

マルヤムは食事に付き添っていた。今回は、ライルに無理やり食べさせるのに成功した。

「彼はあなたを愛しているよ、ライル」

「でもなぜ連絡してこないのかしら？」ライルは目を潤ませながら、食べ物を口に運んだ。

「たぶん、きちんとした理由があるに違いないよ」

「でも、なぜ待たせるのかしら？　私を苦しめるのかしら？」

マルヤムは黙り込んだ。そのとおりだ。どんな理由があっても、エソックはライルに電話してくるべきだ。この問題はさらに差し迫っていて、エソックは、本来ならライルをこのようにさせておくべきではない。

「彼はそのチケットをクラウディアに渡したのかしら」

マルヤムは首を横に振った。「わからないよ」

しばらく、静まり返った。

ライルは食べ物をかみくだきながら、泣いた。「私はその船に乗りたくないわ、マルヤム。エソックが私を愛しているのか、いないのかを知りたいだけよ。彼が私に知らせずに行くことを決めたとしても、少なくともその答えはわかるわ」

マルヤムは潤んだ目でライルを見つめた。ルームメイトが便りを待って悲嘆にくれているのを見て、心がちくりと刺されたような悲しみを覚えた。

「マルヤム、私はすべてを忘れたいの。このすべての記憶。すべての思い出、過ぎ去った日のすべての心配なことを。私は頭の中から消したいの。もうこれ以上我慢できないの」ライルはすすり泣いた。

マルヤムはライルの肩をしっかりと抱きしめた。この出来事で、彼女は古い物語を思い出した。記憶を消したいと願う鬼の物語だ。

# 31

宇宙船が出発する二十四時間前、ライルはついに知らせを受け取った。彼女自身、口にするのもおぞましい知らせだ。

エソックからではなく市長からで、彼は夫人と一緒に、アパートにいるライルに会いにきた。彼らは学校の寮から、ライルとマルヤムのアパートの住所を教えてもらった。

「本当にありがとう、ライル。私たちは何のお返しもできないわ」市長夫人は彼女を強く抱きしめた。

ライルははたと黙り込み、微笑もうとした。

クラウディアは正式にそのチケットを手に入れた。今朝、市長と市長夫人は首都に向かう列車の駅にクラウディアを送り届けた。

「そのチケットをクラウディアに譲ってくれて、あなたは本当に心優しい方ね、ライル。エソックにそうするように説得してくれて、ありがとう」市長夫人はすすり泣いた。

でも、ライルは何もしていない。それどころか卒業式以来、エソックと一言もしゃべっていない。ここ五日間、相変わらずエソックからの便りを待っていただけだ。

「エソックに今すぐ電話しなよ、ライル」マルヤムは、市長夫妻がアパートを出ていってから怒って叫んだ。

ライルは首を横に振った。「何のため？　エソックがクラウディアを選んだという説明を聞くためだけに？　ほら、今になってもエソックは私に連絡してこないわ」

ライルはアパートの床を見つめた。彼女はもう泣きたくなかった。涙はもう枯れた。

「あぁ、神様《トゥハン》、今すぐに電話して、ライル！　あなたは説明を受ける権利があるよ」マルヤムはぶちギレて、縮れ毛をこねくり回した。

ライルは首を横に振った。もうしゃべりたくなかった。もうチャンスはない。すべてがもう明らかだ。クラウディアがエソックと一緒にその船に乗るのだろう。

このすべてがとてもつらいことだ。心がずたずたになった。ライルは猛暑の夏を過ごすのを怖いと思ったことはない。エソックと離れて、美しい春を過ごすことの方が怖かった。

＊＊＊

その宇宙船が出発する十二時間前、マルヤムが食べ物を買い求めにアパートから出ていったとき、ライルはある決心をした。

ライルはもう我慢できなかった。彼女はタクシーに乗り、町の神経療法センターの最新式治療室に向かった。

アパートに戻るやいなや、マルヤムはライルがいないことでパニックになった。残されたタブレット画面を見ると、記憶修正セラピーについてのページがまだ開かれている。

マルヤムは叫んだ。すぐにあとを追った。

＊＊＊

神経療法センターにつくと、受付カウンターのマシンがライルにあいさつをした。記憶の修正は非常に高価なセラピーで、みんなが費用を支払えるわけではない。

「私の名前はライルです。健康保険A級保持者です」ライルは首都で数年前に手に入れた証明証を差し出した。

マシンはすぐに、文句なしの許可を与えた。

ライルはその白い部屋に向かった。

部屋の前のマシンがセラピー同意書を渡してくれた。一言も言わずに、ライルはタッチ画面を手のひらでタップする。その最新式治療室のドアが開いた。

エリジャーがすでに待っていた。彼女はライルに緑のソファに座るよう、勧めた。ライルは金属製のヘアバンドを装着した。記憶修正セラピーが開始した。

＊＊＊

ひとたび患者がその部屋に入ると、無菌状態となり、誰もアクセスができない。誰も連絡できず、セラピーを中止することもできない。

三十分後、マルヤムは神経療法センターについた。彼女はパニック状態に陥り、叫び、ライルの決心を中止させようとしたが、徒労に終わった。マルヤムがどんなに阻もうとしても、外で待つことしかできず、部屋に向かうアクセスが与えられない。マルヤムが無理やり何回も入室しようとすると、受付カウンターのマシンが、イライラしながら警備員を呼ぶと脅迫した。

ライルがエリジャーにすべての話をしている間、マルヤムは一晩中どうしてよいかわからず、うろたえながら座っていることしかできなかった。

# 32

床が大理石の四メートル四方の部屋は、静まり返っている。

エリジャーは潤んだ目でライルを見つめた。

タブレット画面の神経マップの画像はすでに完璧だ。赤い糸、青い糸、そして黄色い糸が、互いに一つによりあわされているように見える。すべての記憶の伝達が完了した。

「もう一杯、飲み物はいかが、ライル？」エリジャーはしゃがれた声で問いかけた。

ライルはうなずいた。

ロボットの長く伸びた鼻がコップにお替わりを注ぐ。ライルは一口で飲み干す。

「すべての思い出を話してってお願いしたのを、許してね」エリジャーは立ち上がり、ライルの頭からヘアバンドを外した。

ライルは首を横に振った。「問題ないです」

エリジャーはタブレット画面の時刻を横目でちらっと見た。六時三十分だ。彼女たちは次の段階に移り、赤い糸を消すことを開始できる。

「あなたはそんなにつらい話を経験するべきではなかったのよ、ライル。本来なら、運命はあなたに対してもっと分別があるべきだわ。あなたはすでに両親を失っている。あなたのすべての家族を失っているのに」エリジャーはライルを見つめて、頬を拭った。本来なら、彼女は患者の話に動揺してはいけない。彼女はただの進行役だ。でも彼女はこの話に心を打たれ、その船の乗船者として、自分も選ばれていないことすら忘れていた。

「私はこの白い部屋で、数百人の患者に応対してきたわ。みんな、つらい思い出があり、それを消す権利があった。でもあなたは、ライル、あなたが持つすべての思い出は紛れもなく、とても美しい。あなたはすべての悲しみを受け入れ、過酷な運命の境遇にも応じ、それどころか、一つの町の数千人の住民を救出したわ。一度たりとも反抗せず、一度たりとも敵意を持ったことなんかもなかった。水の流れのようにすべてのことをこなしてきた。日々の暮らしにも満足していたし。避難場所でも。未成年避難者施設でも。看護学校でも」

「暴風雨を突き抜けてあなたが走ったとき、それこそが、とても過酷な運命に対する最高のお返しだったわね。その話は様々なところでインスピレーションを与えてくれた。むしろ、あえて賭けてもいいわ。エソックが昼夜研究室で働いてたくさんの発見をしたことも、あなたからインスピレーションをもらったからだと思うの。あなたはとても精神的に強い人ね」

「なのに、ほら、運命は再びあなたを苦しめることになった。そのすべての苦しみが十分でなかったかのように。あなたにエソックと出会わせた運命自体が、最後になって、無造作にあなたからエソックを奪った。これは本当につらいことね」エリジャーは、感情をコントロールしようとした。

「ライル、私はあなたに、このセラピーを強制的に中止させることはできないの。あなたがそれをしたい理由はわかりました。でも、最後にその影響を説明させてね。一度、記憶修正マシンが起動すると、あなたの脳神経のすべての赤い糸が消去されることになるのよ。あなたはすべてを消去しようとしているのよ、ライル。裏を返せば、あなたは誰がエソックなのかも忘れてしまうの。エソックはあっさり削除されてしまうのよ。テレビで写真を見るたびに、本で顔を見るたびに、もはやあなたは、彼が誰だかわからなくなってしまう。残っている思い出も消えてしまうわ。その影響を理解し、それを受け入れる覚悟はありますか？」

ライルはゆっくりうなずいた。

エリジャーはため息をついた。「わかったわ。でもこれだけは言わせて、ライル。私をあなたのお母さんだと思ってね。お母さんが最後に忠告します」

エリジャーは少しの間黙り、視線を上げた。

「今までこの部屋に数百人の患者が来たの。すべての思い出を消そうと願っていたわ。でも本当に大切なのは、問題となることを忘れるのではなく、受け入れることなの。受け入れられる人は誰でも、忘れられるはずよ。でも、受け入れられなければ、決して忘れられないでしょう」

ライルは緑のソファですすり泣いた。その忠告をわかっていた。マルヤムとそれを議論していたことがある。でもどうやって、そのすべてのつらい思い出を受け入れたらよいのだろう？

「ライル、最後の確認です。あなたはそのすべての思い出を消しますか？」

ライルは頬の涙を拭いた。彼女はそのすべての思い出が本当は美しいのを知っている。人生は驚嘆すべき事柄であふれている。でもなぜ思い出すと、こんなにもつらく感じられるのだろう？ 彼女は息苦しくなった。その忠告は言うのはたやすいが、行うのは難しい。

すべてを受け入れられないからかしら？ そのすべての記憶を強く抱きしめられないからかしら？ エソックを愛しているとき、まさしく最も貴重なのはその「愛」という感情自体でしょう？ 心の中にある「崇高」なもの。エソックを所有するという問題でもなければ、一緒にいるという問題でもない。

「ライル、あなたはすべての赤い糸を消しますか？」

＊＊＊

その白い部屋の外で、一晩中侵入を防いでいる筒型マシンの近くで、ついにマルヤムはエソックに電話することを決意した。親友が一度も説明を受けていないことを、マルヤムは許せなかった。あと十五分で船が出発する前に、彼女がエソックにそれをお願いしてあげたかった。エソックが地上を去る前に。なぜエソックはクラウディアを選んだのか？　なぜライルに一度も電話しなかったのか。

マルヤムの手にあるタブレットは、すぐにエソックのタブレットにつながった。エソックの画像が現れた。

「ハロー、マルヤム」エソックはご機嫌だ。

「ハロー、ソケ」マルヤムはあいさつをした。彼女は少し戸惑った。エソックの背景がわかったようだ。巨大な船の中ではない。

「あててごらん、マルヤム。僕はどこにいる？」エソックは微笑んだ。

マルヤムは首を横に振った。

「僕たちの町の列車の駅にいるんだ。降りたばかり。ライルはそこにいるの？」

マルヤムは驚きのあまり、息が止まりそうになった。「あなたは今、船にいるはずじゃないの？」

「船？　僕は一緒に出発しないよ、マルヤム。ライルは今、君と一緒なの？　君はどこにいるの、マルヤム？」

「あぁ、神様《トゥハン》、いったい何が起きているの？　あなたとクラウディアは一緒に船に乗ったんでしょ？」

「違うよ、マルヤム。クラウディアはその船に、僕の母と一緒に乗ったんだ。クラウディアは船上で僕の母親の面倒を看てくれる。僕は一度もその船に乗りたいと思ったことはないよ。ただ、僕がいないとその船は運航できない。ライルと話してからここ一か月、僕が物理的に参加しなくても船上に常在できる方法を探していた。それが解決するべき最後の件だった」

「脳神経のクローン、それこそが解決策だ。僕は数年前に発明された記憶修正マシンのテクノロジーを借用した。スマートマシンの一つで、僕の偽物の脳であるクローンに、僕は僕の全知識をシフトした。そのマシンこそが、今船に乗って僕の代行をしているんだ。君はどこにいるの、マルヤム？　ライルはそこにいるの？　ここ六日間、全記憶を転送するため、ずっと頭にスキャナーをつけなければならなくて、彼女に連絡できなかった。そのプロセスは中止できなかった。六時間前にやっとすべてが完了した。完了してから、僕はこの町に帰るためにすぐに高速列車に乗った。これでライルは驚くよね？　僕たちはもう、どんなプロジェクトにも邪魔されずに一緒に過ごせるんだ」

マルヤムは床に座り込んだ。

「これは何かの思い違いだよ……私は神経療法センターにいるの。これは本当に思い違いなのよ、ソケ。ライルは正反対のことを考えていた。あなたがクラウディアと一緒に行く、と彼女は思っていたのよ。彼女はもう我慢できなくて、あなたの記憶を消すことを決心した。私は彼女を守ることができなかった……あと十五分で、そのオペが行われるの。許してね、ソケ……私はオペ室に入れなくて、それを止められないの」

「君は何を言っているの、マルヤム⁉」エソックが叫んだ。

「ライル……ライルはあなたについての記憶を消しているのよ」

「あぁ、神様《トゥハン》！」エソックはパニックになり、状況を悟り、それから列車の駅の階段を走り降りた。

到着ロビーに駐車してある高級車がある。

エソックは窓ガラスをたたき、無理やりドアを開けた。

「ご主人様、他人が所有する車に乗ることは重大な違反であることを、あなたに警告しなければなりません。窃盗に分類されます」とその車が『しゃべった』。

「認証コードD二一〇五七九、僕はソケ・バーテラだ。現在君の車にある飛行技術の八十パーセントは僕の特許権だ。僕がそれを発明した。僕はどの車も使う権利がある。直ちに神経療法センターに飛んでくれ」

「認証コード、本人だと確認いたしました。承知しました、ご主人様。シートベルトをご着用ください」

その車はアスファルトの道路の上に浮かんだ。

「できるだけ速く飛んで。いっそのことタイヤが全部外れてしまってもいい」

「承知しました、ご主人様」その車は列車の駅を出発し、矢のように飛び去った。

駅のロータリーの駐車場に戻った車の所有者が、なぜ自分の車が飛んでいるのか理解できなくて、繰り返し叫んだ。

＊＊＊

でも、エソックはかなり遅れた。

部屋の中で、ライルは記憶を消去する覚悟をした。

「ライル、あなたはすべての赤い糸を消しますか？」エリジャーは質問を繰り返した。最後の確認が必要だ。

ライルはうなずいた。

エリジャーはため息をついた。わかった、彼女はただの仲介者、進行役にすぎない。患者の決心が命令だ。エリジャーはタブレット画面をタップする。

画面がタップされると同時に、大理石の床が速やかに動いて開き、そして、床の裏側から、大マシンを設置するための電動の長く伸びた鼻が何本か出てきた。驚嘆すべき変身《メタモルフォーゼ》だ。一分後、一台の記憶修正マシンが、部屋の真ん中に現れた。銀色で、高さは部屋の天井まである。ライルが横になっていた緑のソファがずれて、ライルの頭が、ちょうどマシンの透明な筒の中に入っていった。

エリジャーは唇をかむ。もう一度ボタンを押した。

ブルーライトがライルの頭を包む。記憶修正マシンが作動した。

＊＊＊

「ドアを開けろ、さもなければぶち壊すぞ！」エソックは逆上して叫ぶ。

「ご主人様、それはできません」正立方体の部屋の前にある筒型マシンが拒否する。

「僕はソケ・バーテラだ！　防犯制度Ａ級保持者だ。ドアを開けろ！」

その命令でエソックは、登録カウンターを通過できた。そこは、マルヤムが一晩中通過できなかった場所だ。でも、正立方体の部屋の前にある最後の筒型マシンは、突破できない。

「ソケ・バーテラ様、あなたの保持する認証では、どんなドアも開けることが可能です。でも私はいつものように、それをすることができないのです。規約では、その中にいる患者様を守ることの方が優先されるからです。セラピーは中止できません、さもなければ患者様の脳神経に危険を及ぼすことになるからです。ご主人様は、その件をとてもよくご存じのはずです。そして情報として、たった数秒で患者様はその部屋から出てくるでしょう。ご主人様はそれを待ってください」

「僕は待ちたくない！　そのオペを中止したいんだ！」エソックは逆上して叫んだ。

七時、エソックは神経療法センターに到着し、ライルのいる部屋の中に無理やり入ろうとし、筒型マシンがそれを拒否した。その後ろでマルヤムが顔を覆い、心配そうにしている。このすべての出来事が本当に予想外だ。ライルがその部屋のドアから出てきて、まったくエソックのことを覚えていなかったらどうしたらいいのか？　ライルやエソックがこれだけ一生懸命に生きてきたにもかかわらず、物語の結末がこんなふうになるなんてあり得ない。

「そのドアを開けろ、さもなければぶち壊すぞ！」エソックはドアの前に置いてあったロープパーテーションの鉄柱の一つを外し、それを高々と振りかざして威嚇した。エソックはそれが危険な行為の範疇《はんちゅう》に入ることを顧みなかった。ヒューヒューという音がゆっくり聞こえた。そのドアがついに開いた。でも、筒型マシンが譲歩したわけではなく、ライルがエリジャーに導かれて出てきたのだ。

エソックの手から鉄柱が離れ落ち、床でガッシャーンと音を立てた。

「ライル……！　ライル……！」マルヤムは走っていき、ルームメイトを抱きしめた。頬に涙があふれる。

「マルヤム？」ライルがにっこりして、話しかけた。

マルヤムに対する思い出は完全だ。ライルは彼女を本人と認識した。

「許して、ライル……」エソックも一緒に近づき、震える足で歩み寄る。「このすべての誤解は僕のせいだ、許して。僕は最初から君に伝えるべきだった」

エソックは、淡々としたまなざしで応じるライルを見つめた。

「本当にごめんよ、ライル」

でも、もはやエソックは何を期待できるのだろう？　そのすべての赤い糸がライルの記憶から消されてしまったのなら、彼女はエソックが誰なのかまったくわからないだろう。完璧に消去されたのだ。

エソックはすすり泣いた。「君は僕を忘れちゃだめだよ、ライル。お願いだよ……君が僕のことを忘れたら、僕は地球で残された時間をどうやって過ごしたらいいの？　君は僕の人生で、最もかけがえのない人なんだ」

エソックはライルに近寄り、その腕をつかんだ。「ライル、僕がわかるよね？　お願いだ。戻ってくれ」

静まり返った。ライルはまだうつろなまなざしで、エソックを見つめる。

「ライル、お願いだ……君はまだ僕を覚えている？」

エソックはライルの腕を揺さぶる。

ライルが突然にっこりした。「その紺の帽子、私があげたのよ、ね、エソック」

マルヤムは信じられずに見つめた。覚えているはずがないのに、なぜライルは覚えているのだろう？

ライルはどうやってエソックを思い出せたのだろう？　この記憶修正マシンは故障しているのだろうか？

何が起きたのだろう？

エリジャーはそのタブレットを高く掲げ、ライル所有の神経マップを示した。

マシンが作動する前に、土壇場で、ライルはそのすべての思い出を強く抱きしめることを決意した。

何が起きようとも、それこそが人生なのだから、ライルはその思い出をぎゅっと抱きしめようとした。

すべての赤い糸が変化して、青い糸になった。一瞬で。

記憶修正マシンは今まで誤作動したことがない。とても正確に作動し、すべての赤い糸を削除してきた。

この症例においてのみ、ライルはもはやその赤い糸を持っていなかったのだ。

エピローグ

テレビで、四か国の指導者たちが、その巨大な宇宙船プロジェクトについて発表した。人類はこれから先も生き延びるだろう。地球上ではなく、宇宙で。一方、地上に残された人々にとっては、共通の利害を互いに優先し合う難しい時期に直面し、まさに人類の一員として協同する時代に突入した。家で、寮で、施設で、事務所で、視聴者がその呼びかけを聞いて、手を握り合った。

一か月後、エソックとライルは、灼熱《しゃくねつ》の日差しの中で結婚した。

エソックはライルの指をぎゅっと握り、ささやいた。「一緒に夏を過ごそうね。もう君を決して一人にはしないよ」

ライルはうなずいた。とても幸せそうな表情だ。

マルヤムが読んだ「愛についての引用集」からの引用は正しい。人間の幸福の価値というものは、生きる長さで判断されるわけではない。経験したつらい出来事をしっかり受け止める能力がどれほど高いかということの方が重要だ。

数百人の患者に対応してきたエリジャーも正しい。問題になることを忘れるのではなく、受け入れるのだ。受け入れられる者は誰であろうとも、きっと忘れることができ、幸せに生きられる。でも、受け入れられないのなら、決して忘れることもできないだろう。

【注】

（注1）マンディ…水浴びのこと。浴槽にためた水を手桶を使って体に浴びることもあれば、シャワーや風呂に入ることもある。
（注2）スラマッ ソレ…インドネシア語の夕刻のあいさつ。
（注3）ホログラム…レーザー光を用いた3D画像。
（注4）ホーカーセンター…伝統的な料理の屋台を中心とした店が集まっている場所。
（注5）メドゥーサ…ギリシャ神話に登場する怪物。ゴルゴン三姉妹の一人。その顔を見た者は石に変えられてしまうと言われている。
（注6）エソック…インドネシア語で「明日」を意味する。
（注7）指をつかむ…インドネシアであいさつを目的とした行為。女性がよく行う。
（注8）EDC…電子データ収集システム。
（注9）クエ ラピス…インドネシアの伝統的なお菓子。オランダ領時代に生まれたと言われている。主にお祝い時に食される。バームクーヘンのようにいくつかの層になっていて、色は一般的には赤、緑、クリーム色の三色だが、現代では色や形は地域によって様々で、実にカラフルなものまである。米粉を使って蒸したお菓子が一般的だが、焼いたお菓子もある。
（注10）トーガ…卒業式などで学生が着用するガウン。

# インドネシア ミニ知識

## ■インドネシアという国とHUJAN

**基本データ**：インドネシアは日本の五倍の面積と世界第四位の人口を有しています（二億七千万人）。赤道にまたがる一万数千の大小の島にジャワ人、スンダ人など、約三〇〇の民族が住んでいます。インドネシア語を公用語としていますが、数百に及ぶ地方語が存在します。またおよそ八十七％がイスラム教徒ですが、宗教も多岐にわたっていて、例えば日本人に人気があるバリ島は、ヒンズー教徒がその多くを占めていて文化も独特です。

**インドネシアの国是「多様性の中の統一」**：多くの異なる文化、言語、宗教が混在する中で、人々は異なることを認め合い、受け入れ、助け合って暮らしています。

**「ゴトン・ロヨン」（相互扶助）**：個人を優先するのではなく、お互いの幸せのために協力し合って物事を行うことを意味していて、それは日常生活の様々なシーンで実践されています。

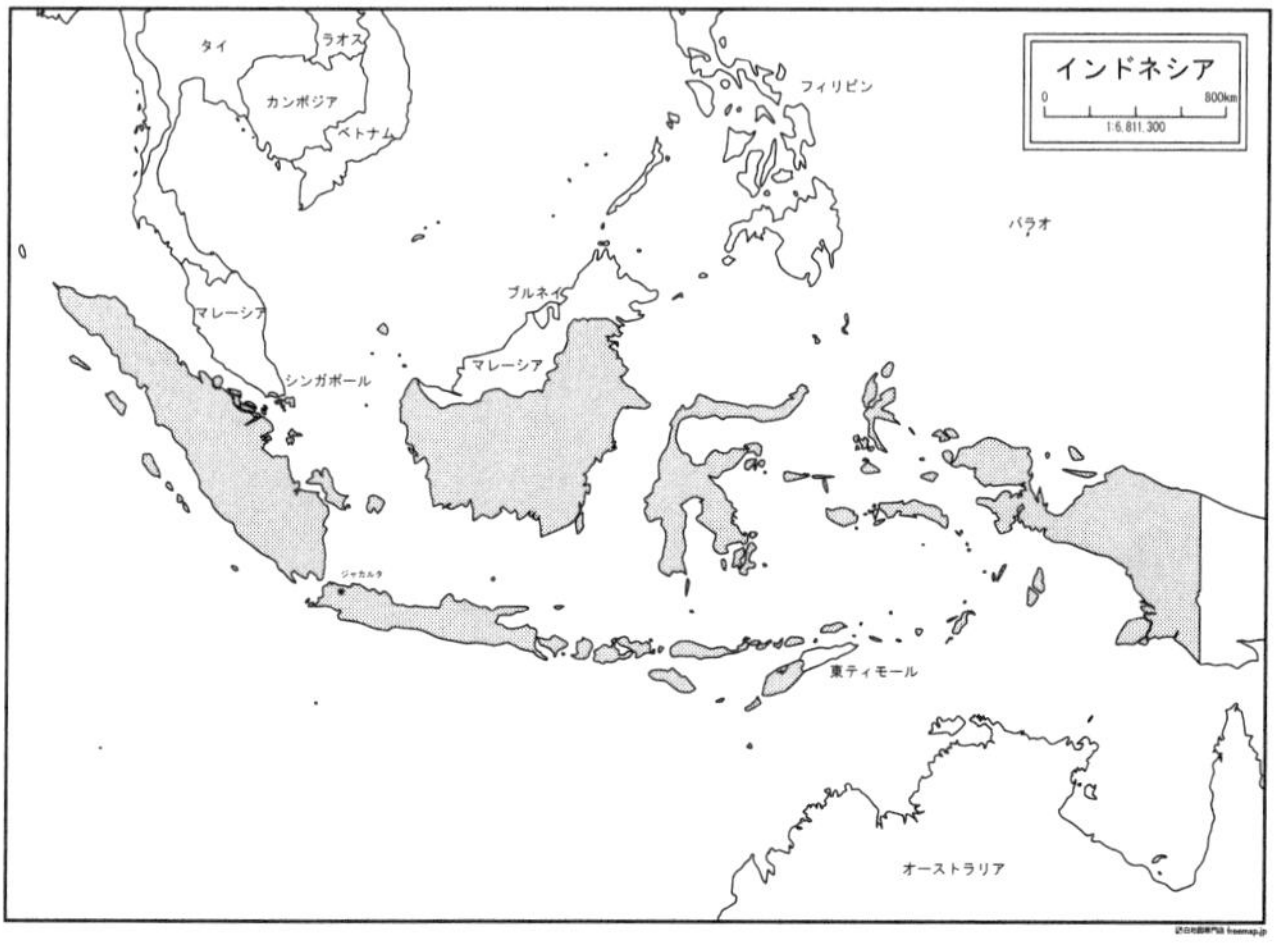

**自然災害：**インドネシアは自然災害の多い国です。一八一五年に起きたタンボラ火山の大噴火の際には、世界の気温が数度低下し、世界中に飢饉と疾病がまん延したと記録に残っています。

## ジオエンジニアリングから考えるHUJAN

現在、二酸化炭素などの温室効果ガスの増加によって、世界に異常気象が起きています。地球温暖化対策は待ったなしの状況です。地球温暖化が進んでいく中で、この小説の中に出てくるジオエンジニアリング（地球工学）、つまり人間の手で気候を変えようとする研究は、実際にアメリカのハーバード大学の科学者によって考えられていたアイデアです。火山噴火によって噴出する二酸化硫黄ガスと同じガスを、実際に飛行機を成層圏まで飛ばして散布し、太陽光を反射させて地球に注がれる熱を減らそうというものです。でもこの散布については賛否両論があり、科学者たちの意見は一致しなかったようです。つまり、成層圏でのガス散布の話はあながち空想の話ではないのです。実際に研究されていた話であることを念頭において読んでみると、面白いかもしれません。

## HUJANの中に出てくる教え

小説HUJANには人生の教えとなるような言葉が出てきます。「思い出は雨と似ている」「忙しさがネガティブな考えを追い払う」「強い人だけがつらい出来事と決別できる」「受け入れられる人は誰でも忘れられる」などです。生きていく上で迷ったとき、この話の中に出てくる言葉も思い出してみてください。

■マルヤムと女性の髪型

この小説には、マルヤムという縮れ毛の女の子が登場します。インドネシアで人気がある女性の髪型は、どうやら長い黒髪ストレートのようです。この国の女性向けや家族向けのシャンプーのコマーシャルには、小さい女の子も含めて、必ず長い黒髪ストレートの女性が出てきます。また、二〇一九年にインドネシアで公開されたImperfectという映画があります。この映画の中でも主人公の縮れ毛の女性が、スマートで色白で、長い黒髪ストレートの女性に憧れて奮闘します。残念ながら、この国ではマルヤムのような髪型は人気がないようです。

■インドネシア人の笑顔

ジャワ語にsemringahという単語があります。「顔」や「表情」という単語と一緒に使われると、「満面の笑み」や「晴れやかな表情」というような意味になります。みなさんがインドネシアを旅行すると、きっとこのような笑顔に出会えるはずです。そして元気をもらえることでしょう。私たち訳者二人はインドネシアが大好きです。読者のみなさんも、この小説が書かれたインドネシアにぜひ足を運んでみてください。

# 訳者のことば

このHUJAN「雨」という小説は、自然災害と、それを経験して成長していく若者たちを描いた作品です。筆者テレ・リエの母国インドネシアは地震、噴火など自然災害の多い国です。そして日本もまた、その例外ではありません。舞台はそう遠くない未来の地球です。未来の技術をもってしても克服が難しい災害に見舞われたときの人間の無力さ、それを乗り越えようとしていく登場人物の愛と友情、別れと忘却、そして予想もできない話の展開に読者は知らず知らずのうちにひき込まれてしまいます。

私は大学でインドネシア語を学んで以来、インドネシア語の本を翻訳する機会に恵まれるとは夢にも思っていませんでした。いったん翻訳を始めてみると、次の展開が知りたくて、気がついたら夢中で辞書を片手に読み進めていました。その時間は私にとって幸せな時間でした。大学時代からの友人である川名桂子さんと共に翻訳できたことは大きな励みになりました。そして、出版社の佐藤裕介さん、遠藤由子さんには出版、校正全般にわたり大変お世話になりました。

また、最後になりましたが、つたない私のインドネシア語と日本語のアドバイスをしてくださった皆様のお名前をあとに掲載させていただきますとともに、心から感謝申し上げます。

前半訳者　清岡ゆり

# 訳者のことば

私がテレ・リエという作家に出会ったのは三年ほど前、受講していたレッスンの教材にDaun Yang Jatuh Tak Pernah Membenci Anginという小説が登場してきたときのことでした。その小説を読み終えたとき、テレ・リエ氏は「女心」を表現するのがとても上手な人だ、と感心しました。そしてテレ・リエ氏が男性作家であったことにも驚きました。

その後、彼がインドネシアの人気作家で、たくさんの小説を世に送り出していることを知りました。本書HUJAN「雨」はその中の一冊です。前半からはインドネシア人の国民性とも思える困難を乗り越える「たくましさ」が伝わってきます。後半では読書好きのマルヤムが、「愛についての引用集」の言葉をたびたび引用する場面が出てきます。後半からは、「愛」に対するインドネシア人の見解がうかがい知れるのではないでしょうか？

ベストセラー作家の本書をぜひ日本人にも読んでいただきたいと考え、東京外国語大学時代からの長年の友人である清岡ゆりさんと翻訳をすすめました。ISEA（東京外国語大学アジア・アフリカ言語文化研究所）でイスラーム新聞記事翻訳の経験はありましたが、小説の翻訳は初めてでしたので、いろいろな方に助けていただきました。この場を借りて、厚くお礼を申し上げます。ありがとうございました。

令和六年八月吉日

後半訳者　川名桂子

――Terima kasih kami sampaikan khususnya kepada...

インドネシア語翻訳アドバイザー（前半）Indrawanie Halim（友人）
Martinus Edward Marpaung（友人）
インドネシア語翻訳アドバイザー（後半）ウダヤナ大学日本文学科のオエイナダ教授
（Dr. I Gede Oeinada）
日本語校閲（アドバイザー）朝日カルチャーセンター新宿教室でインドネシア語をともに学んだ西沢立志さん、裕子さんご夫妻
元都立高校国語教師、現在「こだま文庫」音訳ボランティアの田代靖子さん

小説 HUJAN「雨」の紹介

2050 年のある日から本当にもう地上に雨が降らなくなったとしたら、どうなるのでしょうか？　空が青々と広がり、ひとひらの雲もありません。そんな時代が来たら、地球の人々はどうするのでしょうか？

これは大きな自然災害の話です。そして人間がもっぱら短期的な利益のために下した決断のため、地球の環境はバランスを崩し、いやが上にも破壊されていきました。

興味深いことにこれは恋の話でもあります。もはや雨が降らなくなった状況の中で、女の子が恋に落ちました。雨が大好きな女の子は、その時期も額に汗して働き、仲間を見捨てず、希望に満ちて過ごしました。犠牲を払わざるを得ないこともありました。感情の中での大きな誤解もありました。

これは、2050 年に記憶修正マシンが発明されたときの話でもあります。つらい状況の中で希望の光に暗い影が差した瞬間、彼女はもう一度ゼロからスタートするために、すべての記憶を消すことを選択するのでしょうか？　それともすべての記憶をしっかり受け止めて再び前進し、地上に雨が降らない状況の中で、毎日を過ごすことを選択するのでしょうか？

小説 HUJAN「雨」は著者が書いた小説 60 作品の中の一つです。著者の作品は、インドネシアで 1,000 万部以上発行されました。国内ですでに映画化されているものもあり、テレビドラマ化されているものもあります。国内の様々な賞を受賞し、多くの国でブックフェア、読書フェアなどの様々なイベントにも参加しています。

著者　テレ・リエ

イラスト　本戸 朋子
p.30、37、114、119、162、253

# HUJAN 雨

2024年10月10日　　初版第一刷発行

著　者　　　テレ・リエ
訳　者　　　川名 桂子
　　　　　　清岡 ゆり
発行人　　　佐藤 裕介
編集人　　　遠藤 由子
発行所　　　株式会社 悠光堂
　　　　　　〒104-0045 東京都中央区築地6-4-5
　　　　　　シティスクエア築地1103
　　　　　　電話：03-6264-0523　FAX：03-6264-0524
イラスト　　本戸 朋子
印刷・製本　株式会社 シナノパブリッシングプレス



ISBN978-4-909348-65-4 C0097